U0573656

诺贝尔文学奖作家文集·福克纳卷

主编／张　谦

士兵的报酬

[美] 威廉·福克纳／著

一　熙／译

Soldiers' Pay

漓江出版社

"诺贝尔"与漓江血脉相连

——"诺贝尔文学奖作家文集"序

张　谦

　　"诺贝尔文学奖作家文集"从2015年10月问世，迄今已囊括24位诺奖作家作品，出版平装本4种、精装本32种，在制及储备选题30余种，成了读书界一个愈加引发关注的存在，被读者区别于漓江①之前的"老诺""红诺"，亲切地称为"黑诺"②。所以，确实到了一个梳陈、小结我社"诺贝尔文学奖作家文集"出版情况，向大家汇报的时间点。

　　"诺贝尔"是漓江的基因和脉动，是时光深处的牧歌，是漓江人为之集结的号角。中间我们有过十来年的停顿和涣散，"诺贝尔"不知道去哪儿了，历史的演进回环往复，背阴面的不可理喻，本身就是存在的冰冷逻辑。2012年我回到社里，开始几年做不了什么

---

① 无特殊说明，此文中均指漓江出版社。
② "老诺""红诺""黑诺"，不同阶段漓江版"诺贝尔"系列丛书。"老诺""红诺"均指"获诺贝尔文学奖作家丛书"。"老诺"（精、平装）的装帧设计者是翁文希，奠定了读者心中最早的漓江版"诺贝尔"品牌形象；"红诺"（精、平装）是上海装帧设计家陶雪华的设计，启用烫金元素，与微呈橘红色的封面相映生辉，彰显气派；"黑诺"（主推精装）指"诺贝尔文学奖作家文集"，是我社主力美编、装帧设计家石绍康的设计，内敛雅致，独具匠心，以黑色为主体衬色，烘托出作家肖像的大师气场。

事，当时的社领导提醒说："不要搞什么套书，一本一本地做！"所以2015年4月最早出来的加缪《鼠疫》平装本，上面没打丛书名。也是2015年4月，我被接纳为社班子成员，担任副总编辑。2015年10月，第一本落有"诺贝尔文学奖作家文集"（以下简称"作家文集"或"文集"）丛书名的图书诞生了，它是加缪《西绪福斯神话——论荒诞》（平装本）。当年年底，刘迪才社长到任，带着上级管理部门"把漓江做大做强"的精神，旗帜鲜明抓主业，抓核心板块和漓江传统优势外国文学品牌。"作家文集"在2016年接续做了两本"加缪卷"平装本《局外人》和《第一人》以后，开足马力做精装。记得问世的第一个精装本，是美国作家辛克莱·路易斯的《大街》，拿到样书的那一刻，直觉告诉我：路子对了。

然而并不是找对了路子就没有繁难，是的，时代变了，市场变了。在对诺贝尔文学奖新晋得主的追捧几成赌局的当下，文学出版即便携资本入场也不够了，成了资本加运气的博弈。此时回过头来再看上个世纪八十年代的漓江，那出版江湖中的一抹清流，乘着改革开放的春风，在中国图书市场所开创的"诺贝尔"蓝海，抓住了稍纵即逝的"窗口期"，成就了不可复制的"漓江现象"①。

"书荒"时代进场，带领漓江同仁做"获诺贝尔文学奖作家丛书"的刘硕良前辈，"使得建社不久又偏居一隅的漓江出版社，以有计划和成规模地推出外国文学优秀作品，很快成为全国外国文学方面的出版重镇。这是一段值得人们津津乐道的出版佳话，也是一个

① 见李频《改革开放出版史中的"漓江现象"》，我社即将出版的《围观记》序一。

值得大书一笔的出版传奇"①。改革开放伊始，解放思想，实事求是，读者重新经历了思想启蒙，无异于继十九世纪末严复翻译《天演论》以后国人再次"睁眼看世界"，"我们没有失去记忆，我们去寻找生命的湖"②。漓江当时提供给读书界的诺贝尔文学奖读物，重在一人一卷的快捷出场，速成阵容，从小对史、地感兴趣的刘硕良，围绕题中之义，于无形中给读者提供了第一印象的新鲜概念和地图式导览。从1983年年中开始推出诺奖丛书头四种——《爱的荒漠》《蒂博一家》《特雷庇姑娘》和《饥饿的石头》③，到二十世纪末，总共出了八十余种。"让中国读者了解到世界上除了巴尔扎克、托尔斯泰、高尔基，还有很多优秀的作家，诺奖作家就是其中很重要的一个组成部分。"④

那是一个百废待兴，连常识都需要重新建构的时代。彼时，压力来自外部，更多以阻力形式呈现。"漓江的开拓并非一帆风顺，诺贝尔丛书的上马就遭到一些大义凛然却并不甚明了真相或为偏见所左右的人士的非议"⑤，但形势比人强，改革开放的大潮激浊扬清，建设的主流压倒了破坏，给各行各业满怀豪情的建设者提供了施展才华的空间。漓江因此而实现了勇立潮头满足读者的需要（而且读

---

① 见白烨《"围观"与"回望"的意义》，我社即将出版的《围观记》序二。
② 见北岛诗作《走吧》。
③ 其中《爱的荒漠》和稍后出版的《我弥留之际》《玉米人》一起，荣获新闻出版署主办的首届全国优秀外国文学图书奖一等奖。
④ 见《一个闪亮的名字联系一个时代的文学记忆——刘硕良：把诺贝尔介绍给中国》，《新京报》记者张弘采写，2005年4月5日《新京报·追寻80年代》。
⑤ 见刘硕良《改革开放带来的突破和飞跃——漓江出版社诞生前后》，《广西文史》2008年第4期。

者面很广，工农兵学商^①），并与未来将要实现影响力的成长中的各界精英达成了精神源头的水乳交融和灵魂共振——很多后来成名成家人士，皆谈及上世纪八十年代受过漓江版外国文学图书滋养，有的几度搬家，甚至远涉重洋，至今书架上仍小心珍藏着漓江的老版书。

就这样，我们前有光荣的家史，前辈的激励，后有加入世贸组织后对于头部资源的白热化市场竞夺，有业界同行在经典名优赛道的竞相追逐，想要在其中脱颖而出，确非易事。当初外在的压力，变成了现在内在自我提升的动力：你敢不敢自己跟自己比，有没有勇气和能力对标漓江光辉岁月，提振传统并发扬光大？种种繁难之下，依然得努力往前走，这也便是人生的挑战和乐趣所在。

今年是做"诺贝尔文学奖作家文集"的第八个年头，也是我正式就任漓江总编辑的第一年。九十高龄的刘硕良老师从年初就开始屡屡打电话给我，让我挂名该文集的主编。我一直坚辞不受。"诺贝尔"差不多是漓江的图腾级存在，我只是站在前人的肩膀上继续仰望星空，尽本分做点添砖加瓦的事情，岂敢妄自掠美。即便是当年主编"获诺贝尔文学奖作家丛书"的刘老师，退休以后也就功成身退，不再在漓江版"诺贝尔"上挂主编名。这几乎是中国当下通行的国情。也就是说，"作家文集"出版八年，眼看渐成气候，却没有任何人挂主编名，只是在翻开每本书的卷首，有一页"出版说明"——

---

① 见《"获诺贝尔文学奖作家丛书"读者反映》，刘硕良著《三栖路上云和月——为新闻出版的一生》，漓江出版社，2012年9月1版1次。

"诺贝尔文学奖作家文集"系我社近年长销经典品种，是对二十世纪八九十年代我社品牌图书、刘硕良主编的"获诺贝尔文学奖作家丛书"的继承与发扬，变之前一人一书阵容为每位作家多卷本。如果说老版"诺贝尔"是启蒙版，那么新版就是深入版，既深入作者的内心，也满足读者的深度需求，看上去是小众趣味，影响的是大众阅读倾向。这就是引领的意义，也是漓江版图书一贯的追求。

　　然而吊诡的是，如果用因退休机制的作用被动不在场的刘老师，来为正在进行时的"作家文集"的无主编状态背书的话，我忽然发现，并不能自圆其说。同时，自己在班子任上八年，如果不依规依制给该文集一个担当和交代，那所有参与这套丛书出版的漓江人，就会变成一个失语的群体，八年来大家的辛苦鏖战，也会失去应有的分量和表达，转瞬消失于历史的虚空当中。于是和刘社长达成共识：丛书是本届班子主持做的，主编由我来挂，即便过些年轮到我也解甲归田，在岗一天就要担当一天，就由我这个亲历者来理一理来龙去脉吧。

　　加缪是一切的开始。无论从作品的分量还是作家的魅力，尤其是在年轻人里的观众缘来考量，作为撬动一套书的支点，加缪都是不二选择。更何况，2015年我们推出《鼠疫》时，加缪作品刚刚进入公版期没几个年头，真乃天无绝人之路！

我试图通过加缪获得一种视角，这个视角能穿透我所生活的海量信息时代貌似超级强大的无限时空，定位非中心城市的个人存在意义。①

这里的"个人"，也喻指在时代的洪流中需要敲破坚冰重新出发的漓江。加缪卷我们出了五种，论品种数是文集中比较丰满的——《鼠疫》《西绪福斯神话——论荒诞》《局外人》《第一人》《卡利古拉》，除了前四种既做了平装，也做了精装，后面品种一心一意只做精装——因为相信在优质精品道路上的勠力追求，一定可以加持图书的可收藏性。《鼠疫》《局外人》《第一人》是存在主义文学大师加缪的小说代表作，而2018年10月推出的《卡利古拉》，则是文集中比较少见的戏剧品种，它和哲学随笔《西绪福斯神话——论荒诞》一起，使加缪卷作为诺奖作家的小文集，实现了文体多样化方面的鲜明追求。这个追求在福克纳卷上继续得到体现，福克纳卷截至目前一样出了五种，除了国内读者熟知的经典——李文俊译《喧哗与骚动》《我弥留之际》，还补充了国内首译《士兵的报酬》《水泽女神之歌——福克纳早期散文、诗歌与插图》和《寓言》。其他品种数达到四五种体量的，还有路易斯卷、纪德卷、斯坦贝克卷、丘吉尔卷、泰戈尔卷、显克维奇卷。两三种的有黛莱达卷、米斯特拉尔卷、聂鲁达卷、吉勒鲁普卷、梅特林克卷、拉格奎斯特卷、蒲宁卷。由于受限于作家本身的创作规模以及我们发掘的速度，目前尚有普吕

---

① 见沙地黑米（本名张谦）新浪博客读书笔记《在隆冬知道》，2015 年 6 月 5 日。

多姆、吉卜林、艾略特、保尔·海泽、塞弗尔特、叶芝、拉格洛夫、皮兰德娄、夸西莫多、蒙塔莱等卷只是单一品种的体量。当然，每位作家小文集的规模（品种数）依然是活性的，现状的陈述并不能规定未来的变化，我们的核心思路，是每位作家做三至五种。

由于漓江推出的诺贝尔文学奖获奖作家都是外国作者，所以出版"作家文集"有一个不可避免的环节，就是要找到合适的译者。唯有如此，才能将诺贝尔文学奖作家作品尽量以"信、达、雅"的方式介绍给国内读者。

在译者的选择上，我们注重新老搭配。托前辈的福，漓江拥有的传统译者资源称得上是国内"顶配"。老一辈翻译家令人肃然起敬，他们往往具有很深厚的文学素养和优雅的个人修养，译文水准很高，经得起岁月的沉淀和时间的考验，我们非常珍视与他们的合作。而年轻一辈的翻译家也有优势，他们的语言和思维都能贴合当下读者的习惯，亦多全球化背景下的旅居、旅行，能较多接收并释放当下外国文学和文化的辐射，在对原著文化背景、思想内涵的传达体现上，能有推陈出新的理解。

"作家文集"最先启动的加缪卷，用的就是漓江译者老班底里的李玉民译本。其他像潘庆舲、姚祖培合译辛克莱·路易斯《巴比特》，李文俊译福克纳《我弥留之际》，黄文捷译黛莱达《邪恶之路》，赵振江译米斯特拉尔《柔情》，王逢振译赛珍珠《大地》，杨武能译保尔·海泽《特雷庇姑娘》，都是"老诺"阵容里的保留节目。在"黑诺"里，漓江与这批王牌译家译作再续前缘。此外，"作家文集"还见证了一代翻译家的成长——胡小跃译普吕多姆《枉然的柔情》，裘小龙译叶芝《第二次来临——叶芝诗选编》，分别是"老诺"里普吕多姆《孤独与沉思》和叶芝《丽达与天鹅》的升级版，当年漓江看好的青年翻译家，已然成为译界翘楚，译本也得到更丰富的增补和更成熟的修订。也有老朋友新加入的译本，比如倪培耕原译泰戈尔《饥饿的石头》是"老诺"阵容里的，到了"黑诺"更名为《泡影》，都是泰戈尔短篇小说选；同时"黑诺"再添倪译泰戈尔长篇小说《纠缠》。福克纳卷除了收入李文俊之前在"老诺"就有的代表译作《我弥留之际》，"黑诺"还增加了李译《喧哗与骚动》《押沙龙，押沙龙！》。青年译者的新作有一熙译福克纳《士兵的报酬》，王国平译福克纳《寓言》，远洋译福克纳《水泽女神之歌——福克纳早期散文、诗歌与插图》，顾奎译辛克莱·路易斯《大街》，等等。

也有一部分老译家，其译作的版权流转到其他出版机构去，与"黑诺"失之交臂，或者年深日久几近失联，或者凋零如秋叶片片——时光总有理由分开我们，才显得在一起的机缘实在是难能可贵。

现在年轻人外语好，除了做文学翻译，还有很多更实惠的选择，所以真正像老一辈翻译家那样，把译事当成毕生的事业追求，在这个领域安于寂寞悉心耕耘的并不多，或者说，漓江还没有迎来与这个群体的高频次、大规模相遇。我们现有的中青年译者队伍，一来人数远不够多，二来除了翻译本身，想法会比老一辈多一点——漓江很惭愧，至今没能把这份文化事业做成生财有道、惠及万方的大产业。好在文学哪怕历来就与眼前利益没太大关系，这个世界热爱文学的人也一直层出不穷。之所以在这里把家底摆一摆，也是为了方便下一步遇上有缘人。

译本体例上，"黑诺"尽量做到向"老诺"学习，"每卷均有译序和授奖词、答词、生平年表、著作目录，力求给读者提供一个能真实地反映诺贝尔文学奖及其每一得主风貌的较好版本"[①]。老漓江的优秀传统要保持，有章可循是一种福分。

一个素朴有力的团队，会带来别样高效的支撑感。我们的青年编辑队伍正在老编辑的带领下茁壮成长，他们是漓江的秘密花园，正在蓄能无限，漓江的未来，有他们书写，靠他们传扬。

在这里，必须致敬一下给漓江"老诺"担任过策划编辑和责任编辑的主力核心团队，他们是当年的译文室成员：宋安群、吴裕康、莫雅平、金龙格、沈东子、汪正球。

1995年，沈东子策划过一套泰戈尔"大师文集"6卷本，除了后续加入"黑诺"的倪培耕几种译作，亮点是直接去信季羡林先生，取得了授权，收入季译《炉火情》一种。丛书虽然没打"诺贝尔"标签，却开启了做诺奖作家小文集的思路。

1998年，漓江出了三套诺奖作家小文集。时任总编辑宋安群策划了《赛珍珠作品选集》，向美国哈罗德·奥柏联合会购买了版权，出版了五部小说、一部传记和一本文论。本人担任过其中《东风·西风》和《赛珍珠传》两种图书的责任编辑，还为赛珍珠母亲的故事写过责编手札——

---

① 见刘硕良《新时期有数的宏伟工程——"获诺贝尔文学奖作家丛书"序》。

美好的人和事，因为人们的珍爱而获得自己的历史，在这个意义上说，历史，就是人们对于美的牵挂和担心。时乖命蹇，说变就变，我们珍爱的事物能够留存多久？一旦大限到来，让碎片有了碎片的安息，人心也就有了人心的解脱吗？①

吴裕康策划了君特·格拉斯"但泽三部曲"（《铁皮鼓》《猫与鼠》《狗年月》），经德国 Steidl 出版社授权出版。有意思的事情就此发生了：我社在1998年1月至1999年4月出完这三种书，1999年9月30日，瑞典文学院将诺贝尔文学奖颁给了君特·格拉斯。所谓猜题和押宝都很准的名编辑、大编辑，漓江早年就有现实榜样。

汪正球策划的"川端康成作品"，洋洋大观出了十卷。

以上四种诺奖作家文集，都没打"诺贝尔"标签，装帧设计也各有套路，却都绕不开内在承袭的同一种思路。所以说，在漓江做"诺贝尔"，是有传统的，可追溯的，漓江人血脉里的遗传密码，在不同时期阐发着基因的显隐性。

从2023年算起，诺奖作家未进入公版期的尚有60多人，这是一片资本角逐的热土，对这个领域作家作品的竞夺，不是漓江的强项。众人还没睡醒的时候，漓江前辈就已经外出狩猎了；现在的漓江人，专注于在家种田——我们无富可炫，有技在身，到手的都不是战利品，而是作品本身，值得像农人看待种子那样，悉心培育，精耕细作，用时间打磨，为每一部好作品寻找好译者、好编辑、好

---

① 见《我们珍爱的事物能够留存多久》，作者米子（本名张谦），《读书》1998年第10期。

制作，直至它找到那个两情相悦的读者。

犹如观潮，漓江现在挤不进前排，索性站远一步，不追刚刚出炉的"当红炸子鸡"——新科获奖者。同时代的读者本来很想读到同时代优秀外国作家的作品，但这有个前提，就是译本要好。而"当红炸子鸡"的临时译本，前有市场期待，后有合同追魂，难得沉下心来从容打磨，多半是急就章似的翻译，反正搭配的也是快餐面似的阅读，说白了就是一场对诺奖新科得主生吞活剥的消费——真正的赢家，既不是作者、译者和读者，也不是编辑，而是商业。当然，在这个领域深耕多年，早有准备的同行是个例外。漓江与所有认真的同行惺惺相惜。

公版书是退潮后海滩上的贝壳，经历过海浪的洗礼、时间的检验，哪些受人欢迎，比较容易感知，可以从容选择。而同时代的作家作品，一时被潮头卷得高高，抛得远远，过了当红的这个时间节点，就被读者抛诸脑后，这样的例子不胜枚举。事实证明，由于作品本身或是翻译的质量问题，有的新科获奖作家作品，确实不如早年诺奖作家作品那么富有感染力。

说到这里，很有必要广为派发一下英雄帖：如果有诺奖作家、优质译者、原著出版社，以及权威版权代理机构听到漓江的声音，认可我们的理念，那么，您好，欢迎加入我们共同的事业！

"作家文集"精装本批量问世以后，我们分别在2018年和2019年年初的北京图书订货会上，以"执子之手——漓江与'诺贝尔'的不了情"和"'诺贝尔'与漓江血脉相连"两个专题向公众亮相，后者还荣膺该届订货会评出的"优秀文化活动奖"。2018年9月，百道网特为这套书，对我本人进行了专访报道①。

成立于1980年的漓江出版社，在改革开放的春风里应运而生。建社不久就做"诺贝尔"，诺贝尔文学奖系列丛书，记录着一代又一代漓江人在向我国读者推介世界文学宝藏方面前赴后继、坚忍不拔的努力。"诺贝尔"和漓江人的职场生涯、美好年华紧密生长在一起，是漓江集体记忆中不可分割的一部分；漓江边的中国小城桂林，因为文学，因为诺贝尔，和斯堪的纳维亚半岛上的北欧古国瑞典就此牵连在一起——世间缘分，多么热烈美好，也足够千奇万妙。

金秋十月，在给此文收官之际，传来了法国作家安妮·埃尔诺获奖的消息。看来诺贝尔文学奖依旧不改我行我素之风——有多少百炼成钢的陪跑，就有多少新莺出谷的未料。谨以此文向充满无限可能的未来致意！漓江胸怀天下，初心不改，要以海纳百川的宽阔胸襟努力借鉴、吸收并呈现人类一切优秀文明成果。

2022年10月5日　桂林

---

① 《曾经强悍的"诺贝尔旋风"影响过莫言、余华等，新一代出版人如何再创阅读高潮？》，百道网，2018年9月10日。

威廉·福克纳

(William Faulkner, 1897—1962)

↑　福克纳在奥克斯福的故居
↑　福克纳与夫人埃斯特尔

↑　福克纳在读书
↑　福克纳在写作
↑　福克纳接受诺贝尔文学奖

↑ 福克纳墓碑指示牌
↑ 福克纳墓碑

作家·作品

"写了《士兵的报酬》，我觉得写作是一种乐趣。可是我后来发现不只是一本书该有一个构想，而且一个艺术家的全部产品在总体上也该有一个构想。写《士兵的报酬》和《蚊群》时，我只是为写作而写作，找点乐趣。打从写《沙多里斯》一书开始，我才发现我家乡的那块邮票大小的土地值得好好一写，只怕我一辈子也写不完。"……对于福克纳来说，这本书的价值不在于他把那个退伍军人塑造成一个怎么了不起的人物，而在于他成了受害者的某个早期形象。……这本书有着某种引人注目的东西。与其说存在于作品本身，还不如说它给我们发出了一个信号，预告一位新作家的到来。

——欧文·豪：《福克纳评传》

长期以来，人们把注意力多集中在福克纳的几部重要作品上。现在回过头来看一下《士兵的报酬》，便会发现他后期作品中对真理和个别观点简洁而深邃的探索，正是从他早期作品中对不同类型的孤寂和人易犯的种种错误的思考开始的。……《士兵的报酬》在写作上是不够完美的，有着一个青年作家起步时企图通过"借贷"来寻找自己风格所常有的弱点，同时他书中的人物也被扭曲了，因为他想使他们能代表他借来的而又没有完全理解的态度。

——弗雷德里克·J.霍夫曼：《威廉·福克纳》

它不只是一个简单的象征，它还深刻地揭示了美国理想主义者在残酷恐怖的战争面前精神上受到了何等巨大的创伤，他们为了认识这场战争所做的努力使他们的理解能力提高到了一个新的水平，但正是在这个过程中，他们作为社会的个体——被摧毁了。

——彼得·艾奇格尔：《小说中的美国士兵》

福克纳在叙事方面的成就可以用他表达抽象主题的能力来说明，他使用程式化的人物来表达其主题，但没有损伤他叙述故事的戏剧性，即他朴实的现实主义。

——彼得·斯威格特：《福克纳的创作艺术》

一个特定时期的作品，反映了第一次世界大战结束后那个时代的文学气候，同时也是天才显示自己才华的绝好表现。

——埃德蒙·L.沃尔普：《威廉·福克纳读者指南》

目　录

代　序

本书的译者一熙先生与我虽然有过多次书信与电话联系，至今却尚未有机会谋面。但我确知他不但是高校的一位负责任的外语教师，而且也酷爱外国文学翻译。我还能感觉出他有较高的文学品位，对于语言文字的感觉也很灵敏。最近一熙告诉我，他用了半年时间，用心翻译出福克纳所著的第一部长篇小说《士兵的报酬》。此事颇使我为中国的福克纳事业后继有人而高兴。因此当他提出希望我为此译本的出版写上几句话时，我便感到难以推辞了。但因年老体衰，我已做不了太费劲的工作，于是便想能否取取巧，从自己过去所写的著作中找出某个合适的篇章来充数呢？经过一番筛选，我觉得还是以 2014 年出版的《福克纳画传》（重庆大学出版社）中的一章"早期小说"的前半段较为合宜。下面所刊出的即是所选的段落。我想一熙先生译完此书必定有话要说，他要对读者说的必定会比我说得出的话更加精彩。我就此打住了。

写作《士兵的报酬》（Soldiers' Pay，1926）时，第一次世界大战结束才七年，公众对这件大事的兴趣尚未消退。福克纳也算是个复员军人，写战争余波和士兵复员回家也是情理中事。因此，这部小说在这个方面完全可以归入到"迷惘的一代"流派中去。小说中，回家的士兵叫唐纳德·马洪，一个在加拿大参加英国皇家空军的美国南方青年。他赴欧作战，在空战中受了重伤，以致面部烧伤、眼睛失明并且记忆丧失。1919 年春天，他在两个好心人的护送下回到佐治亚州某个小镇的老家。小说着重写的即是小镇各色人等对一个垂死老兵的反应，这也就是标题所指的"士兵们（所得到）的报酬"了。

首先，作者让我们看到的是唐纳德·马洪的父亲。他是一个不切实际、只知严守宗教规则的牧师。他甚至都不清楚重伤的儿子实际上只是一具活尸了。其次，我们看到的是唐纳德的未婚妻塞西莉，她是个轻浮、虚荣而且很浅薄的女子。她原来醉心于当一位空军英雄的太太，这样自然可以大出风头。如今一见到未婚夫成了这副模样，所有的山盟海誓顷刻间烟消云散。她很快就委身于一个浮滑少年。这里还写到了一位原先对唐纳德很好的女子，这是福克纳以后还会写到的纯朴的"自然之子"类型的人物。在诸多女性形象中，最有光彩的当推护送唐纳德回家的玛格丽特·鲍尔斯。她明知唐纳德的真实情况，还是愿意嫁给他，并且竟然使他多少恢复了一些记忆。当然，她又一次成了军人寡妇。她是个有着无限忠诚与爱心的善良女性，可惜她是个外来者，不是南方小镇的居民。在这里，南方小镇成了偏狭、自私的同义词。

小说中有两个男性形象值得注意。一个是一言不发的唐纳德·马洪。他因为受了重伤而成为注意的中心，也就是说，成为一个"神"。但这是又一个"正在死亡的神"。而这正是福克纳当时所热衷的T.S.艾略特诗歌中所宣扬的哲理形象，也是"迷惘的一代"所普遍推崇尊奉的思想。在某种程度上，这一形象表达了福克纳对自己在故乡小镇上不被承认的逆反心理。连马洪的外在形象也与福克纳自己酷似。他穿的是英国空军军服，手小小的，脸很瘦，下巴尖尖的，这些都与青年时期的福克纳一样。总之，马洪是福克纳一心要做到的"自我"。

另一个值得注意的男性形象是乔·吉利根。他表面上冷酷，不动声色，寡言少语，实际上是个热心肠。他善良、慷慨，并且坚忍。最后这一点是福克纳最为推崇的一种品德。福克纳在日后所著的小说里还会写到具有这种品质的人，他认为这样的男男女女才是"世上的盐"①。

福克纳写《士兵的报酬》虽是牛刀小试，却已经生动地刻画出第一次世界大战后美国一个南方小镇的风貌。这个小镇，据书中说，是在佐治亚州，其实它与福克纳日后创作中一再会写到的密西西比州杰弗生镇并无区别。这本书其实可以列为一部"编外"的"约克纳帕塔法世系"作品。作为处女作，它至今仍让人觉得清新可读，从中可以看出作者的才能与潜力。

李文俊

2016 年 6 月

---

① 《圣经·新约》的《马太福音》《马可福音》《路加福音》中都曾提及，耶稣将跟随他的门徒比喻为"世上的盐，世上的光"。——代序作者注

士兵的报酬

士　　兵

朔风悲鸣着刮过败叶残枝
枯草战栗在窄径小巷
伤痛与时光如金色的波澜若无其事——
嘘，嘘！他已经重返家乡。

第一章

1

阿喀琉斯：你今天早上刮胡子了吗，士官？

墨丘利：报告长官，刮了。

阿喀琉斯：用什么刮的，士官？

墨丘利：报告长官，用部队发的。

阿喀琉斯：好，继续干吧。

——《老剧本》（约 19—？ ）

    洛，朱利安，编号××××，一个入伍不久的飞行士官，曾在空军某中队服役，经验丰富的战友们给他起的外号叫"单翼机"，正瞪大黄色的眼珠，用不满的眼神打量四周。他得了黄疸，很多人都得了这种病，无论军阶高低，从飞行指挥官、将军到年纪轻轻的新兵（更不用说那些初次在战场亮相的野小子，当地法国人赋予其"飞行家"的美誉）；还没等他大显身手，这帮人已经打完了战争。

    他郁郁地坐着，懊恼积压在胸口，就连享受卧铺车厢的特权都没能让他的心情好一点，他把军帽顶在大拇指尖打转，洁白的飘带也令人生厌。

"装模作样的干啥，喂，说你呢，伙计！"人称"亚普汉克"的士兵走进车厢，浑身散发着劣质威士忌的酒气。

"哼，见鬼去吧。"他冷冷地回了一句。亚普汉克摘掉头上皱巴巴的军帽。

"为啥，哦，我明白了，是将军——要不就是中尉的命令？实在抱歉得很，女士，我在伙房干活时被毒气熏过，打那以后，眼睛就模模糊糊。是去柏林吗！哈，没错，我们是去柏林。我来了，柏林。我知道你的编号。没千位数，没百位数，调皮而天真的列兵乔·吉利根（确实刚刚入列），没赶上阅兵，没赶上杂役，连迟到的早餐都没赶上。自由女神像再也见不着我啦，就算看到，她也会扭过头去。"

士官洛抬起头，目光深邃。"我说，你究竟喝了些啥？"

"兄弟，我不记得了。我跟别人去的，他上周二搞了枚国会勋章，因为他找到了结束战争的法子。把咱们部队里所有的荷兰人都叫上，每天叫他们喝他的东西，喝个四十天，瞧见了没？什么战争都得滚蛋。懂我意思吧？"

"当然。只不过这到底是战场还是舞场，嗯？"

"别担心，他们分得清。女人们就喜欢跳舞。听着，我泡过一个漂亮小妞，她说：'我的老天，你居然不会跳舞！'我说：'瞎扯，我怎么不会！'我们一边跳，她一边问我：'你在部队里做什么？'我回答道：'你操心这个干啥？我能跳舞，跳得跟将军、少校甚至中士一样好，刚刚玩扑克还赢了四百块。'她说：'噢，真的吗？'我说：'那当然，跟我混吧，宝贝。'她说：'那钱呢？'我还没来得及向她显摆，就来了个讨厌的家伙，问她：'你是在跟这个人跳舞？'她说：'是的，这个菜鸟根本不会跳。'呃，他是个中士，我遇见过的最大的官。他长得像那个从阿肯色来的、跟黑鬼干过一架的家伙，有人问他：'听说你昨晚宰了个黑鬼。'他说：'没错，有两百磅。'赶得上一头熊的重量。"车厢左右晃动，他的身体也随之摇摆，士官洛说："哎呀，求求你规矩点。"

"行，"对方回道，"尝尝吧，对你没坏处，放心。我试过的。就连我养的狗都好这口，只不过喝多了就爱跑到旅部指挥所附近瞎溜达。它是我唯一的战利品：也只有它，见到旅长不行礼，居然不会挨骂。您真不打算来点，好歹除一除这个该死的国家的潮气？就算是给我个面子，只要两口下肚，后面就习惯了。说实话，喝了让人想家，我在机库时也想家。你在机库干过吗？"

坐在两个座位间地板上的是亚普汉克的旅伴，正努力点燃一根硕大的受过潮的雪茄。战火洗礼后的法国什么样，士官洛想着，脑海中浮现出布莱斯上尉一篇接一篇的战争回忆录，这位英国皇家空军的飞行员，为了给民主的力量多一份人手，也被临时派到战场。

"怎么啦，可怜的士兵，"亚普汉克眼泪汪汪，"孤零零躲在没人的地方，连一根火柴也讨不到。你说说，战争是不是该死？"他伸出腿把对方推到一旁，又慢慢地踹了几脚。"到一边去，你这个老水手。到一边去，你这个遭天谴的。唉，可怜的浑蛋之类的（我看过一部戏，里面有类似的表达，瞧瞧，多贴切），快来，快来，听说咱们的潘兴将军要和可怜的士兵们喝上一杯。"他冲着士官洛说，"你看看他，是不是因为堕落才弄湿了全身？"

"是库恩亚克一仗，"坐在地板上的人咕哝了一声，"十个人阵亡。又也许是十五个，一百个。可怜的孩子守在家里，喊着'爱丽丝，你在哪儿'。"

"嗯，爱丽丝。你到底在哪儿？还有一瓶。你给弄哪儿去了？打算私藏起来带回家吗？"

地板上那位哭哭啼啼。"别人冤枉我，你也冤枉我。说我把买房的钱藏进了自己腰包？干脆把我的灵魂和肉体拿走吧，都拿走。有种就来弄我，大个子。"

"我偏要弄你一瓶醋汁出来，就这么着。"另一个人嘴里嘟哝着，在座位下翻找。他得意扬扬地直起身，手里攥着一个尚未启封的玻璃瓶。"听听！枪炮声和马嘶声越来越近。是战场的喧嚣把这个可怜的人儿吓傻了吗？那不成！我要会会这些欢叫的马儿。一定都是母马。我最尊贵的殿下，"他恭恭敬敬地递上酒瓶，"您能行行善，谦逊地敬这些善良而谦卑的、身在异国他乡的陌生人一杯酒吗？"

士官洛接过酒瓶，浅呷一口，喉头发堵，赶紧吐出来。有人扶着他的身体，轻拍他的背。"接着喝，接着喝，味道没那么糟糕的。"他用掌心托住洛的肩头，另一只手将酒瓶再次送到洛嘴边。洛松开酒瓶，挣扎起来。"试试看。你别想逃。快喝。"

"我的天哪。"士官洛把头扭到一边。

乘客们都被吸引过来，亚普汉克安慰他说："快，快，喝了对你没坏处。你我都是朋友。出门在外打仗，咱们这些士兵得相互依靠。赶紧地，喝下去。美酒配勇士，可别再浪费了。"

"见鬼，我喝不下。"

"为啥，你能的。听着，想想那些花儿。想想你可怜的满头白发的母亲站在门前泣不成声。听着，想想你回家后还得挣钱谋生。这浑蛋的战争，要是再打上一年，我说不定至少能混成个上士。"

"见鬼，我喝不下。"

"为啥，你必须喝。"他的这位新朋友一边好言相劝，一边冷不丁地把瓶口塞进他的嘴里，倾斜瓶身。吐出来或是咽进去，他必须做出选择，须臾之间，几大口酒下肚，他觉得胃里一阵翻江倒海，好不容易才消停。

"瞧瞧，没那么糟糕吧？要知道，你说你咽不下去，我还看不下去呢，多让我心疼呀。尝起来有没有一股子汽油味儿？"

士官洛的肚子里仿佛燃起一团火，肌肉抽搐不停，像一个气球开始充气朝半空中飞升。他咧着嘴，五脏六腑都缠绕在一起，扯也扯不开。这位朋友再次把瓶口按进他的嘴里。

"喝，快！趁着这股热乎劲。"

他的裤裆湿了，每喝一口，裤裆里的宝贝都蠢蠢欲动，甜丝丝的火苗燃遍他的全身，卧铺车厢的列车长走来，用无助而嫌恶的眼神望着这群乘客。

"立——正，"亚普汉克匆匆站起身，"注意，长官来啦！快起来，大伙儿，给将军行礼。"他拉着列车长的手紧紧握着。"孩子们，这一位指挥的是海军，"他说，"敌人打算攻占康尼岛时，他就在那儿。或者是从这儿到芝加哥之间的某个地方，我说得没错吧，上校？"

"看着点，你，别这样。"但亚普汉克已经吻了他的手。

"好啦，你走吧，中士。等晚餐做好了再回来叫我们。"

"听着，你们不许这么弄。你们会把我的车厢弄脏的。"

"得了吧，上尉，如果火车是你的女儿，跟我们待在一起的话绝对安全。"见坐在地板上的人挪了挪身子，亚普汉克张口就骂，"你，能坐着别乱动吗？哦，这家伙说时候不早了。觉得长工们该整理床铺睡觉了？闲人不能挡了好人的道。"

列车长见洛还算清醒，决定跟他说一说。

"看在上帝的分上，大兵，你能管管他们吗？"

"试试看吧，"士官洛回答道，"你走吧，我来照顾他们。没事的。"

"好吧，拜托你了。我可不能让火车抵达芝加哥时，全车的人都烂醉如泥。我的上帝呀，谢尔曼说得没错。"

亚普汉克一言不发地盯着列车长，然后转头望着自己的同伴。"兄弟，"他的语气很严肃，"他不想让咱们待在这儿。这就是我们为国奉献我们血肉之躯所得到的报酬。是的，先生，他不想让咱们待在这儿，他还嫌弃我们坐他的火车。要不是我们响应国家的召唤，你的火车会变成什么样？装上满满一车德国人，一车吃香肠喝啤酒的家伙，都是去密尔沃基的，那就是你的火车。"

"那也比装一车你们这样的家伙好，连自己要去哪儿都不清楚。"列车长回答道。

"那行，"亚普汉克说，"如果你这样想的话，我们就不坐你这个破车。你以为世上就这一列火车？"

"别，别，"列车长急急地说，"没关系的。我不是要赶你们下车。我只是想你们稍微规矩点，不要打扰了其他乘客。"

坐在地上的那位赶紧把身子歪了歪，士官洛在一旁看得饶有兴致。

"不，"亚普汉克说，"不！你已经放弃了拿你的火车搭载这个国家救世主的好意。我们本以为能得到更好的款待，谁知道还比不上在德国，甚至在得克萨斯。"他对洛说："兄弟，我们到下一个站就下车。怎么样，将军？"

"我的天哪，"列车长说，"要是再来一次和平年代，我真不知道铁路会变成什么样。我知道战争是件坏事，可是，我的天哪。"

"走开，"亚普汉克冲着列车长说，"走开。你根本不愿意停车，看来我们只好跳车了。感谢！哪有什么感谢，车也不停，不让可怜的士兵们下车？我知道这样做是为什么。他们把可怜的士兵塞满车厢，运到海边扔进太平洋里，再也不用养活他们了。可怜的士兵们！伍德罗，你可别指望这样对我。"

"嘿，你要干吗？"但这人似乎没听见，用力把车窗推上去，从同伴的膝盖间拽出一个廉价的纸手提箱。还没等洛和列车长伸手阻拦，他已经将手提箱扔出窗口。"都飞走了，兄弟！"

同伴这才反应过来，匆忙起身。"嘿！你扔的是我的箱子！"

"噢，你不是要跟我们一块下车吗？我们把其他的都扔下去，等车速慢点，我们就跳车。"

"但你先扔的我的东西。"另一个人说。

"没错呀。我这是省掉你的麻烦，明白吗？别难过了，你也可以把我的东西扔下去，要是潘兴在的话，这位将军会照我的样子把所有人的东西都扔下去。你也有个包，对吧？"他问列车长，"拿过来，快点，免得我们跑一趟。"

"听着，大兵们。"列车长说。士官洛回想起厄尔巴岛的样子，感觉自己的腑脏都缠在一起，体内有一股慢慢被酒精点燃的摇曳火苗。

那人头顶帽子上的金色八角晃得他两眼没了准星。纽约从身旁一闪而过，水牛城就在前方，已是日落时分。

"听着，大兵们，"列车长又说了声，"我有个儿子也在法国。第六海军陆战队的。他的母亲从十月份就没他的信儿了。我会尽我所能为你们提供服务，不过看在上帝的分上，麻烦你们做事体面点。"

"不，"有人回答道，"你已经拒绝了我们的好意，我们要下车。车什么时候才停？要不，我们跳车？"

"别，别，你们都在这儿坐好。坐好，守规矩，就行了。没必要跳车。"

他侧着身子走过通道，军服湿漉漉的那位甩掉手中废掉的雪茄。"你扔了我的手提箱。"他说。

亚普汉克拽着士官洛的胳膊。"你听听，是不是让人丧气？天知道，我是在帮他重获新生，可我得到的回报呢？一个接一个抱怨。"他冲自己的朋友说，"是啊，是我把你箱子扔了。你想怎么着？等我们到水牛城，我掏两毛五，再给你买一个？"

"但你扔了我的手提箱。"朋友不依不饶。

"是。是我干的。你拿箱子来做什么？"

朋友用手撑起身，贴在窗口，然后被洛的脚绊了一跤。"我的老天呀，"他边说边把屁股塞回座位，"瞧瞧你都干了些啥。"

"下车。"他嘴里嘟哝着。

"啥？"

"我要下车。"他边说边起身，迈开脚，歪歪倒倒，跌跌撞撞，跟跄着扑到窗前，将脑袋探出大开的窗口。士官洛一把抓住他上衣的下摆。

"好啦，好啦，快回来，你这个该死的傻瓜。你不能这样干。"

"为什么不能，他可以的，"亚普汉克在一旁煽风点火，"他想跳的话，就让他跳吧。反正他不想去水牛城。"

"见鬼，他会送命的。"

"我的上帝呀。"列车长一溜小跑地赶来，脚步声咣咣作响。他斜靠在洛的肩上，伸手抓住那人的一条腿。跳车人的脑袋和上半身仍在窗外，像一个在风中摇摆、湿淋淋的麻袋。亚普汉克把洛推到一旁，又想掰开列车长紧握跳车人腿部的双手。

"由他去吧。我不信他会跳车。"

"可是，上帝啊，我可不敢赌运气。当心，当心，大兵！快把他拖回来！"

"噢，求求你，让他跳吧。"洛也放弃了。

"没错，"另一人添了一句，"让他跳。我还真想见识见识，反正都是他自己的事儿。再说了，他跟我们这些小毛孩儿不一样，向来不合群。谢天谢地。让我们助他一臂之力。"说着，便用力推挤这具笨重的躯体。帽檐翻飞，把自杀未遂者的脸打得啪啪作响，冷飕飕的风让他暂时恢复了理智，努力想钻回车厢。看来他改了主意，同伴却还在坚持。

"加油，加油。别丢了勇气。继续跳啊。"

"救命！"尖叫声在风中细若游丝，与列车长大喊的"救命"形成一曲合唱，列车长还抓住跳车人不放，另外两位乘客和一个列车服务员也加入救援队伍。他们挣脱亚普汉克的阻挠，将惊慌失措的跳车人拉回车厢。列车长咣的一声关上窗户。

"先生们，"他对两位乘客说，"能在这儿小坐片刻，免得他们又逼他跳出那扇窗户吗？到了水牛城，我就叫他们都下车。一旦他落到他们手里，就会送命，到时候人死了，车误了。亨利，"他冲着服务员喊，"通知火车调度员，叫他给水牛城站打电话，说我们车上有两个疯子。"

"耶，亨利，"亚普汉克瞅着黑人，"告诉他们准备一支乐队和三瓶威士忌。要是他们没乐队，就雇一支。我来付钱。"他从兜里掏出一沓乱糟糟的票子，抽出一张，递给服务员。"你要不要也来支乐队？"他问洛。"不，"他自问自答，"不，你不需要。你可以用我的。快去。"

"遵命，先生。"洁白的牙齿像突然掀开的钢琴盖里露出的琴键。

"把他们看紧点，先生们。"列车长叮嘱再三。

"你，亨利！"他大喊着，朝渐行渐远的白色马甲追去。

亚普汉克的同伴汗流浃背，脸色苍白，眼看就要病一场。亚普汉克和洛坐在一起，表面上和和气气，却又剑拔弩张。新来的人肩并肩坐着，神情紧张而坚定。起初伸长脖子看热闹的乘客，得意地回到座位，继续无动于衷地读书看报。列车在夕阳的余晖中疾驰。

"那么，先生们。"亚普汉克想挑起话头。

两个平民像拨响的金属线，紧张地从座位上蹦起来，其中一人语气无比温柔。"嘘，嘘，"用手掌轻拍身边的士兵，"安静点，大兵，我们会照顾你。全美国人都感激你所做的一切。"

"汉克·怀特。"地上那位咕哝了一声。

"啥？"同伴问他。

"汉克·怀特。"他重复道。

同伴目光真诚地看着平民中的一个。"噢,我的天哪,这难道不是老汉克·怀特本人吗,我们打小就认识!怎么啦,汉克!我们听说你死了,说你在做钢琴生意什么的。你不是被炒鱿鱼了吧?我看你没带着钢琴。"

"没,没,"对方有点惊慌,"你认错人了。我的名字叫施卢斯。我做女士内衣生意。"他掏出一张名片。

"哦,哦,挺好的嘛,"他故作神秘地把身子凑过去,"你没随身带几件女人衣服样品吗?真没有?我不信。不过没关系。我给你在水牛城弄一件。当然,不是买一件,而是租一件,你说怎么样?至于现在嘛,贺拉斯,"他冲着士官洛喊道,"那酒瓶在哪儿?"

"在这儿,少校。"洛从上衣里掏出酒瓶,由亚普汉克递给两个平民。

"想些远的事儿,很远很远的,喝快点。"他建议道。

"噢,谢谢。"叫施卢斯的生意人将酒瓶郑重地传给同伴。两人小心翼翼地弯下腰,尝了一口。亚普汉克跟士官洛也喝了,但没有弯腰。

"悠着点,大兵。"施卢斯提醒道。

"没事。"洛说。他们又畅快地来了一口。

"不给他喝点?"此前保持沉默的另一个平民突然发问,朝亚普汉克的旅伴努了努嘴。他弓着背姿势别扭地蜷缩在角落。朋友推了一把,他软绵绵地瘫倒在地。

"这就是恶魔朗姆酒的可怕之处,各位。"亚普汉克说得一板一眼,仰头喝了口酒。士官洛也如法炮制,然后把酒瓶递给下一位。

"别，别，"施卢斯有点难以招架，"喝太多了。"

"这并非他的本意，"亚普汉克说，"只是脑子不听使唤了。"他和洛瞪着两个平民，"给他点时间，他会缓过来的。"

过了片刻，那个叫施卢斯的接过酒瓶。

"这就对了嘛，"亚普汉克压低嗓门对洛说，"我一度以为他会玷污这身军装。还好你没有，是吧？"

"没有，真没有。谁敢这么做。我本人对军装崇拜得不得了。听着，我也想跟你们并肩作战，真的。但小伙子们离家后，总得有人打理生意吧。我说得对不？"他眼巴巴地望着洛。

"谁知道呢，"洛冷冷地说，"我从来没做过工。"

"得了吧，"亚普汉克气哼哼的，"咱们谁能比得上你，年纪轻轻，运气又好。"

"我怎么运气好啦？"洛提高嗓门反驳道。

"哟，运气不好的话，你大喊大叫的干啥。我们要操心的事儿多着呢。"

"这倒是实话，"施卢斯赶紧附和道，"我们都得操心其他事儿。"他浅浅地呷了一口，对方催促道：

"快，趁现在，喝。"

"不，不，谢谢，我喝得够多了。"

亚普汉克鼓着蛇一般的眼睛。"来一大口，赶紧。你该不是想逼我把列车长叫来，说你怕我们不请你喝威士忌吧？"

他动作迅速地递上酒瓶，然后朝另一个平民说："他这人怎么这么逗？"

"不，不，"施卢斯说，"听着，你们这些大兵想喝就喝个够吧，我们来做善后工作。"

另一个沉默的平民兄弟也表示赞成。亚普汉克说：

"他们觉得我们这是在给他们灌毒药。我猜，他们觉得我们是德国来的探子。"

"不，不！我看到军装，就像看到自己的亲娘，尊敬还来不及呢。"

"那么赶紧喝吧。"

施卢斯狠狠喝了一口，将酒瓶递到一旁。同伴如法炮制。两人的额头冒出豆大的汗珠。

"不给他喝点？"沉默的平民重复道，亚普汉克再次将饱含怜悯的目光投向自己的旅伴。

"唉，可怜的汉克，"他说，"可怜的孩子，怕是要完蛋了，我俩多年的交情也算完了。"士官洛随口说了句"是的"，仔细打量面前两个风格迥异的汉克，亚普汉克继续说道："瞧瞧那张善良的、有男人味儿的脸。我俩打小就在一块儿，跑到满是鲜花的草地摘花，他跟我是骡马营里的好把式，他跟我把法国掀了个底儿朝天。可你瞧瞧他现在的样子。"

"汉克！你认不出这个带哭腔的声音，这只轻抚你额头的手了吗？将军，"他看着洛，"您能行行好，代我料理这桩后事吗？我指定由这些好心的陌生人去路过的第一家马具场，买一副适合骡子的颈圈，是山茱萸木做的，用勿忘草拼出首字母 H 和 W。"

施卢斯的泪珠在眼眶中打转，他将胳膊搭在亚普汉克肩上。"好啦，好啦，死亡不过是暂时的离别，振作点，喝点酒，你就会好受点。"

"没事，我扛得住，"他说，"你有一副好心肠，兄弟，救人于水火之中。"

施卢斯拿一张脏兮兮的、洒过香水的手帕擦了把脸，继续喝酒。纽约笼罩在玫瑰色的酒气中，晚霞如流水般涌入水牛城。怀着满腹炽热的烈火，他们望见车站的轮廓。可怜的汉克在痰盂里睡得正甜。

洛跟他的醉意尚浅的朋友，站起身，搀扶他们的同伴。施卢斯叫嚷着死活不愿下车。他说不可能到了水牛城，因为他来过水牛城无数次。千真万确，他们告诉他，扶他站直身子。列车长瞪了这群人一眼便消失得无影无踪。洛和亚普汉克戴好军帽，帮两个平民拐进过道。

"真高兴我家的孩子年纪尚小，不用去当兵。"一个妇女从他们身旁挤过。洛对亚普汉克说：

"嘿，他怎么办？"

"哪个他？"亚普汉克正搀着施卢斯，脱不开手。

"剩下那个。"洛示意。

"噢，他呀。你想要的话，就归你咯。"

"为什么，你们不是一起的吗？"

外面是车站的喧哗和烟雾。透过车窗，他们看见乘客和搬运工行色匆匆。亚普汉克走在过道，回答说：

"见鬼，不是。我从没见过他。叫服务员把他扫地出门或者收留他吧，不知他喜欢哪种方式。"

他们半拖半拽着两个平民，亚普汉克摆出一副凶悍的架势，轻车熟路般在过道上跋涉，从一节硬座车厢下了车。月台上，施卢斯的手臂紧缠住大兵的脖子不放。

"听着，你们，"他大吼大叫，"你知我名字，你有我地址。听着，我要说这国家为你们做的自豪。所有荣耀在陆地和大海上。听着，大兵没有的话，我也啥都没有，没有。就算你们不是大兵，我也支持你们，百分百的。我喜欢你。我发誓我喜欢你。"

"哎呀，是哟。"亚普汉克表示赞同，撑着对方的身子。片刻之后，他瞧见一个警察，于是调整步态，朝警察所在的位置走去。洛跟那个沉默的平民紧随其后。"站直了，你。"他的嗓子干涸得沙哑，但那人的眼里似乎充满一种难以名状的悲伤，如一条丧家犬。"那就尽量吧。"士官洛的语气软了下来。亚普汉克走到警察跟前，停住脚步。

"这是你要找的两个醉鬼吗，警官？这两人把整车的人弄得鸡犬不宁。你难道不管一管，任由他们搞得回家的大兵心烦？看来警察不出马，醉鬼就猖獗得很。"

"我倒想会会能让大兵心烦的人，"警察说，"给我揍一顿，就现在。"

"可是，这都是些危险分子。你不是最在行吗，维护一方的平安？"

"揍一顿啊，我不是说了吗？要我把你们都抓进号子吗？"

"你搞错了，警官，这才是你要找的人。"

警察说："找什么找？"将亚普汉克从头到脚打量了一番。

"对呀，你没接到打来的电话？我们到站会车前打过电话。"

"噢，这就是那几个疯子，是吗？还有个他们想谋杀的人呢，在哪儿？"

"是的，都是疯子。你觉得一个正常人会跑到这个州来吗？"

警察开始用厌倦的眼神看着这四个人。"滚吧，快点。你们都喝醉了。挨一顿揍，或者我把你们抓进去。"

"行啊，弄进去。只要能到车站处理掉这些疯子，我们乐意奉陪。"

"这趟车的列车长在哪儿？"

"他跟医生在一起，处理那个受伤的。"

"好吧，你们最好给我老实点。你们想干吗——逗我玩？"

亚普汉克猛拽了一把身边的人。"站好。"他说，摇晃对方的身体。"爱你像我的兄弟。"那人口齿不清地说。"瞧瞧他，"亚普汉克说道，"瞧瞧他们。车上还有个受伤的。你就打算傻站在这儿，什么都不干吗？"

"我以为你是在逗我玩儿，就这俩，是吗？"他吹响警笛，循声跑来另外一个警察。"他们在这儿呢，艾德，你把他们看好，我上车去看那个死人。你们这两个大兵也待在这儿别动，明白吗？"

"行，警官。"亚普汉克说。等警察咚咚的脚步声远去，他扭头看着两个平民。"好啦，孩子们。这是来接你们的人，送你们出站去游行开始的地方。你们跟他们一起，我和这位警官得回去接列车长和服务员——他们也想参加。"

施卢斯仍旧抓住亚普汉克的胳膊不放。

"爱你像我的兄弟。你有什么事儿，找我。"

"没问题，"他说，"看好他们，警官，他们疯得厉害。现在，你跟着这位好心人。"

"别动，"警察说，"你俩待着别动。"

汽笛声骤然响起，列车长的脸活像一轮赫然出现的咆哮着的月亮。"真想等着瞧瞧他那张脸炸开花。"亚普汉克喁喁自语道。警察扶着两个喝醉的人，也朝火车赶去。"给我回来。"他对亚普汉克和洛大喊。

亚普汉克一边开溜，一边朝洛急急地说：

"快，将军，"他说，"跑起来。再见啦，孩子们。咱们走，小子。"

警察高喊："站住！"但他们充耳不闻，跑过长长的顶棚，血液兴奋得几乎凝成一块，每个人都气喘吁吁。

车站外，暮色中，城市的天际线锐利地划破冬季的夜空，粼粼的灯火像鸟群肃立，展开一动不动的金色翅膀，钟声扰乱了静谧；每一寸丑陋都潜藏在亦真亦幻的光影之下。

那里有填肚子的食物。春天大概已经光临这世界的某个角落，但从南方刮来的冬风吹得正紧，听上去宛如一支遗忘已久的乐曲。他们被眼前的奇景震惊，呆立半晌，感受寒气中的春意。他们似乎刚刚抵达一个新世界，觉得自己渺小无比，相信守候在前方的是新鲜而奇怪的东西。他们自惭形秽，四周安静得让人喘不过气来。

"我说，兄弟，"亚普汉克狠狠拍了士官洛的后背一下，"有这么棒的游行，我们怎么可能不擅离职守，你说是不？"

2

是谁挺身将这块土地保护

却落得无功无禄？

士官！

是谁为约到一个女孩

等到混沌初开？

士——官！

带着一肚子食物和一夸脱藏在士官洛的胳膊下的威士忌，他们登上一列火车。

"我们去哪儿？"洛问，"这趟车去不了旧金山，对吧？"

"听着，"亚普汉克说，"我的名字叫乔·吉利根。吉利根，吉——利——根，乔·吉利根。我的祖先从爱尔兰人手里抢了明尼阿波利斯，所以就有了荷兰人的姓氏，明白了吗？你之前遇到过哪个叫吉利根的给你指过歪路？如果你想去旧金山，行。如果你想去圣保罗或奥米霍，我也没意见。除了这些，我来操心你怎么去那儿。我来操心你怎么去那三个地儿，如果你坚持要去的话。不过，我搞不懂你为啥偏要去那个天远地远的旧金山？"

"我不想，"士官洛说，"我没有什么特别想去的地方。就我而言，待在火车上就挺不错。我的意思是，咱俩在这儿把仗给打完。可你也知道，我家里人都在旧金山，所以我得去那儿。"

"哦，好吧，"列兵吉利根爽快地说，"有时候一个人确实想跟家人见见面——尤其是他没跟他们住一块儿。我不怨你。我欣赏你这么做，兄弟。但话说回来，你随时都能回去。我想说的是，咱们应该先尽情欣赏一下这个为之战斗过的伟大的国家。"

"不行，我做不到。停战协定签了后，我妈每天都打电话来，叫我别惹祸，要当心，复员命令下达后赶紧回家。我敢保证她为了让我快点回去，会把电话打到总统家。"

"是呀，没错，她肯定会。有什么能比得上母亲对子女的爱？除了来一口香甜的威士忌。那个瓶子呢？你该不会把这个小处女弄丢了吧？"

"她在这儿呢。"洛拿出酒瓶，吉利根按响电铃。

"克劳德，"他吩咐服务员领班，"给我们拿两个杯子一瓶饮料或其他的。我俩今天跟绅士们坐在一块儿，也得表现出绅士的样子。"

"拿杯子干啥？"洛问，"昨天都是抱着瓶子喝。"

"记住从现在起我们会跟陌生人坐在一起。我们可不能表现得太野蛮把大伙儿都吓跑了。等你走南闯北多了经验也多了，你就会懂这些规矩的。拿两个杯子，奥赛罗。"

服务员穿一身浆洗过的硬邦邦的上装，架势盛气凌人。"不能在这节车厢饮酒。去餐车。"

"噢，得了吧，克劳德，发发慈悲。"

"这节车厢不准饮酒。要喝就去餐车。"车厢左右摇晃，他蹒跚着走过一张张座席。

列兵吉利根转头看着自己的同伴。"你说！你怎么看？这应该是对士兵的态度吗？我告诉你，将军，这是我见过的最糟糕的状况。"

"去他的，咱们就抱着瓶子喝。"

"不行，不行！这事关荣誉。记住，我们得保护身上这件军装不受玷污。你等在这儿，我去找列车长。我们买了车票的，对吧，兄弟？"

军官辞别战场，与他们的妻小

共度往日时光逍遥

天空阴沉，泥土融化成一片单调的灰色雾霭，昏暗朦胧。偶尔有树丛与屋舍从雾中钻出，城镇像鬼声呼唤出的气泡串联在一根钢丝上——

> 是谁守在哨所嚼着糖块
> 怨政府发动战争让人深受其害
> 士官！

吉利根回来了，嘴里说了声："查尔斯，稍息。"

我应该猜到他会再叫上一个人的，士官洛心里想着，抬起头看。他看到一条腰带和飞翼章，他站起身，映入眼帘的是一张年轻的面容，一道可怕的伤疤现在额头。我的上帝呀，他想，心头一阵恶心。他立正行礼，对方紧盯着他看，神情紧张又心不在焉。吉利根挽着他的胳膊，帮他入座。那人疑惑地凝视着吉利根，喃喃地说了声"谢谢"。

"中尉，"吉利根说，"坐在你面前的是本国的骄傲。将军，快按铃叫人送些冰水来。中尉生病了。"

士官洛按了铃，心中不免生起一股在参战的美国士兵与各国军官之间由来已久的怨恨，就好比面前这位，身上佩着徽章、飞翼章和黄铜纽扣，洛甚至没有怀疑像这样一位英国军官，如此虚弱无力，会跑到美国来旅行。要是我年纪大点，运气好点，也能像他一样战功卓著，他妒忌地想着。

服务员再次出现。

"告诉过你，这节车厢不准饮酒。"他说。吉利根掏出一张钞票。"不在这儿，先生。不在这节车厢。"随后他看了眼那个人。对方俯下身去，又抬头狐疑地瞟了一眼吉利根和洛。

"你们对他做了什么？"他问。

"噢，他不过是我刚才在那边找到的一个迷路的外国人。叫……欧内斯特——"

"迷路？迷什么路。他是佐治亚州人，我正负责照顾他。中尉，"他对军官喊道，"这些家伙没事儿吧？"

吉利根和洛面面相觑。"天哪，我以为他是个外国人。"吉利根嘀咕道。

那人抬眼望着服务员焦虑的脸。"嗯，"他语速缓慢，"他们没事。"

"你是想待在这儿跟他们一起，还是要我把你安顿到原来的地方？"

"让他待在这儿吧，"吉利根说，"他想喝一口。"

"但他没法喝。他病得不轻。"

"中尉，"吉利根说，"你想喝一口吗？"

"是的，我想喝一口。是的。"

"但他不能喝威士忌，先生。"

"我不会让他喝太多的，我来负责照顾他。去吧，赶快，给我们拿几个杯子来，行不？"

服务员刚想说："但他不能——"

"我说，中尉，"吉利根打断他的话，"你能叫你这位朋友给我们拿几个杯子来喝酒吗？"

"杯子？"

"是的！他不想给我们拿。"

"你需要杯子吗，长官？"

"是的，拿几个杯子来，好吗？"

"遵命，长官。"他停住脚步。"你会照顾好他吧，我说？"他问吉利根。

"没问题，没问题！"

服务员走了，吉利根嫉妒地看着他的客人。"你肯定是从佐治亚州来的，能在这趟车享受这种服务。我给他钱都没能让他动心。瞧，将军，"他对洛说，"我们最好守着这个中尉，怎么样？早晚会派上用场。"

"没错。"洛表示同意，"我说，先生，你坐什么船回来的？"

"噢，看在上帝的分上，"吉利根打断他，"别打扰他。他在法国打了那么久的仗，该休息了。喂，中尉？"

疤痕狰狞的额头之下，那人目光迷惑而友好，再次出现的服务员端来酒杯和一瓶姜汁水。他把一个枕头小心地垫在军官的头后，又递给另外两人各一个枕头，透过冷淡无情的好意，希望他们能小憩一阵。他动作熟练，公平地为每个乘客提供分内的服务，像一位命运之神。列兵吉利根从未体验过如此对待，变得局促不安。

"嘿，放轻松点，乔治，让我自个儿弄弄。可以的话，我来弄这个瓶子。"

他停下来问："行吗，中尉？"

"嗯，好的，谢谢。"军官回答道。随后说道："拿杯子来，倒一杯。"

吉利根拧开瓶盖，将酒杯倒满，姜汁水释放出甘甜而辛辣的嘶嘶声。"赶紧的。"

军官用左手端着杯子，这时洛才注意到，他的右手已干枯萎缩。

"干杯。"他说。

"俯冲一个。"洛低声说。那人看着他，手中酒杯静止不动。他看见洛放在膝盖上的军帽，如在暗夜中摸索的迷惘的双眼变得清澈锐利，似乎心里接受了一场洗礼。洛觉得从他的唇间发出了一声询问。

"遵命，士官。"他回答道，让人感受到激动的心情，感受到他身上的勃勃朝气。

但这瞬间耗尽了他的精力，军官的眼神再次变得茫然而怅惘。

吉利根举起酒杯，斜着眼看了一眼。"为了和平，"他说，"头一百年是最难熬的。"

服务员又来了，还带着自己的杯子。"又多个到马槽里抢食的。"吉利根抱怨着，给他斟满。

黑人拿出枕头拍打，然后将其重新放到军官的头下。"打扰一下，长官，要我再拿点什么来垫你的头吗？"

"不用，不用，谢谢。这样就行。"

"但你生了病，先生。不能喝太多。"

"我会小心的。"

"别担心，"吉利根加了句，"我们会看住他。"

"那我把窗帘拉下来，免得光线太强照到你的眼睛。"

"不用，我不怕光。你去忙你的吧。需要时我会叫你的。"

凭借与生俱来的本能，黑人清楚自己的一番好意在旁人眼中看起来不够圆滑，但他还是再次鼓起勇气。

"我猜你还没有打电话叫家里人来接你。要我帮你给他们打电话吗？我现在能照顾你，可到时候谁来照顾你？"

"不用，我很好，真的。多谢你这段日子照顾我，剩下的我来应付。"

"好吧。但我会告诉你的人你的病情会发展到哪种地步。你自己应该也很清楚，长官。"他对吉利根和洛说，"如果他发病，二位就来叫我。"

"行，你去吧，该死的。我不舒服的话就会叫你。"吉利根目送黑人远去，然后将崇敬的眼神投向军官。"中尉，你感觉如何？"

但对方只是茫然地回望。他的酒杯空了，就在吉利根斟酒之时，洛像一条追踪的猎犬，继续问道：

"我说，长官，你坐什么船回来的？"

那人友善地看着洛，没有回答，吉利根说：

"嘘——别打扰他。没见他已经不记得自己是谁了吗？你估摸着能行吗，带那么长一道疤？就让战争过去吧。是不，中尉？"

"不知道。再来杯酒就好。"

"没问题。打起精神来，将军。他并没有恶意，他只是想来两口找点乐子。我们对战争都有可怕的回忆。一次一个破游戏让我输了八十九美金，这还不算完，就像某个意大利作家说的，只要到了蒂耶里堡，就能尝尽人间百态。来一点点威士忌，怎么样？"

"干杯。"军官说。

"那是什么地方，蒂耶里堡？"洛说，带着孩子般的失望表情，他觉得被人故意忽略了，相比自己，命运之神对那人似乎更仁慈。

"你在说蒂耶里堡？"

"反正我在说一个你没去过的地方。"

"我的精神去过那儿，亲爱的。这才是最重要的。"

"我说嘛，你不可能亲自去过那儿。根本没这个地方。"

"怎么可能没有！问问中尉我有没有骗人。你说呢，中尉？"

但他已经睡熟了。他们端详着他的脸，年轻，却如莽莽尘世一样古老，掩藏在令人恐怖的伤疤下。就连一向爱打趣的吉利根都变得语气沉重。"我的天哪，这模样真让我恶心反胃。我猜他并不知道自己变成了这样一副鬼样子。你觉得当他家里人见到他，会怎么想？或者他的女朋友——如果他有的话。我敢打赌他有女朋友。"

纽约消失在身后：从时钟的指针看，现在是中午时分，但窗外依然是灰蒙蒙色彩单调的地平线。吉利根说："如果真有个女朋友，她会怎么做？"

士官洛觉得，这注定会是一次令人绝望的失败尝试，他问："怎么做？"

纽约过去了，一身戎装的马洪睡得正香。（我也该睡一觉吗？洛想着，要是我有飞翼章、靴子，也能睡个好觉吧？）一枚枚线条优美的飞翼章系在缎带上。白色，紫色，白色，盖住军服口袋，遮住他的心脏（大概是那个位置）。洛留意到机翼间有一个叠顶的王冠和三个字母，随后他的目光再次聚焦到那张熟睡中的伤痕累累的脸。"怎么做？"他重复道。

"她会跟他绝交的，兄弟。"

"啊，得了吧。她肯定不会。"

"她会的。你不懂女人。一旦新鲜感慢慢消失，要不就是姑娘足不出户挣钱糊口，要不就是小伙子扎起绑腿下地干活，永远一事无成，就像你我一样。"

服务员来了，在沉睡的人身旁走来走去。

"他生病了，是吗？"他低声说。

他们告诉他没有。黑人挪了挪睡觉人的头。"麻烦两位先生照顾一下他，有任何需要一定要叫我。他是个病人。"

吉利根和洛看着军官，表示同意，服务员拉下窗帘。"你们还要来点姜汁水吗？"

"行。"吉利根的声音跟服务员一样轻柔，黑人转身离开。两人默默地坐着，像一对兄弟，都觉得人这一生因为有太多的模棱两可而变得毫无意义，何苦要满怀歉意，委曲求全。服务员送来姜汁水，就在他们举杯畅饮的时候，火车已经从纽约州开进了俄亥俄。

吉利根，话多还油腔滑调的那位，也进入了梦乡。士官洛，那个满怀失望情绪的年轻人，似乎把旧世界的所有伤心事都装进心里，恍惚间又看到沉没的船，远去的港口……伤疤下，军官和飞翼章、皮带和铜纽扣睡在一起，一个令人讨厌的老妇人停下脚步，问道：

"他受伤了吗？"

吉利根从梦中惊醒。"看看他的脸，"他急吼吼地说，"是他从椅子上倒下来刚好撞到跟他说话的一个老太婆，就变成这样了。"

"太无理了，"老妇人愤怒地瞪着吉利根，"不能给他治治吗？他看上去让我恶心。"

"行啊，夫人。能想些法子。我们不是正在做吗——别打扰他就好。"

她和吉利根彼此盯着对方，然后她看着洛，这个年轻、咄咄逼人、心情沮丧的士官生。她回头看了眼吉利根，用冷冰冰的口吻说：

"我要向列车长告发你。这人生了病，需要照顾。"

"去呀，夫人。不过你告诉列车长，要是他敢来打扰这个病人，我就把他的脑袋打开花。"

老妇人的双眼从一顶乖巧时髦的黑色礼帽下狠狠地瞪着吉利根，一个姑娘的声音传来：

"别打扰他们啦，亨德森太太。他们会照顾好他的。"

她黑色头发。要是吉利根和洛之前看过奥伯利·比亚兹莱的画，他们肯定以为她就是比亚兹莱笔端的女主角：她的形象在画中出现过太多次，身穿孔雀般色彩的华服，白皙，纤瘦，站在艳丽的树丛和不真实的大理石喷泉间。吉利根站起身。

"是的，小姐。有我们在，他睡得很好。有服务员照顾他——"也不知他为什么要向她做这番解释，"我们准备送他回家。就让他自个儿待着吧。谢谢你的关心。"

"但恐怕还是得想想法子。"老妇人徒劳地重复了一句。姑娘牵她走开了，火车晃动着驶入午后。（没错，是下午了。士官洛的腕表是这么显示的。也不知究竟到了哪个州，只知道时间来到下午。下午或傍晚或清晨或深夜，军官丝毫不关心。他睡得很沉。）

该死的老婊子，吉利根嘀咕着，生怕吵醒了他。

"看看你，没把他的胳膊放好，"姑娘说，回到跟前。她把他干枯的手从大腿下抽出。（他的手布满疮疤，起泡的皮肤下隐约能看见骨头。）"噢，多可怜又可怕的一张脸。"她说，将他头下的枕头移了移位置。

"轻点，女士。"吉利根说。

她没有理睬。吉利根觉得他也该醒了，就没有再劝阻，她继续忙碌。

"他去的地方远吗？"

"家在佐治亚州。"吉利根说。他和士官洛见她并非路过座位瞧瞧病人这么简单，都站起身来。洛注意到她有一张白得与众不同的脸，黑色头发，抹过口红的嘴唇，苗条的黑裙子，那位沉睡中的人能博得如此的关心，少年人的心里不免又漾起嫉妒之情。她用余光扫了眼洛就没再理他。她真是没人情味儿，太自我，对两人视而不见。

"他不能独自回家，"她语气肯定地说，"你们会一直陪着他？"

"当然。"吉利根向她保证。洛也想说点什么，说点能在她脑海留下深刻印象的话，说点能透露自己心迹的话。但她只是瞥了一眼酒杯，洛觉得自己像个傻瓜，但还是紧紧地把酒瓶抱在怀中。

"看来你们过得挺快活，你俩。"她说。

"是蛇药，小姐。你要不要来点？"

洛又开始嫉妒吉利根胆敢如此冒失还镇定自若，他紧盯着她的嘴，她望着车厢地板。

"我觉得可以，如果你能再找个杯子来。"

"真的吗，没问题。将军，快按铃。"她坐在马洪身边，吉利根和洛也坐下来。她看起来……她很年轻；她也许喜欢跳舞，可同时她看起来又不年轻——她似乎什么都懂。（她结过婚，大概二十五岁，吉利根想着。）（她大概十九岁，她还没谈过恋爱，洛觉得。）她看着洛。

"你是干什么的，大兵？"

"飞行士官，"洛慢吞吞地说，"空军。"她是个孩子——她只是看上去年龄大点。

"噢，怪不得你要照顾他。他是个飞行员，跟你一样，是吧？"

"看他飞翼章上写的，"洛回答道，"英国。皇家空军。真不赖。"

"见鬼，"吉利根说，"原来他真不是外国人。"

"又没说非得是当地人才能加入英国或法国军队。你看拉佛贝利。我们去的时候，他就跟法国人一块儿打仗。"

姑娘看着他。吉利根从没听说过什么拉佛贝利。"不管他是谁，准是好样的。至少跟我们是一头的。就让他当他的英雄好了。"

姑娘说："他肯定是。"

服务员来了。"长官好吧？"他低声说，对她的出现没有表现出半点惊讶，也许黑人向来不爱管闲事。

"是的，"她告诉他，"挺好的。"

士官洛心想，我猜她准会跳舞。她加上一句："有这两位先生在，对他来说再好不过了。"她观察得可真仔细！吉利根想。她知道这里有过令人失望的谈话。"不知我能否在你的车厢喝一杯？"服务员打量她一阵后说："可以，夫人。我去拿些新鲜的姜汁酒来。您要照顾他？"

"是的，就一会儿。"

他微微俯下身子。"我也是佐治亚州来的。很久以前。"

"真的吗？我老家在亚拉巴马州。"

"怪不得。我们得照顾好家乡人，对吧？我马上去给您拿个杯子来。"

军官仍在熟睡，服务员返回的脚步轻盈而急切，他们坐下来喝酒，压低嗓门聊天。从纽约州到俄亥俄州，俄亥俄州又变成一间间样式雷同的廉价房屋，同样的人走进一扇接一扇大门，抽着烟，吐着唾沫。辛辛那提到了，她的手掌似乎释放出一道白光，他终于醒了过来。

"我们到了？"他问。她的手腕上戴着一个纯金手镯，没戴订婚戒指。（也许是典当出去了，吉利根想。但她看上去并不像穷人。）

"将军，去把中尉的帽子拿来。"

洛爬过吉利根的膝盖，吉利根说：

"这位是我们的老朋友，中尉。鲍尔斯太太。"

她伸出手，帮他站起身，服务员也来了。

"唐纳德·马洪。"他说，声音像只鹦鹉。士官洛在服务员的帮助下拿来军帽、手杖、风衣和两个帆布袋。服务员帮他穿上外套。

"我来帮你拿，夫人。"吉利根说，但服务员已抢先一步。她的外套料子很粗很重，是浅色的。她把外套随意披在身上，吉利根和士官洛收拾好部队"发放"的包袱。服务员将军帽和手杖递给军官，随后便消失在他们的行李中。她又看了眼脚下的车厢地板。

"我的东西在——"

"这儿呢，"服务员在车门喊着，声音越过衣装整齐的乘客的肩膀，"我拿着呢，夫人。"

他拿好所有的行李，一只黑色的温柔的手小心翼翼地把军官搀下车。

"快来帮帮中尉。"列车长殷勤地说，但黑人早已稳稳帮军官站在车站月台。

"你要照看他，夫人？"

"是的，我来照看他。"

他们顺着车站顶棚朝前走，士官洛回头望去，黑人正手脚麻利地穿梭在其他乘客中，看上去他已经忘了他们。士官洛的视线从搬完背包行囊，将两毛五或半美元装进衣兜的服务员身上，转移到披着外套握着手杖的军官身上，他注意到军官的军帽松松垮垮地向后斜搭在结了疤痕的额头，有那么一瞬间，他觉得自己头上的军帽也神气起来。

但这份激动很快湮没在死寂的夜色中，街道两旁是石砌的建筑，灯火阑珊，身穿简陋卡其布军服的吉利根和粗布料子外套的姑娘，各挽着唐纳德·马洪的一只胳膊，构成一幅肃立在门口的剪影。

3

鲍尔斯太太躺在床上，包裹她修长身体的是令人感觉异样的被单，耳边传来旅馆在寂静的夜里会发出的特有声响——含混的脚步声回荡在铺着厚厚地毯的走廊，轻微的开门关门声，不知什么地方传来的机器的低鸣——也许在其他地方，这些声音会让你精神放松，睡个好觉，但在旅馆里听到，却只会让你难以入眠。她的心灵和身体同时回忆起往日熟悉的被窝，如今变得空空荡荡，于是她辗转反侧，努力想找个姿势睡一觉，一种令人惶恐的悲伤却不期而至。

她一想起年纪轻轻就战死在法国的丈夫，就忍不住烦躁恼怒，觉得自己受了命运之神的捉弄：这种玩笑一点也不好笑。就在她冷静地决定，之前他们只是趁整个世界歇斯底里之际，彼此享受短暂的鱼水之欢；就在她冷静地决定，他们最好就此分手，让共度的三天变成记忆的美好永恒；就在她提笔给他写信，祝他好运，她一定是不经意间偶然得知，他在行动中阵亡了。如此不经意，如此偶然，就跟理查德·鲍尔斯的风格一样，她跟他过了三天，理查德·鲍尔斯指挥一个排——她不记得是哪个师。

她还年轻，能体会这种离别之痛，就好像一个人伸出热切而渴望的手，想要抓住黑暗世界里某件具体的东西，虽然陆军部的人对此不以为然。他甚至都没有收到她的信！从某种程度上说，是她扮演了不忠的角色：他在临死前肯定还喊着她的名字，尽管之前也许两人对这段婚姻都已感到厌倦。

她翻了个身，被单像水流，被她的体温加热，盖在她的腿上。

噢，该死，该死。你对我开了个多么浑蛋的玩笑。她回想起那几个晚上，他们渴望明天永远不要来临。真是两个浑蛋的玩笑，她想着。不管怎样，我知道该怎么用这笔抚恤金，不知道迪克会怎么想——假如他得知有这样一笔钱而且还很在意的话。

她缩着肩膀，钻入想象中的怀抱，被单遮盖的身体蜷曲起来拱成一团，靠近床尾位置的被单却变得渐渐平坦：她躺在床上凝望着如隧道般黑暗的房间，努力辨认模糊的家具轮廓，感受灰泥墙外萌动的春意。通风井又一次灌满四月的气息。这个疏忽大意的白痴，竟然忘记了春天已重返人间。白色连接门的顶部似乎有个气窗，圈出一个无声而明亮的平面。她突然有一种冲动，坐起身来，换上睡衣。

房门被她用手轻轻推开。跟她的房间一样，这间也摆满家具，只是都看不清式样。她能听见马洪的呼吸声，她用手指摸到电灯开关。带着伤疤的额头下，他睡得正熟，突然亮起的灯光照在他紧闭的眼睛上，也没有打扰到他。她本能地知道他的身体出了什么问题，为什么他的动作迟疑而无助。

他会瞎的，她俯身注视着他。他仍在熟睡，不久，门外传来一阵响动。她迅速地直起腰，声音停止了。随后有人把钥匙捅进锁孔将门打开，吉利根扶着士官洛走了进来，目光呆滞，一看就醉得不轻。

吉利根拉了一把身旁全身瘫软的同伴，说了声：

"下午好，夫人。"

洛嘴里咕哝着，吉利根继续说：

"看看我身旁这个孤独的水手。出发吧，骄傲而孤独的水手。"他命令这个死死把他抱住、胡言乱语的累赘。士官洛又咕哝了一声，听不明白，他的眼睛红得像两只龙虾。

"嗯？"吉利根说，"快点，像个爷们儿样，给漂亮的女士打个招呼。"

士官洛絮絮叨叨不知在说什么。她低声说："嘘，安静点。"

"噢，"吉利根有些惊讶，"中尉睡啦？嘘！这个时辰，他睡觉干吗？"

洛难掩内心的热情，语无伦次地又说了一大通，吉利根似乎听懂了。

"你也想，是吗？你为什么不能像个爷们儿一样走出去，大声说出来？想睡觉了，瞧瞧这德行。"他对鲍尔斯太太解释道。

"是该睡了。"她说。虽然吉利根也醉醺醺的，他还是搀扶同伴去另一张床躺下，而且过于夸张地注意自己的一举一动，生怕表现得像一个醉鬼。洛并拢膝盖，叹了口气，侧身背对他们，吉利根一步三摇，帮他解开绑腿，脱掉鞋，两手分别捏着一只鞋，把鞋子放在桌上。她斜靠在马洪的床尾，长腿架在床栏上，看着吉利根忙前忙后。

最后，光着脚的洛躺在床上，朝着墙壁唉声叹气。她说：

"你喝了多少，乔？"

"没多少，夫人。怎么啦？中尉需要帮忙吗？"

马洪还在睡，士官洛很快也睡着了。

"我想跟你聊聊，乔。跟他有关，"她觉察到吉利根惊讶的眼神，赶紧补上一句，"你要听吗，还是你要睡了，明早我们再聊这件事儿？"

吉利根努力睁大双眼，回答说：

"别，现在就行。我一向听女士的吩咐。"

她突然做了个决定，说：

"那么，到我的房间来。"

"行。让我拿上酒瓶，我就是你的人了。"

他忙着找到酒瓶，她起身回到自己的房间，等他尾随而至。她正抱着膝盖坐在床头，身上搭着一张毛毯。吉利根搬来一把椅子。

"乔，你知道他会瞎吗？"她突然说。

过了片刻，她的脸才清晰起来，他端详着她的脸，说：

"我知道的还不止这些。他会死的。"

"会死？"

"是的，夫人。要是问我曾在谁的脸上看到过死亡，那一定是他的。这世界呀，真该死。"他骂出声来。

"嘘！"她低声说。

"噢，我忘了。"他赶紧说。

她抱紧膝盖，蜷缩在毛毯下，空间狭小，她不停地变换身体的位置，抚摸木质的床头板，奇怪为何这里没有铁床，奇怪为何一切都像回到了从前——铁床，为何你故意把有些人的隐私暴露在众人面前，为何这些人要死去，为何你没有夺走其他人的性命……我也会像这样死去吗：焦躁而愤怒？我是否生性冷酷，或者我已经耗尽所有的情感，让我的感知与别人大相径庭？迪克，迪克，一具难看的尸体。

　　吉利根不安地坐在椅子上，努力聚拢眼神，他的视觉器官都失去了功能，黏糊得像打碎的鸡蛋。灯光划出一个圆圈，像一条轨道；她有两张脸，坐在两张床上，四只胳膊抱着膝盖……为什么一个人不能既快乐又不快乐呢？只是把两种情绪简单地混合起来，就像你喝啤酒——或者喝水，口味各来一点。

　　她动了动，把身上的毛毯又拉紧了些。通风井里有春天的气息，呼之欲出；但房间里还在用蒸汽供暖，表明冬天仍盘踞于此，做临死前的挣扎。

　　"我们喝一杯吧，乔。"

　　他慢慢起身，身体左摇右晃，每走一步都谨小慎微，似乎经过细致的考虑，取来玻璃水瓶和杯子。她拖来一张小桌子摆在附近，吉利根斟满两杯酒。她喝了一口，放下酒杯。他点燃一根香烟递给她。

　　"这真是个堕落的旧世界，乔。"

　　"你说得太对了。还要加上一句垂死的。"

　　"垂死的？"

　　"我是指他的情况。实在够麻烦，他也许早点死会好些。"

　　"早点死会好些？"

吉利根喝干杯子里的酒。"我知道些内情，跟他有关。他在老家有个女朋友：还小的时候，家长就给他们订了婚，在他出发去打仗之前。你觉得，她看到他的脸会做出什么反应？"他问，盯着她看。终于，她的两张脸变成了一张，她的头发漆黑，她的嘴唇像一道红色的伤疤。

"噢，不，乔。她不会那么做。"她坐起来，毛毯从肩头滑落，她重新把毛毯盖在身上，专心地望着他。

吉利根又一次安定自己的心神，让眼前飞来飞去的物体重返轨道，他说：

"你在开玩笑吧。我看过她的照片。还有她寄给他的最后一封信。"

"他没给你看这些！"她飞快地反驳。

"没啥大不了的。反正我都看过了。"

"乔，你没翻过他的东西吧？"

"见鬼，夫人，你我不是打定主意要帮他吗？就算我真做了些招神灵怪罪的事儿：你打心眼儿里明白，我会帮助他——除非遇上甩都甩不掉的拦路虎。而且，只要我觉得做得对，就没有什么能改变我的心意。"

她看着他，他继续说道：

"我的意思是，你和我知道该为他做些什么，但如果你总是不允许一位绅士做这个做那个，置身事外，你就帮不了他。你说是不是？"

"但你凭什么肯定她会抛弃他？"

"得了吧，告诉你，我读过那封信，全是些老掉牙的废话，什么空中骑士和战场浪漫之类的，甚至连一开始哭哭啼啼的胖姑娘，都会很快对这些失去新鲜感，参军入伍，光荣负伤，不再是件了不得的时髦，而是讨人嫌的麻烦。"

"你这是想当然吧，你甚至都没见过她？"

"我看过照片，是外表轻浮的漂亮妞，头发还多。正好是那种会跟他订婚的类型。"

"你怎么知道这门婚事还会继续？也许她已经忘了他。他说不定也记不清她，你说呢？"

"这不好说。要是他记不起她来，那倒还好。但要是他还记得自己的家人，肯定希望一切还和从前一样，生活的世界没有发生颠倒。"

他们沉默片刻，然后吉利根说："我真希望自己以前就认识他。可能的话，我也想有个这样的儿子。"他喝光杯子里的酒。

"乔，你多大了？"

"三十二，夫人。"

"你怎么知道这么多事儿？"她感兴趣地问，望着他。

他咧嘴一笑。"也不算知道，就是随便说说。我想是现实中见过太多的例子吧。还有就是话太多，"他自嘲地说，"我是个话痨，早晚会迸出一句对的话。你话不多，是吧？"

"的确不多。"她说。她漫不经心地动了动，毛毯整个从肩头滑落，露出薄薄的睡衣；她抬起手臂，扭转身体，把毛毯盖好，长长的小腿、曲折的脚踝和赤裸的脚露了出来。

吉利根仍旧端坐在椅子上，说："夫人，咱俩结婚吧。"

她赶紧把全身都藏在毛毯下，心头涌上一丝隐隐的厌恶。

"你这是什么话，乔。没听见别人都叫我'太太'吗？"

"听见了。我还知道，你没有丈夫。我不知他现在在哪儿，或你跟他之前做过什么，反正现在，你没有丈夫。"

"天哪，我开始有点怕你了，你知道的实在太多。说得没错，我丈夫是去年阵亡的。"

吉利根看着她，说了声"真是走霉运"。她的喉头又一次尝到微弱而温暖的悲伤，垂着头，将头靠在拱起的膝盖上。

"走霉运。的确如此，事事都不如意。甚至连悲伤都是装出来的。"她仰起脸，黑色的头发遮住苍白的脸，嘴唇像一道殷红的伤疤，"乔，这是我听过的最真诚的悼词。你过来。"

吉利根朝她走去，她拉着他的手贴在自己脸颊。随后她松开手，把头发甩到脑后。

"你是个好人，乔。如果我现在想找个人嫁的话，我会选你。很抱歉我开了个玩笑，乔。"

"玩笑？"吉利根重复道，目不转睛地看着她的黑发，然后不置可否地"噢"了一声。

"但我们还没有决定该如何帮助那个可怜的孩子，"她急切地说，紧紧拽着身上的毛毯，"这才是我想跟你说的。你困了吗？"

"不困，"他回答道，"我就没打算要睡。"

"我也不想睡。"她移动身体，把背靠在床头板上，"你躺这儿。咱们来琢磨下。"

"行，"吉利根表示同意，"我得脱了鞋，首先。会弄脏旅馆的床。"

"让旅馆的床见鬼去吧，"她告诉他，"踩上来就好。"

吉利根躺下来，拿手掌遮住自己的眼睛。过了一会儿，她说：

"你说，该怎么办？"

"我们得先把他送回家，"吉利根说，"我明天给他家里人打个电话——他老爹是个牧师，知道吧？但那个该死的姑娘让我头痛。他应该安详地告别人世。但该如何做，我实在是不知道。有些事儿我了解，"他解释说，"但毕竟女人的心思难猜，我想的法子，也不一定就周全。"

"我觉得你是不二人选。我决定把赌注都押到你身上。"

他身体动了动，再次用手遮住双眼。"是吗？最近我的运气还行，但有时候光靠感觉是靠不住的。对了，要不你、我跟将军一起送他？"

"我是这么想的，乔。"她的声音从他遮挡眼睛的指缝间传来，"我一直都有这个打算。"

（她爱上了他。）但他只是说：

"随你吧。不过我知道你会做出正确的选择。就算是行个方便，对吧？"

"是的。不过钱的方面怎么办？"

"什么钱？"

"呃……比如他需要点什么，你清楚的，他随时可能发病。"

"主啊，我在扑克牌桌上杀得他们片甲不留，一直没机会把赢的钱用出去。钱的事包在我身上，根本不成问题。"他大大咧咧地说。

"嗯，钱的事好办。你知道我还有我丈夫的抚恤金。"

他静静地躺着，手遮住眼睛，卡其布的军裤弄脏了床单，一双笨拙的鞋躺在床尾。她抱着膝盖，缩在毛毯下。过了一阵，她说：

"睡着了吗，乔？"

"这是个有趣的世界，你觉得呢？"他没头没脑地问了一句，躺着没有动。

"有趣的？"

"是呀。士兵战死，把钱留给你，你花钱帮另一个士兵安详地死去。不是很有趣吗？"

"我觉得也是……一切都有趣。非常有趣。"

"不管怎样，总算是安排妥当，真好，"他沉默片刻后说，"他会高兴有你一路同行的。"

（亲爱的、死去的迪克。）（马洪在伤疤下熟睡。）（迪克，我最亲爱的人。）

透过头发，她感受到抵在头下的床头板，小腿消瘦，缠绕的胳膊能触摸到皮肤下的骨头，她紧抱小腿，望着整洁的、没有人情味的房间发呆，这里像一个约定的坟墓（不知有多少牢骚、欲望与激情死在这样的坟墓里），远离俗世万物的欢乐、悲伤和贪念，远离洋溢盎然生机和春意的密林。（迪克，迪克。死去的、难看的迪克。你曾经活泼、年轻、热情、难看，转眼之间，你已经死去，亲爱的迪克：你的血肉，你的身体，让我爱得发狂，让我无动于衷；你漂亮的、年轻的、难看的身体，亲爱的迪克，如今被激动的蛆虫包围着，白得像一摊牛奶。亲爱的迪克。）

吉利根，约瑟夫，退伍前是个列兵，参军让他成为民主党的一员，像犯人一样被编过号，如今就睡在她身边，脚上的靴子（拜某些级别更高的民主党员所赐）看起来朴实而笨拙，搁在旅馆的白色床单上，相比之下，床单显得洁净无瑕、不近人情。

她掀开毛毯，把伸直的手臂挥舞在阴郁的半空。她缩回毛毯下，掌心贴着脸颊。吉利根丝毫没有被打扰，鼾声均匀，房间里弥漫着家的温馨气息。

（迪克，亲爱的，一具难看的尸体……）

4

隔壁房间，士官洛从闹哄哄的梦境中醒来，睁开眼，茫然不知身在何处，宛如上帝俯瞰凡间，光线耀眼，照得人生疼。片刻之后，身体有了知觉，他回忆起投宿的旅馆，试着将头扭到另一边。睡在对面床上的男人露出一张可怕的脸。（我是朱利安·洛，我吃，我消化，排泄；我上过天。这个人……这儿的这个人，睡在疤痕下……我们触摸过哪里？噢，上帝，噢，上帝：他的身体，他的脾胃。）

他抬起手，摸了摸自己完好无损的额头。幸好没有伤疤。身旁是一把椅子，椅面上放着他那顶扎有白色飘带的军帽；桌上是另外一个人的帽子，布面的帽冠朝后倾斜，顶部缝着一枚青铜质地的由词首大写字母组成的饰章。

他嘴里酸酸的，胃里翻江倒海。我宁愿变成他那副样子！他唉声叹气。变成他那副样子。让他把我健全的身体拿去吧！让他拿去。在我的身上插上一对翅膀，插上翅膀；把他的伤疤也给我，那么明天，我将坦然地面对死亡。另一把椅子上叠着马洪的军服，左胸口袋别着飞翼章，机翼与顶部的王冠之间，是由首字母拼出的一个圆环，飞翼章的边缘镶着刺绣，一看就引人注目——这真是一件具有象征意义的、让人心动的宝物。

要变成他那副样子，插上翅膀，带着他的伤疤！士官洛扭头望着墙壁，心里又是激动又是失望，像一只饥肠辘辘的狐狸，啃噬自己的手脚聊以果腹。垂着涎，叹着气，士官洛再一次进入梦乡。

5

阿喀琉斯：你为长途飞行做了哪些准备，士官？

墨丘利：报告长官，清空了膀胱，给油箱加了油。

阿喀琉斯：继续干吧，士官。

《老剧本》（约 19—？ ）

士官洛醒来时，天已经大亮，吉利根走进房间，衣装整齐。吉利根看着他说：

"感觉怎么样，王牌？"

马洪还在疤痕下熟睡，军服仍旧放在椅子上。左胸口袋，飞翼章的线条如丝绸般光滑，绶带低垂。白色，紫色，白色。

"噢，上帝呀。"洛呻吟一声。

吉利根看来恢复了元气，神采奕奕地站在洛的床头。

"躺着休息，你。我要出去找点早餐吃。你就待在这儿，等中尉醒来，怎么样？"

士官洛嘴里酸得发苦，又开始哼唧。吉利根看了他一眼。"得，别乱动，明白吗？我很快就回来。"

房门在他身后关上，洛口干舌燥地起身下床，摇摇晃晃地走到水瓶前。玻璃水瓶，样子像头长颈鹿还是像个咖啡壶？他心里想着。水甘甜可口，但刚放下水瓶，他就感到一阵恶心。很快，他又爬上床。

恍恍惚惚，他渐渐忘记了肠胃的抽搐，清楚自己时而在做梦，时而又清醒。他能感觉到自己的脑袋大得像充满气的气球，接下来，他能分辨出床脚，又想喝水了，他推开枕头，一眼便望见另一张相似的床，附近隐约有一件睡袍静止不动。她俯下身，望着马洪脸上的伤疤，说了声："别放弃。"

洛说，我不会，他闭上眼，品咂嘴里的酸味，用余光瞥见她修长苗条的身体几乎贴到他红色的眼皮，他睁开眼，迎着光影的方向，她的大腿在裙摆和床单间若隐若现。他努力睁大眼睛，这次，他一定窥到了她的脚踝。她的双脚也在那儿，他这样想着，却鼓不足勇气朝那个方向仔细张望，索性又闭上眼睛，想象自己能说出怎样的情话，才配得上亲吻她的双唇。噢，上帝呀，他想着，觉得自己是个病入膏肓的人，幻想她会说出一句我爱你。要是我有飞翼章，还有一道疤痕……让那些军官们见鬼去吧，他想着，不觉间又睡着了。

还有，让那些没飞上过天的菜鸟们见鬼去吧。我才不当该死的菜鸟呢。宁愿当个中士，宁愿当个机械师。真笑死人啦，士官。去，为啥不行？战争都结束了。真好，真好。噢，我的上帝呀。他的疤痕；他的飞翼章。最后一次机会。

他回忆起在机舱的短暂时光，闻着润滑油的气味，摩挲着精巧光滑而紧绷的机身，他感觉一股气流迎面喷涌而来，手中紧紧握住操纵杆，观察在远处地平线上下摇晃的机翼，将机头对准地平线，像一支长了千里眼的来复枪，子弹出膛而去。天哪，还有什么值得我在乎？

看着机头缓缓升起，直到遮住地平线，看着下降的机翼划出一道圆弧，看着飞机突然凝固在半空，整个世界在座椅外疯狂地旋转起来。"真的，还有什么令你在乎？"一个声音问道，他惊醒过来，看到吉利根正端着一杯威士忌站在床边。

"喝了她，将军。"吉利根说，把酒杯凑到他的鼻子下。

"噢，我的天，拿开，快拿开。"

"赶快，就现在，喝了她，你就会好些。中尉起床了，都瞧着你呢，还有鲍尔斯太太。你喝这么醉干啥，王牌？"

"噢，上帝呀，我不知道，"士官洛回答道，痛苦地摇着头，"别理我。"

吉利根说："快，喝了她，现在。"士官洛说，快给我走开。

"别理我，我会好的。"

"你当然会，只要你喝下这个。"

"我喝不下。走开。"

"你必须喝。你想让我拧断你的脖子吗？"吉利根和蔼地说，故意板着脸，装出一副仁慈而冷酷的样子。洛避开他的眼神，吉利根将手伸到洛的背后，托起他的身体。

"让我躺下。"洛哀求道。

"永远躺在这儿？我们就要动身去某个地方。我们不能待在这儿。"

"但我确实喝不下。"士官洛心头的火越燃越旺，就快呼之欲出，"看在上帝的分上，让我一个人待着。"

"王牌，"吉利根说，托起他的头，"你必须喝。你最好自己乖乖喝下去。要是你不干，我就直接灌进你的喉咙里，不管是酒杯或是其他。来，就现在。"

酒杯放在唇间，他喝了一口，咽下，做好迎接呕吐的准备。但伴随吞咽的动作，杯中的液体突然变得甘洌可口。他顿时焕发了新生。他觉得身上在冒汗，吉利根将喝尽的杯子从他嘴边移开。马洪穿戴整齐，只差系上皮带，正坐在桌旁。吉利根的身影消失在门外。洛从床上坐起来，身体还打着战，但已精神了不少，他又喝下一杯。浴室里传来雷鸣般的水声，重新回到房间的吉利根说了声"好小子"。

他把洛推进浴室。"快去洗洗，王牌。"他说。

水声悦耳，细密的水柱像一根根耀眼的银针刺得他肩头发烫，全身上下罩着一层湿漉漉的银色水珠，闻起来有肥皂的味道——墙的那边是她的房间，她就在那儿，高挑，红唇，白肤，黑发，美丽动人。我要立刻告诉她，他下定决心，端详着自己裹在浴巾下的年轻的身体。他容光焕发，刷了牙，梳过头，在马洪沉静的凝视和吉利根疑惑的目光中喝下第二杯威士忌。他打扮完毕，听见她房间里传来动静。也许她正想着我，他对自己说，急匆匆地穿上卡其布军服。

他迎头撞见军官和善而困惑的眼神，对方问：

"你好吗？"

"再好不过了，之前是我一个人唱独角戏。"他回答道，兴奋得想引吭高歌一曲。"噢，昨晚我把帽子落在她房间了，"他告诉吉利根，"我想得去讨回来。"

"你的帽子在这儿。"吉利根冷冷地对他说，递上帽子。

"噢，那好吧，我还想亲口跟她说一声。可我该怎么说呢？"士官洛问，梳洗过后的他衣装整洁，恢复了青春洋溢而咄咄逼人。

"哟，当然成，将军，"吉利根满口赞成，"她肯定无法拒绝像你这样为国效忠的英雄。"他敲了敲门，"鲍尔斯太太？"

"什么事？"她的声音很低沉。

"这儿有位潘兴将军想跟你说话……行……好的。"他转身，打开门，"你可以进去啦，王牌。"

洛也不理会吉利根冲他使眼色，愤愤地走进房间。她坐在床头，早餐盘搁在膝上。她还没换好衣服，洛只好把目光投向别处。但她温柔地说：

"欢迎，士官！今天的天气如何？"

她示意洛把椅子拖过来摆在床边。她并没有摆出一副发号施令的样子，一切都自然而然。她时不时看他一眼，眼神和蔼体贴，又递给他咖啡。空腹喝下威士忌的壮举让他突然有了饥饿感，他接过咖啡杯。

"早上好。"他用姗姗来迟的恭敬语气说，努力让自己显得不像十九岁。（为什么十九岁听上去令人羞愧呢？）她待我像一个孩子，他想着，感到焦躁不安，随后又鼓起勇气，愈发大胆地望着她的双肩，好奇她是否穿着丝袜。

我进来的时候为什么没说点什么？说点轻松和亲密的话？听着，当我第一次见到你，我对你的爱就像——我的爱就像——我对你的爱——上帝呀，要是我昨晚没有醉得那么厉害，我会说我对你的爱我的爱就像……她移动身体，他发觉自己正看着她的手臂入了神，宽松的衣袖从她手臂上滑落，说了声是的，他很开心战争结束了，告诉她自己完成了四十七小时的飞行时间，再多两周就能拿到飞翼章，他住在旧金山的母亲正盼着他回家。

她待我像一个孩子，他恼怒地想，看着她的肩头和胸部位置。

"你的头发真黑。"他说。她问：

"洛，你什么时候回家？"

"我不知道。为什么要回家？我想先在这个国家四处玩玩。"

"但你的母亲！"她瞥了他一眼。

"噢，是呀，"他大大咧咧地说，"你知道女人的心思——总是担心你。"

"洛，你怎么能知道这么多东西？女人？你——还没结婚吧？"

"我——结婚？"洛激动得语无伦次，"我结婚？不是你想象的那样。我有过很多女朋友，至于结婚嘛……"他嗓门高起来，嘟囔着说。"你觉得我该结婚？"他急切地问。

"噢，我不知道。你看起来很——很成熟，懂我意思吧？"

"啊，这是飞行的缘故。不信你瞧瞧那个人。"

"是吗？我觉得你有这方面的潜质……你也能成为一名王牌，要是碰巧遇上德国人的话，我说得对吧？"

他看了她一眼，像一条打蔫儿的狗。这个话题总是让他信心全无。

"我很抱歉，"她真诚地说，"我没想过：你当然会是一名王牌。不管怎样，这不是你的错。你尽力了，我知道。"

"噢，看在上帝的分上，"他痛苦地说，"你们女人想要什么，究竟？跟那些在前线的飞行员比起来，我也不差——不管是开飞机还是其他。"他垂头丧气地坐在她眼皮下。他突然站起身。"对啦，你叫什么名字？"

"玛格丽特。"她说。他朝床边走去,她问:"还要咖啡吗?"他停下脚步呆立半晌。"你忘了把杯子拿过来。在那儿,桌子上。"

他茫然地走到桌旁,拿起杯子,接过一杯没有心思喝的咖啡。他觉得自己像一个傻瓜,嫌弃自己少不更事。算了吧,他对她说,怀着压抑的怒火坐回原处,让一切都见鬼去吧。

"我惹你生气了,对吧?"她问,"但是,洛,我心情很糟糕,你刚才是想跟我上床吧?"

"你为什么这样想?"他问,故作惊讶。

"噢,我不知道。但女人感觉得出。我可不想随便跟人上床。吉利根也有过这个念头。"

"吉利根?什么?我会杀了他,要是他来惹你的话。"

"不,不,他没有惹我,跟你差不多。说点恭维人的好话而已。但为什么你想跟我上床呢?进我房间前,你的脑子里就一直想着这个,对吧?"

洛只好坦白:"我在火车上第一次见到你,就有了这个念头。我一见你,就知道你是我命中注定要遇上的人。告诉我,你不是因为他得了飞翼章和那道伤疤,才喜欢他而不喜欢我吧?"

"怎么会,当然不是,"她看了他一阵,思来想去,然后说道,"吉利根先生说那人就快死了。"

"快死了?"他念叨着"快死了"这三个字。每次遇上险境,他不是总能化险为夷全身而退!虽说飞翼章和伤疤远远抵不上对他的犒赏,但"死"实在令人意外。

"玛格丽特,"他的语调满是绝望,让她看他的眼神忍不住多了几分怜悯（他实在是太年轻），"玛格丽特，你爱上他了吗？"（他清楚要是自己是个女人，一定会爱上他。）

"不，当然不。我不爱任何人。我的丈夫在埃纳阵亡的，知道吧？"她温柔地告诉他。

"噢，玛格丽特，"他真诚得有些生硬，"要是我去了那儿，也会送了命的，要不然就是像他一样负了伤，你说是吧？"

"当然，亲爱的。"她把托盘放到一边，"你过来。"

士官洛起身朝她走去。"我会送了命的，要是我有机会的话。"他重复道。

她拉他在身旁坐下，他心里清楚，在她眼中他不过是个孩子，但他还是忍不住从了她的心意。此时此刻，他的失望和绝望占据了整个胸腔。他惬意地把脑袋贴在她的膝盖上，双手抱住她的腿。

"我真的想，"他坦白心迹，"我想有他那样的伤疤，还有其他的。"

"然后死去，像他那样慢慢死去。"

可是在士官洛眼中，死亡除了是一件或真实或伟大或悲伤的事件，究竟意味着什么？他看见一座坟墓，墓门敞开，他穿着靴子，系着皮带，胸口别着飞行员的飞翼章，一道伤疤……这些都是命运之神的恩赐吧？

"嗯，嗯。"他回答。

"哎呀，你也飞行过，"她告诉他，用手捧着他贴在膝盖上的脸，"你或许会跟他一样，但你更幸运。也许你飞得比他还要好，不会像他一样被敌机击落。你想过吗？"

"我不知道。我猜要是能让我跟他一样，我宁愿让他们抓到我。

你爱的是他。"

"我发誓，我没有。"她托着他的脑袋，看着他的脸，"我要是真的爱他，会告诉你的。你不相信我吗？"她的眼神令人难以抗拒，他信了她的话。

"好吧，假如你不爱他，你能保证等着我吗？我很快就会再长大些，我会拼命工作赚钱。"

"你母亲会怎么想？"

"见鬼，我才不管呢，我又不是个永远长不大的孩子。我十九了，跟你一样大，要是她不喜欢，就让她下地狱吧。"

"洛！"她训斥一声，没有透露自己二十四岁的年龄，"我出个主意！你回家去告诉你母亲——我写封信你带给她——她有什么话，你写信给我。"

"可我想跟着你。"

"但是，宝贝儿，你跟着我有什么用呢？我们要把他送回家去，他病得厉害。明白吗，亲爱的？我们不把他安顿好的话，什么事儿都做不成，再多个人，不是更碍手碍脚？"

"碍手碍脚？"他心头一阵刺痛。

"你懂我的意思。我们得把他送回家，然后才能考虑之后的事儿，明白吗？"

"你真的不爱他？"

"我发誓，我不爱他。你满意了吧？"

"行，那你爱我吗？"

她再一次把他的脸贴在自己的膝盖。"你这个缠人的小鬼，"她说，

"我当然不能告诉你——至少现在还不能。"

他心满意足。两人抱在一起，沉默许久。"你身上的味道真好闻。"士官洛终于开口。

她挪了挪。"上床到这儿来。"她命令他，等他凑到跟前，她用手托着他的脸，亲吻他。他搂着她，她把他的头埋在自己双乳之间。过了一会儿，她轻抚他的头发，说道：

"好啦，你得马上回家了吧？"

"必须吗？"他惘然出神地问。

"必须的，"她回答道，"就今天。马上给她打电话。我写封信你转交给她。"

"噢，见鬼，你知道她会说什么。"

"我当然知道。你没有兄弟姐妹，是吧？"

"是的。"他惊讶地说。她动了动，他猜她是想挣脱怀抱舒一口气。他坐起来。"你怎么知道？"他惊讶地问。

"我猜的。你会回家，对吧？你保证。"

"嗯，我会的。但我会回来找你的。"

"你当然会。我等着你来。吻我。"

她默默仰起脸，而他则用她愿意的方式亲吻她的面庞，冷冷地，轻轻地。她把手掌贴在他的脸颊。"亲爱的宝贝。"她说，吻着他，就像他母亲的吻。

"我说，这可不是情侣间的亲法。"他抗议道。

"那情侣间该怎么亲？"她问。他伸手搂紧她，抚摸她的双肩，接着用之前学到的技巧，将她的小嘴凑到自己嘴边。她坚持了一会，然后用力把他推开。

"这就是情侣的亲法？"她问，大笑起来，"不过我更喜欢另一种。"她把他的脸捧在手心，浅浅地蜻蜓点水般地亲了一下他的嘴唇，"好啦，你保证马上给你母亲打电话。"

"你会给我写信吗？"

"当然会。但你得保证今天就出发，不管吉利根怎么劝你留下来。"

"我保证，"他说，看着她的嘴巴，"我能再亲你一次吗？"

"等我们结婚的时候。"她说，他知道没戏了。他在考虑，他知道她正注视自己的一举一动，他摆出一副了不起的神情走到门口，头也不回。

吉利根和军官出现在眼前。马洪说：

"早上好，老兄。"

吉利根看着洛气势汹汹地走来，忍不住想打趣他。

"抱得美人归吗，嘿，尖子？"

"见鬼去吧，"洛回答，"酒瓶在哪儿？我今天要回家去。"

"她在这儿呢，将军。喝个痛快吧。回家？"他重复道，"我们也回家，嘿，中尉？"

第二章

1

琼斯,詹纽阿留斯·琼斯,出生在一户他听说过但并不相熟的家庭,按字母顺序排下来,碰巧轮到"琼斯"这个姓氏,如果说春天(January)是翻开的日历和万物焕发的勃勃生机,那么詹纽阿留斯(Januarius)则是堕落的化身,永远自命不凡,对美食和华服怀有难以遏制的冲动——詹纽阿留斯·琼斯穿一身松垮垮的粗花呢衣服,他最近当上一所小学院的拉丁语教员,正靠着一扇带铁栅的大门——新叶搭建起一道绿色的堤坝,由含苞初绽的金银花担任主角,四月在风信子的花床忙碌。青草结满露珠,蜜蜂趁着朝阳穿行于苹果花间,御风而驰的燕子在苍白的天空画出一道道或粗或细的线条。一张脸看到他,放下手中的泥铲,交叉背带的金属扣子在扣好后反射出令人愉快的闪光。

牧师说:"早上好啊,年轻人。"教堂锃亮的圆顶友好地从爬满常春藤的墙顶探出头,一座完美而优雅的尖塔,一个镀金的十字架,几朵甘当陪衬的静止不动的微云。

詹纽阿留斯·琼斯,仿佛看到尖塔在慢慢地颓败倾塌,喃喃低语道:"先生,小心它会掉下来。"阳光照在他那张年轻的胖脸上。

园艺师仁慈而好奇地看着他。"掉下来?噢,你是不是看到一架飞机，"他说，"我的儿子战时在空军服役。"他身材高大，穿黑色裤子和一双破鞋子。"今天是飞行的好天气，"他手搭凉棚向远处眺望，"你在哪儿看到的？"

"没看到，先生，"琼斯回答，"没有飞机，先生。我的意思是怕这座尖塔指不定哪天会掉下来。说来很幼稚，让我开心的事儿莫过于站在教堂尖塔下，看头顶的云彩四处移动。要是能幻想它倒塌下来就更完美了。你有过类似的经历吗，先生？"

"说实话我也有过，虽然那已经是——让我想想——记不起来是哪年的事儿了。但自从披上这身衣服，他就得对自己的灵魂严加管束，让激情萎靡，好去拯救别人的灵魂，这些人——"

"——这些人既不值得拯救，也不愿意被拯救。"琼斯接过他的话头。

牧师赶紧呵斥他。麻雀亢奋地在常春藤间飞行，枝叶蔓生的教堂从外观上看像一个梦境，有黄水仙和修剪过的草坪。这里应该再来几个孩子，琼斯想。他说：

"我谦卑地请求您原谅我的无礼，牧师。我向您保证，我——呃——耍了个小聪明，但我并没有怀什么不可告人的目的。"

"我知道，亲爱的孩子。我对你的责骂也是如此。这世上有一些我们必须要遵守的规矩：其中之一便是要对这身衣服怀有无比的敬意，因为我也许并没有资格穿上它。而且我还觉得任何人只要穿上这身衣服——该怎么说呢？"

　　一个单纯的人，无垢无罪

不惧摩尔人的投枪和弓弩

也不怕毒箭从满满的箭袋

飞出，弗斯库斯——

琼斯开始朗诵。牧师随之应和：

——他是否穿越过

炙热的流沙

或杳无人迹的高加索

或许达斯佩斯河流经之地

他们以慷慨激昂的二重奏朗诵完这首诗，随后沉默不语地站着，彼此欣赏地打量对方。

"来，来，"牧师突然喊道，他的眼里充满笑意，"我怎么能让客人苦苦守在门外？"铁栅大门徐徐推开，他沾满泥土的手重重地按在琼斯肩头，"来，咱们去尖塔看看。"

青草茂盛。数不清的蜜蜂从三叶草飞向苹果花，又从苹果花飞向三叶草，哥特式教堂的基座上立起一座尖塔，永世不朽的祈祷文由青铜镌刻而成，枯杇崩塌的塔身在静止的淡云中显得完美无瑕。

"请允许我引荐一位虔诚的教民。"牧师讷讷地说。阳光像一片金色的羽毛盖住他的秃头，詹纽阿留斯·琼斯的脸变成一面圆圆的镜子，在地球混沌初开之时，牧神与仙女们曾在这面镜子前放荡不羁，原形毕露。

"教民，我说对了吧？还不止这些呢：这里是凡人离上帝最近的地方。但相信的人太少！太少，太少！"他眼也不眨地望着天空——曾几何时恬静祥和的眼神，如今充满了绝望。

"说得对极了，先生。但我们这个年龄的人相信，要是能用简单通俗的方式去接近上帝，而无须借助类似勤杂工这样的代理人，那这人就不配接近上帝。我们像买房子一样用金钱换取救赎。我们的上帝，"琼斯继续说道，"不必怜悯慈悲，他也不必睿智聪明，但他必须高贵尊严。"

牧师扬起他沾满泥土的脏兮兮的大手。"不，不。你这样说他们并不公正。但年轻时谁又懂得什么是公正，还有那些无聊的德行，为了完美的人生，我们不是把满腔的热血和纯真的天性都消磨殆尽，变得麻木不仁了吗？只有上了年纪的人需要规矩和法度，聚在一起回味世界的美好。没有了法度，年轻人会从我们手中夺走这个世界，就像古代的海盗在海上称王称霸。"

牧师沉默了一阵。新叶洒下斑驳的光影，鸟鸣婉转，飞在常春藤间的麻雀变成阳光中的斑斑点点，也开始歌唱。牧师继续说：

"要是让我来安排这个世界，我会设定一些时间点，比如三十岁，一个人活到三十岁时，就应该达到一个层次，他将不再受凡间难以抗拒的无益的诱惑所困扰，也不再为失去的爱情而伤感。是出于嫉妒的原因，我想，让我们希望阻止年轻人完成那些我们曾经缺乏勇气或没有机会完成的事情，现在，我们已力所不及。"

琼斯，想象着他曾经遇到过的诱惑，回忆起他勾引和没有勾引的姑娘，说："然后呢？要是有人运气不好，活不到三十岁怎么办？"

"在这个层次，不会再有物质方面的烦恼，比如阳光、空间和树林中的小鸟——只剩下生理所需的那些不重要的东西：吃、睡和生育。"

除了这些，你还要什么？琼斯想。有个部位老是喜欢肿胀。男人嘛，就应该把宝贵的时间耗在吃和睡和生育上，琼斯认为。他甚至希望牧师（或任何把世界想象成由食物和睡眠和女人组成的人）真的已经创造出这个东西，而他，琼斯，会永远活在三十一岁。不过，牧师的观点看样子跟他不同。

"他们靠什么来打发时间呢？"琼斯问，想挑起一场争论，他很好奇这些人会用什么来打发时间，要是他们不把精力消耗在吃饭和睡觉和幽会上的话。

"他们中一半人生产物资，另一半人拿金币和银币购买这些物资。当然啰，会有储存钱币和物资的地方，这样就能给一些人提供就业岗位。其他人嘛，就去耕田。"

"不过，最后你怎么处理这些钱币和物资呢？过不了多久，你就得修一个巨大的博物馆和银行，里面装满没用的和不需要的东西。而这些已经成为我们文明的诅咒——物品，财富，我们是它们的奴隶，要求我们每天至少要诚实地工作八个小时，或者做违法的事，这样才能涂脂抹粉或衣着光鲜地跟上最新的时尚，或者畅饮威士忌，或者给车加满油。"

"的确如此。这也痛苦地提醒我们，世界沦落成了什么样子。不用说，我已经预料到这两种情形。钱币可以回炉成金银块儿然后再制成钱币——"牧师喜不自禁地看着琼斯，"家庭主妇则把不要的东西当作燃料，拿来做饭。"

这个老蠢货，琼斯想着，嘴里说："了不起，妙极了！你的想法正合我的心意，牧师。"

牧师慈祥地看着琼斯。"啊，孩子，没有什么能合年轻人的心意，因为年轻人心智不全。"

"可是，牧师，这等于说我犯下了不敬之罪。我原本以为，虽然我们身穿不同的衣服，却能彼此休战。"

日头移动，地上的阴影随之移动，一根树枝的影子刚好遮住牧师的额头：他看上去像戴着桂冠的主神朱庇特。

"你穿什么衣服？"

"我——"琼斯刚想开口。

"还是块尿布呢，亲爱的孩子。噢，请原谅我。"他看到琼斯的脸色，赶紧加了一句。他的胳膊粗壮有力，像一根橡树枝，按住琼斯的肩膀。"告诉我，你觉得最值得赞扬的美德是什么？"

琼斯的心情安抚了些。"真诚的傲慢。"他不假思索地回答。牧师开怀大笑，像钟声隆隆震得阳光颤抖，惊得麻雀如落叶般在狂风中打旋。

"让我们和好如初，行吧？来，我让一步：我带你看看我种的花。你正年轻，能欣赏到花的美，还能想出一些词儿来夸赞。"

花园值得一看。碎石铺成的小径两侧栽满玫瑰，路面通向两棵参天的橡树。过了橡树，紧挨一排整齐的白杨，竖着希腊神庙式样的圆柱，白杨瘦弱纤细，树叶微微泛绿，宛如婀娜的少女。女贞树围成的篱笆旁，百合花像隐居在修道院的修女，蓝色风信子摇着无声的铃铛，梦想去到莱斯博斯岛。一道花格墙上，紫藤很快就会点燃一团淡紫色的火焰，最后蔓延到玫瑰丛中。树枝粗大，因树龄古老而长满节瘤，沉重，色深，像一个青铜基座，树冠罩上一层转瞬即逝的淡淡的金色。牧师用手温柔地抚摸着老树。

"瞧，"他说，"这是我的儿子和我的女儿，我心中的贤妻和腹中的面包；这是我的左手和右手。不知有多少个夜晚，还没来得及脱下冬装，还忙着点燃报纸给花木除霜，我就赶着来这儿站站。有一次，我记得自己去邻镇的教堂开会。天气——那时是三月份——一直很好，我连外套都脱了。

"花苞的尖端胀起来了。哈哈，我的孩子，与等待跟情人幽会的年轻人相比，等待第一朵花开的我也许更焦急难耐。（谁是那个老异教徒，将他的拜占庭高脚杯放在床边，日久天长，把酒杯边缘都亲吻得少了一圈？这俩看来是一路人。）……啊，没错。于是我乐观地做出判断，没有遮盖花丛，便动身参会去了。艳阳一直持续到最后一天，预报说天气会变坏。主教尚未出席，我算了算，坐火车回家一趟再返回会场肯定来不及。我只好找个侍应生开车送我回家。

"天空阴云密布，气温开始降低。离家还有三英里时，有条河挡住去路，但桥已不知去向。我们喊了半天，对岸终于有个耕田的人听见，撑着一艘小船过来。我叫司机原地等待，自己跳上船过了河，步行回家，把玫瑰花圃遮好，然后再走到河边，过河，乘车。那天夜里，"牧师微笑着看着詹纽阿留斯·琼斯，"下雪了！"

琼斯肥胖的身体仰卧在柔软的草坪，闭上眼睛以躲避阳光，把手里的烟斗填满烟草。"那这玫瑰可算是创造了历史。你伺候这片花丛有些年头了吧？一个人如果熟悉了什么，就会对它们产生迷恋。"詹纽阿留斯·琼斯对花草其实并不感兴趣。

"还不止呢。这里埋葬了我青春的一部分，就像酒坛里封存的葡萄酒。唯一的区别是：我的酒坛年年都酿了新酒。"

"噢，"琼斯说，有些失望，"这就是你要讲的故事，是吧？"

"是的，亲爱的孩子。很长吧？不过你躺在这儿可不舒服。"

"谁又能彻底地舒服呢，"琼斯突然滔滔不绝，"除非他睡着了。正因为一个人与养育他的土地之间存在难以挣脱的羁绊，他才疲惫不堪，坐着，站着，躺着，徒劳无益的事儿让他的脑子始终处于焦躁不安的状态。要是一个人，一个单身男人，能短时间脱离地球的引力，将全身重量集中于身体接触地面的那一点，会有怎样的效果？他会变成一个神，生命的主宰，让至高无上的神在他们的宝座上发抖；他会让每一户门前电闪雷鸣，像一位身披铠甲的骑士。实际上，之前的他一定困惑了很久，为什么由火、空气、水和全能组成的世界会变得如此冷酷。"

"没错。人要是老待在一个地方，就不太会思考问题了。但玫瑰花丛不同——"

"想想秃鹰，"琼斯激动地说，争分夺秒，"只需要空气就能翱翔：多么高贵，多么专一！谁关心史密斯是不是州长？谁在乎主权人民每年花钱雇一群陌生人办事，这些人背景不详，好逸恶劳，却处处掺和人民的家长里短？"

"但是，我亲爱的孩子，这样会导致无政府主义。"

"无政府主义？好吧。如果连上帝的手都因为翻钞票翻出了水疱，那才叫无政府主义吧。"

"至少你还承认有上帝的手。"

"我不知道，我说过吗？"琼斯拿帽子遮住眼睛，帽檐下伸出烟斗，又从外套口袋掏出一匣火柴。他抽出一根，在火柴盒侧面刮了一下。没有点着，他有气无力地将火柴梗扔进一丛紫罗兰。他又试了一次。他又试了一次。"转个身。"牧师讷讷地说。他照办了，火柴终于燃起火苗。

"你怎么在这儿找到上帝的手？"他吐了口烟，白雾包围着烟斗。

牧师从紫罗兰花丛下拎出那根没有点着的火柴。"就像这样：让人起身下地耕田，这样才会有吃的。你觉得，如果一个人能一直舒舒服服地躺着，他还会起来干活吗？就连造物主设计用来坐的那个身体部位，也不能坐太久，久了就不舒服，他只好闷闷不乐地站起来，舒活筋骨。看来，只有睡一觉算是偷闲。"

"但他不能睡掉超过人生三分之一的时间，"琼斯指出，"而且很快他甚至睡不足人生三分之一的时间。人类在虚弱，在退化：跟我们相对比较近（当然是从地质学的角度来讲）的祖先比起来，我们的睡眠时间少得多，甚至还赶不上生活在古代的同龄人。因为我们自诩为文明人，白白消耗了太多心力，以至无暇享受口福和鱼水之欢，这一点我们比不上祖辈和某些未受逼迫的同龄人。"

"未受逼迫？"

"在社会层面，当然。多伊觉得多伊和史密斯应该而且必须做这个或那个，因为史密斯觉得史密斯和多伊应该而且必须做这个或那个。"

"噢，我懂了。"牧师再次抬起头，眼睛不眨地盯着太阳的方向。

草上的露水干了，长寿花和水仙花开始变得昏昏欲睡，像舞会结束后的姑娘。"快中午了。咱们进屋吧：我给你拿些点心和午餐，如果你不忙的话。"

琼斯站起身来。"不，不。非常感谢。我不能给你添麻烦。"

牧师爽朗地说："不麻烦，一点也不麻烦。我独自在家。"

琼斯拒绝了。他对食物有一种偏好，一种本能。他只需凭借本能经过门口，就能判断这户人家有没有好吃的。从美食的角度出发，牧师一家并不入琼斯的法眼。

然而，老人的殷勤让琼斯盛情难却：牧师向来不肯听到一个"不"字。他把琼斯拉到身边，两人踏着投射下深色身影的草坪，走过造型优美典雅、玻璃表面因长时间没有擦洗而颜色暗淡的楣窗。在澄澈的阳光中站了一上午后，房间里似乎四处都燃着旋涡状的红色火焰。琼斯顿时两眼一抹黑，被什么东西狠狠绊了一跤，水桶的把手死死卡住他的脚踝。牧师呢，大声喊着"埃米"，把他和水桶和其他扶起：他万幸自己有福星保佑没有摔个狗啃泥，他像从水中升起的维纳斯，摘掉水桶，他拖着双脚踩在地板上，感觉裤腿有些异样，遇上这档子事真叫人绝望焦躁。我像一台起重机，他怒火冲天地想着。

牧师又开始大喊埃米。从房子最深处传来一声惊慌的应答，一个穿着条格平布衣服的人朝他们跑来。牧师的大嗓门如惊天巨浪震得房间咯咯作响，推开一扇门，光线倾泻而入，他领着裤腿仍在滴答淌水的琼斯走进他的书房。

"我很抱歉，"牧师说，"家里条件简陋。我现在一个人住在这儿，你看到了吧。不过话说回来，像我们这些哲学家，面包是拿来填肚子，不是拿来满足味蕾的，你说是吧？请进，请进。"

琼斯心情沮丧。湿透的裤腿，只能填肚子的面包。只有上帝才懂这个老牧师口中所说的面包是拿来填肚子而不是拿来满足味蕾是什么意思。是因为外面那层皮吗，也许吧。关于食物，琼斯考虑更多的是味道，而非美观。当然更不是什么哲学。他怏怏不乐地站着，摇晃湿淋淋的裤腿。

"我亲爱的孩子，你都湿透了！"主人惊呼，"快，把裤子脱下来。"

琼斯怏怏地拒绝。"埃米！"牧师高喊一声。

"就来，乔大叔。等我把水弄干。"

"别管水。去我房间，拿一条裤子来。"

"但地毯可就毁啦！"

"不妨事的，我想。咱们冒一次险。把裤子拿来。好啦，亲爱的孩子，把裤子脱下来。埃米会在厨房把它烤干，一切便大功告成。"

琼斯在绝望中缴械投降。他真正陷入一张道德的大网。牧师用近似无情的仁慈向他发起进攻，穿条格平布衣服的人再次出现在门口，胳膊上搭着一条跟牧师身上一模一样的黑色裤子。

"埃米，这位是——我好像没听你提过你的名字？——他会留下来跟我们吃午饭。还有，埃米，看看塞西莉要不要来。"

姑娘看到琼斯上身穿衬衫下面露出两条粉红色肥腿的滑稽模样，尖叫一声，将裤子庄重地递进房门。"琼斯。"詹纽阿留斯·琼斯说，声音微弱，然而埃米早已走远了。

"啊，对，琼斯先生。"牧师又扑向他，动作笨拙而细致地整理裤子的腰身和裤脚，卷了一截又一截，总算勉强合身。这期间，琼斯就像一头站在狂风中的绵羊，任由牧师的大手在身上扒拉。

"好啦，"主人大声说，"不必拘束（就连琼斯都听出这是句反话），我去找点东西来解解渴。"

客人恢复沉静，站在这间整洁而破旧的书房。起毛的地毯上摆着一张书桌，桌上一个缺了把儿的茶杯里插了一株白色的风信子，壁炉架台凌乱地放着几只烟斗和几捆纸卷，上方挂着一张照片。到处都是书——书架上，窗台上，地板上：琼斯看到几卷希腊文的《旧约》，一册厚得吓人的讲国际法的书，简·奥斯汀的小说和书页翻得卷了边的《都兰趣话》亲密地相互倚靠在一起。牧师回书房时端来用蓝色玻璃水罐装的牛奶和两个马克杯。从抽屉里，他拿出一瓶苏格兰威士忌。

"恢复力量的妙方，"他说，用天真而狡黠的眼神看着琼斯，"是老狗学来的新把戏，我的孩子。但请你原谅：也许你不喜欢把两种混起来喝？"

琼斯的斗志像气球一样升起。"我什么都敢尝一尝。"他说，像那位天不怕地不怕的于尔根。

"好吧，试一下。要是不合你的口味，也可以自己调比例。"

饮料比他想象中可口得多。他喝得津津有味。"你是不是有个儿子，先生？"

"是唐纳德。他的飞机去年春天在佛兰德斯上空被击落了。"牧师起身从壁炉架上方取下照片。他递给客人。画面上的男孩大约十八岁，没穿外衣：浓密蓬乱的头发下，琼斯看到一张清瘦的脸，精致的尖下巴，野性、温柔的眼睛。琼斯长着一双贼亮的黄眼睛，淫邪而老态，像一头罪恶的山羊。

"从他的脸上能看见死亡。"琼斯说。

主人拿过照片，端详半晌。"年轻人脸上总能看见死亡的影子，在精神上，永恒的青春。死亡对他们或对其他人而言，是一种羞耻。但死亡，终归要来。为什么不来呢？为什么死亡只青睐生命中那些弃之无用的东西？谁来清扫枯萎凋谢的玫瑰？"牧师似乎步入了黑暗的梦境。过了片刻，他继续说道："他的战友寄回来一些他的东西。"他将相框立在书桌上，从抽屉里拿出一个锡盒。他的大手在盒子上摩挲。

"让我来吧，先生。"琼斯说，但他清楚自己没有机会代劳，牧师也许每天都在重复这个动作。果然话音未落盖子便打开了，牧师把盒子里的东西倒在桌上：一件女式无袖衬衣，一本廉价的平装《什罗普郡一少年》，一个干枯的风信子球茎。牧师拾起球茎，后者在他手中碎成了粉末。

"呀，呀！我太粗心了！"他惊呼一声，将粉末小心地刮进一个信封装好，"我常常埋怨自己这双大手。它们应该长在那些合适的人身上，而不是拿来翻书页或给花坛松土。唐纳德的手，恰恰相反，长得很小，跟他母亲很像：他那双手很灵巧。他可以去当个外科医生。"

他把所有物品摊在桌面，置于竖立的相框前，像在举行一场仪式，他用沾满泥土的双手托着自己的脸，从破碎的梦里见到儿子和自己，身旁的人抽着烟。

"的确，从他的脸上能看见生与死还有羞耻。你见过埃米了吧？多年前，大概是拍这张照片的时候……不过那都是过去的事儿了。也许连埃米都忘了……你会注意到他没穿上衣系领带。不知有多少次，他母亲监督他穿戴整齐，但等他跑到街上、教堂或其他正式的场合，他总爱把帽子、上衣和领带拿在手上。不知有多少次，我听见他说'因为太热了'。接受教育并没有让他变成一个书呆子：上学是因为他想上，读书是因为他爱读。我该教他变得坚韧。什么是坚韧？情感上的压抑、隐忍……"他抬头看着琼斯，"你认为呢？我说得对不对？我是不是应该把儿子改造成这种人？"

"把那张脸改造成这种人？（这么说埃米已经做过羞耻的事，哪怕就那么一次。）怎么可能？（对于另一个做过羞耻之事的人，我又恨又妒忌。）你能让半人半羊的法翁神穿正装吗？"

牧师叹口气。"唉，琼斯先生，谁知道呢？"他慢慢地把桌上的物品装回锡盒，双手紧抱盒子坐下，"随着年龄的增长，琼斯先生，我越来越坚信我们对这个世界的了解少之又少，甚至连能给予我们帮助，或能让我们受益的某些方面，都不甚了了。然而……"他重重地叹了口气。

2

埃米，这个羞耻的少女，出现在门口。"你午饭想吃什么，乔大叔？冰激凌还是草莓酥饼？"她脸颊绯红，躲避琼斯的目光。

牧师看着他的客人，诚恳地问："你选哪一个，琼斯先生？我知道年轻人喜欢冰激凌。你也选冰激凌吗？"

但琼斯在他这一代人中称得上圆滑老练，凭着对食物的了解，他练就一项神奇的本事，能准确预料到其他人对食物的反应。"跟你一样，牧师，就酥饼吧。"

"酥饼，埃米。"牧师激情饱满地说。埃米走了。"你知道吗，"他的语气中满含歉意和感激，"你知道吗，当一个人步入老年，不是由他来控制胃，而是胃来控制他，因为包括胃在内，生理上的冲动开始虚弱而衰退，他不得不牺牲掉对食物的嗜好。"

"说得在理，先生。"琼斯附和道，"我个人也偏爱热的甜食，而不是冷的。"

"那等桃子成熟的时候，你必须来。我请你吃蜜桃甜糕，加黄油和奶油……不过，唉，我这肠胃是无缘享受啰。"

"为什么不呢，先生？岁月夺走了我们的性冲动，为什么不能用对食物的冲动来填补这个空缺呢？"

牧师看他的眼神透着和蔼与锐利。"你怎么会变得如此肤浅。人这一生并不太需要靠性冲动或对食物的冲动来充填，你说呢？"

门外传来鞋跟快速敲击地面的声音，踩过没有铺地毯的前厅，她走进来，嗓音沙哑地说："早上好，乔大叔。"步伐优雅地穿过房间，一时没看见琼斯。随后她注意到他，像一只飞行途中的小鸟，身子略微顿了一顿。琼斯站起身，在他眼皮底下，她走得扭捏而曼妙，浑身上下释放出一股矫揉造作，朝书桌方向走去。她像一棵小树温柔地弯下腰，牧师亲吻她的脸颊。琼斯那双黄色的山羊眼盯着她入了神。

"早上好，塞西莉。"牧师也起身，"之前我就盼着你来，今天阳光明媚。但是年轻姑娘嘛，都不爱晒太阳，宁愿躲在闺房里睡美容觉，"他的语气中有掩饰不住的喜悦，"这位是琼斯先生，塞西莉。桑德斯小姐，琼斯先生。"

她站在跟前，琼斯臃肿地向她鞠躬致意，但是对方娴静而略微惊讶的表情让他感到一阵慌张。他想起牧师逼他换上的那条该死的裤子，脖颈和耳朵慢慢变得发烫，这身打扮滑稽而可笑，而且她会认为他平时就穿成这样。她一言不发，琼斯在心里一遍又一遍狠狠咒骂着笑吟吟的态度超然的牧师。诅咒你：一会儿是埃米，我那时没穿裤子；一会儿是魅力四射的陌生人，我下面穿得像一个打蔫的气球。牧师冷冷的声音像命运之神：

"之前我就盼你来。我想你采点风信子。"

"乔大叔！真是太——好了！"她的嗓音粗糙，像一团纠缠的金线。她将陶醉的眼神从琼斯身上移开，琼斯讨厌这两人，感觉脑袋从发梢都开始冒汗。"我为什么不早点过来呢？我总是做错事，现在连这位什么先生——琼斯先生，都知道我忘记来采风信子了。"

她又一次看着他，像是在打量一头怪兽。琼斯先是困惑，继而愤怒，他忍不住开口：

"是呀，你没能早点来真是太遗憾了。相比现在，你会看见我更有趣的样子。至少埃米是这么想的。"

"这话什么意思？"她说。

牧师疑惑而亲切地注视着他。随后他恍然大悟。"啊，是的，琼斯先生之前遭遇了一场小事故，被逼着换了件我的衣服。"

"感谢你用了'被逼'这个词，"琼斯气呼呼地说，"没错，我被牧师搁在前门门洞里的水桶绊倒了，毫无疑问，这样做的目的是让他所在教区的教民们相信他们需要来自上天的帮助，等第二次登门拜访时，"他解释道，像一个希腊学者，无比威严地挥着手，"我想，你就会轻车熟路地避开水桶了。"

她的视线从琼斯怒火冲天的脸转向牧师慈祥、困惑的脸，不禁扑哧地笑出声。

"请原谅我，"她恳求着，迅速恢复常态，"我只是没忍住，琼斯先生。你会原谅我，对吧？"

"当然。连埃米都乐得不行。牧师，埃米不会因为这事儿发火吧，突然间撞见一个男人光光的——"

为了掩饰自己的唐突无礼，她没等琼斯说完便岔开话题。"所以你带琼斯先生看过你的花了吧？琼斯先生应该感到很荣幸：乔大叔很少这么做。"她流利地说，转身朝着牧师，字字句句甜美得像一首虚情假意的法国十四行诗，"琼斯先生是个名人吧？你还没告诉我你认得一些名人。"

牧师大笑起来。"哟，琼斯先生，看来你向我隐瞒了一些事情。（我倒是巴不得能当个名人，琼斯想。）我还不知道自己正在接待一个名人。"

琼斯的怒气消了不少，又开始扬扬自得，他语气谦恭地说："我也没承想会碰巧遇上一个名人，先生。"

"噢，别过分谦虚，琼斯先生。女人最懂这些。她们一眼就能把我们看穿。"

"乔大叔。"她注意着琼斯的一举一动，听到这话顿时紧张起来。但琼斯已抓住机会。

"不，我不同意你的看法。要是她们看穿了我们，就不会嫁给我们了。"

她心存感激，看他的眼神也多了一分兴趣。（他的眼睛是什么颜色？）

"噢，原来琼斯先生是这样的人！一个懂女人的权威。"琼斯的虚荣心在膨胀，牧师说了声"借过"，从大厅搬来一把椅子。她的大腿贴着书桌，她的眼睛（是灰色、蓝色还是绿色的？）捕捉到他那双黄眼睛火辣辣的目光。她眼睑低垂，他注意到她漂亮的小巧的嘴巴。要把她弄到手很容易，他想。牧师摆好椅子，她坐下，等牧师坐在书桌旁的椅子上，琼斯也再次落座。她的腿有多长，他想，观察着她娇小躯体上那件惨白的连衣裙。她感觉到他大胆的眼神，抬起头来。

"这么说来，琼斯先生结过婚啰。"她说。她的眼睛含情脉脉，琼斯觉得她的手似乎抚摸过他的身体。我已经弄到你的号码，他得意地想着。他回答道：

"没呢，你凭什么这样想？"牧师慈祥地望着他俩，朝烟斗里装烟丝。

"噢，那是我误会了。"

"那并非是你产生这种想法的原因。"

"是吗？"

"因为你喜欢已婚男人。"他直言不讳。"真的吗？"她冷淡地说。琼斯听出她对他的兴趣如潮水般退去，甚至能嗅到一丝凉意。

"难道我说错了？"

"这应该问你呀。"

"我？"琼斯问，"我怎么知道？"

"你不是最懂女人了吗？"她俏皮而天真地反诘一句。琼斯顿时语塞，恨不得伸手掐死她。牧师鼓掌喝彩：

"被将了一军吧，琼斯先生！"

容我再抓住她的眼球，他暗暗发誓，但她再也不正眼瞧他。他沉默地坐着，在他炽热的视线中，她从书桌上拿起照片，静静地端详了好一会儿。然后她放下照片，将手伸过桌面，拉起牧师的手。

"桑德斯小姐跟我儿子订了婚。"牧师向琼斯解释道。

"哦？"琼斯说，望着她侧面的轮廓，等着她看他一眼。埃米，那个不幸的姑娘，又来到门前。

"好了，乔大叔。"她说，然后消失得无影无踪。

"啊，吃午饭。"牧师宣布，突然站起来。他们也起身。

"我就不留下来吃了。"她提出异议，但牧师的手有力地推着她的后背。琼斯紧紧跟随。"我真不能留下来吃饭。"她继续说道。

他们走过光线昏暗的大厅，琼斯注意到她每走一步，白色的连衣裙都飘逸舞动，想象着她的吻，咒骂她的无情。在一扇门前，她停下脚步，谦恭地站到一旁，讲究礼仪的人都爱这样。牧师也停下来，琼斯则学着他的样子，门前似乎正上演一场法国喜剧，究竟该谁先进门，大家礼让不休。琼斯装出一副尴尬的样子，感觉到她露在裙摆外的大腿柔嫩的肌肤正紧贴他的手背，她狠狠地瞪他一眼，像泼来一盆冰水。他们走进房间。"那你只有看我吃了。"他喃喃自语。

牧师开始吩咐：

"坐这儿，琼斯先生。"埃米给了他一个高傲的、敌视的眼神。他也用黄眼睛反瞅着她。等我以后来对付你，他心里寻思着，坐上洁净的亚麻布椅垫。牧师给另外一位客人搬来椅子，然后坐在主位。

"塞西莉吃得不多，"他说，拿餐刀切开鸡肉，"所以重任就落在你和我的肩上。不过嘛，我想我们能相互依靠，是吧，琼斯先生？"

她坐在对面，用胳膊肘支起身子。我也会照顾你的，琼斯在心里发誓。她仍然无视他的黄色眼睛，他说："那当然，先生。"跟读书时准备一篇作文一样，他绞尽脑汁想找到华丽的辞藻献给她，但她全然忽视他的存在，这让他突然心神不宁，有点拿不定主意。我是不是想错了？他问自己。我会弄清楚的，他做了决定。

"你的意思是，先生，"他望着她那张浅薄的脸，"跟迷人的桑德斯小姐比起来，我太华而不实。但一个人总该在婚前行为检点。就算是——"

"琼斯先生！"牧师大喊。

"——行过淫乱之事，也没有必要声张，否则就会被人看作，或变得——用你的话来说——华而不实。亲吻之后还到处炫耀的人肯定不是个正经人，对吧？"

"琼斯先生。"牧师有些动怒。

"琼斯先生！"她也喊出声来，"你真是个可怕的人！真的，乔大叔——"

琼斯不怀好意地打断她。"说到亲吻，女人并不关心亲了谁。她们在意的是亲吻的感觉。"

"琼斯先生！"她盯着他，随后迅速将视线移开。她浑身发抖。

"行啦，行啦，先生。这儿有女士在呢。"牧师规劝道。

琼斯把餐盘推到一边，埃米飞快地收走盘子，端来热乎乎的、金色的、顶上点缀着草莓的酥饼。我再看她，就没好下场，他赌咒发誓，打算专心品尝甜点。她的眼睛空虚迷蒙，绿得像冰冷的海水，琼斯扭过头去。她朝着牧师，有一句没一句地聊着他栽的那些花。他成了被忽略的局外人，只好把气撒向手里的勺子。埃米又来了。

埃米的眼中隐隐含有敌意，她把视线从琼斯移到另一个姑娘身上，开口说：

"有位女士要见你，乔大叔。"

牧师停住勺子。"是谁，埃米？"

"不知道。我从没见过。她在书房等着。"

"她吃午饭了吗？请她过来。"

（她知道我在观察她。琼斯能感受到她的怒火，心头生起控制不住的欲望。）

"她不吃。她说不要打扰你，等你用完午餐。你最好去看看她要什么。"埃米转身离开。

牧师擦了擦嘴，站起来。"我想我必须去一趟。你们两个年轻人坐在这儿等我回来。想要什么就叫埃米。"

琼斯阴沉地坐着，一言不发，手里端着酒杯。最后她看着他那张丑陋的脸。

"这么说你是单身，还是名人。"她说。

"我出名是因为我单身。"他的回答模棱两可。

"那么你的谦恭殷勤来自……"

"你可以随便选一个。"

"呃，说实话，我更喜欢有人献殷勤。"

"你经常如愿吗？"

"差不多吧……到后来。"见他没有回应，她继续说道，"你难道不相信婚姻？"

"不相信，除非这段婚姻里没有女人。"她漠然地耸了耸肩。琼斯无法忍受像她这样肤浅的人居然把自己看成一个傻瓜，他脱口而出，想发泄胸中的懊恼："你不喜欢我，是吧？"

"噢，我喜欢那些能意识到自己在某些方面知识有欠缺的人。"她无精打采地回答。

"你这话什么意思？"（她的眼睛是绿色还是灰色？）在大胆追求女人方面，琼斯堪比一个宗教狂热分子。他站起身，绕着餐桌转圈，撞得桌子变换方向；他希望自己的举止能更得体。但这条让人加倍不愉快的裤子！你不能责备她，他劝自己要宽宏大量。如果她也穿上祖母那件跟童谣中哈伯德大妈一样的衣服，他会怎么想？他看着她红得发暗的头发，精致的肩膀。（我会把手放上去，等她转身，抚摸她的手臂。）

她埋着头，突然说道："乔大叔给你讲过唐纳德的事吗？"（噢，见鬼，琼斯想。）"是不是很好笑？"她将膝盖打直，椅子发出刺耳的刮擦声，"我们同时想着该站起来动一动？"她站起来，椅子僵硬地立在原地，琼斯穿着叶片般的裤子，造型滑稽地站着。"你坐我的位子，我坐你的位子。"她绕过餐桌。

"你这个婊子。"琼斯平静地说，她绿蓝色的眼睛像盈盈水波将他淹没。

"你为什么这样叫我？"她轻声地问。琼斯的心情放松下来，他似乎看到她的表情中多了几分兴趣。（我的想法没错，他心满意足地望着她。)

"你知道原因。"

"有趣,很少有男人知道女人喜欢被这样称呼。"她无关痛痒地说。

我想知道她爱谁?我猜不透——像老虎爱吃肉那种。"我跟别的男人不同。"他告诉她。

他以为在她短暂一瞥的余光里看到一丝嘲讽,但她不过是打了个小小的呵欠。最后他觉得她属于动物世界,像眼镜王蛇,只不过身材苗条,佩戴了宝石。

"为什么乔治还不来找我!"她说,似乎是为了回答他不言而喻的猜测,她用任性的、纤弱的指尖轻轻地拍着自己的嘴巴,"等人,是不是很无聊?"

"是的。我能问问,乔治是谁吗?"

"当然能,随便问。"

"好吧,他是谁?(反正她不是我喜欢的类型。)我听说因为你的爱人刚刚去世,正渴望找个男人。"

"刚刚去世?"

"就是那个狐狸脸的亨利或奥斯瓦德或什么的。"

"噢,唐纳德。你是说唐纳德?"

"好吧。那就姑且称他唐纳德吧。"

她面无表情地看着他。(我不能惹她发火,他焦躁地想。)"知道吗,你真是不可理喻。"

"是吗?我就是这种人。"他生气地回答,"可我没跟唐纳德订婚,也没有乔治来找我。"

"你为什么生这么大的气？就因为我不让你拿手摸我？"

"我亲爱的女士，要是我想拿手摸你，早就付诸行动了。"

"真的吗？"她上升的调门是一种礼貌的嘲笑，听着令人发狂。

"那当然。你不相信？"他鼓足勇气说。

"我不知道……但那样做对你有什么好处呢？"

"没啥好处。所以我也没想。"

她绿色的眼睛再次将他俘获。摆在餐具柜上的几件老式银餐具在高高的楣窗下显得阴暗朦胧，楣窗的彩色玻璃与大门上部的玻璃类似，她白色的连衣裙撩过餐桌：他想象着她细长娇嫩的腿，像希腊神话中捷足善走的美女阿塔兰特忒似。

"你为什么说谎？"她突然来了兴趣。

"跟你一个原因。"

"我？"

"是啊。你想吻我，但你弄出这么多该死的麻烦事。"

"你知道吗，"她说出自己的想法，"我觉得我讨厌你。"

"毫不奇怪。我也非常讨厌你。"

她挪动坐在椅子上的身体，光束倾斜着扫过她的肩头，她将视线从他的身上移开，转瞬间变成了另外一个人。"咱们去书房，好吗？"

"行。乔大叔应该接待完访客了。"他站起身，两人隔着一片狼藉的餐桌默然对望。她并没有起来。

"怎么？"她说。

"你先请，女士。"他尊重的口吻中带着蔑视。

"我改主意了。我想在这儿等，顺便跟埃米聊聊，如果你不反对的话。”

“为什么是埃米？”

“为什么不能是埃米？”

“噢，我明白了。跟埃米在一起你会更有安全感：她也许不会想着拿手摸你。就这样，对吗？”她匆匆看他一眼。“照你的意思，要是我出房间，你就留在这儿，是吧？”

“随你便。”她把他抛在脑后，捻碎餐盘中的一块饼干，将玻璃杯里的水一滴滴淋向碎屑。琼斯穿着借来的裤子，臃肿的身躯绕着餐桌打转。就在他靠近时，她微微转身，伸出一只手。他汗湿的肥手掌碰到几块小巧的指骨，缠绕着紧张的纤弱的肌肉。什么事都不能做。百无一用。漂亮得缺乏个性。漂亮的一双手。脆生生地拦住他的去路，像一个巨石凿成的屏障。

“喂，埃米，”她温柔地喊，“到这儿来，亲爱的。我给你看个东西。”

埃米从门口朝他们投来嫌恶的眼神，琼斯突然说：“你能把我的裤子拿来吗，埃米小姐？”

埃米看了看两人，没有理会姑娘无声的请求。（哎哟，埃米有更重要的事儿要办，琼斯想。）埃米消失在门外，他将双手按在姑娘的肩头。

“怎么着？把牧师叫来？”

她扭头看着他，虽然肢体相触，两人之间似乎仍隔着一道难以逾越的屏障。他愈发生气，使劲揉捏她躲在裙子下的肩膀。

“别把我的衣服毁了，求求你，”她冷冷地说，“拿去吧，如果你想要的话。”她抬起头，琼斯感到羞愧，但幼稚的虚荣心占了上风，让他难以撒手。她漂亮得平凡乏味的脸蛋凑到他的脸旁，她的嘴一动不动，缺乏感情，也不反抗，冷冰冰的。她的脸从模糊回归到平凡乏味的漂亮，冷若冰霜，遥不可及。琼斯有些惭愧，但更生她的气，他挖苦地说了声"谢谢"。

"别客气。如果你能因此得到些许快乐，不用谢。"她站起来，"请让我过去。"

他尴尬地站到一旁。她礼貌的冷漠让人难以忍受。他真是个傻瓜！他毁了一切。

"桑德斯小姐，"他脱口而出，"我——原谅我：我平时很少那样，我发誓。"

她回过头。"我想没这个必要。我猜你平时在女人身上总能得手。"

"我很抱歉。但我不怨你……谁都不愿承认自己干了糊涂事。"

过了一会儿，听见身旁没有了动静，他才抬起头。她像一株花梗或一棵小树那样慵懒地靠在桌上：赢弱，娇嫩，没有半点活力，然而又强健得像一株白杨，释放出慑人的力量；你知道她还活着，她瘦小的身躯得到阳光和蜂蜜的滋养，甚至连消化的功能都富有美感……他注意到有一片类似阴影的东西靠近她的身体，她的眼睛，她任性漂亮的嘴巴，她松软凹凸的轮廓，吸引他飞奔过去。她瞪着他不眨的山羊眼，他的手滑过她的胳膊，将她拥入怀抱，琼斯并不知道房门已经打开，直到她猛然把嘴从他嘴边移走，在他的怀中轻轻扭动。

牧师威严的身影浮现在门口，凝视着房间里的一切，似乎辨认不出。他没看见我们，琼斯知道，随后看见牧师的脸，他说："他病了。"

牧师喊着："塞西莉——"

"怎么啦,乔大叔?"她惊恐地回答,走向他,"你还好吧?"

牧师高大魁梧的身体有些不稳,他将手撑在左右门框上。

"塞西莉,唐纳德回家了。"他说。

3

房间里弥漫着一股隐约的火药味,这种情况难以避免,尤其当两个年轻"漂亮"的女人同处一室,她们坐着,彼此小心地打量对方。鲍尔斯太太暂时表情自然,再加上她是个外人,对一切毫不在意;但塞西莉向来装腔作势惯了,身边又都是熟人,正好有机会审视面前这个陌生的女人,用天生的本能来判断她的性格、服装、品行等。琼斯的黄眼睛偶尔盯着新来的人,然后在塞西莉身上结束,后者对他毫不理睬。

牧师脚步沉重地来回踱步。"病了?"他的声音低沉有力,"病了?我们会治好他。带他回家来,吃好睡好照顾好,我们一周就能让他好起来。是吧,塞西莉?"

"噢,乔大叔!我到现在都不敢相信。他还活着。"牧师经过她坐的椅子,她站起身,倒向他的臂弯,像一道浅浅的水波,美得让人心醉。

"这就是治他病的药,鲍尔斯太太。"他带着绅士般的风度,搂着塞西莉,话音越过她的头顶,飘向另一个安静旁观的女人沉思中的苍白面庞。"好啦,好啦,别哭啦。"他说,吻着她。观众各怀心事,鲍尔斯太太对这一幕感到索然无趣,而琼斯则郁郁寡欢。

"我哭是因为高兴——为了你，亲爱的乔大叔。"她说。她转过身，像一枝鲜花靠在牧师的黑袍上。"我们得感谢这位太太——鲍尔斯太太，"她的声音有些沙哑，像纠缠不清的金线，"她是个好人，把他带回来。"她看了琼斯一眼，闪烁的眼神如同一把刀子刺向那个女人。（这个该死的小傻瓜以为我打算勾引他，鲍尔斯太太想。）塞西莉扭捏地走向她。"我能吻你吗？如果不介意的话？"

就好像是在亲吻一把如绸面般光滑的钢刀，鲍尔斯太太坦率地说："一点也不。其实不管他是谁，黑人或白人，只要生了病我都会帮忙照顾。我想你也会，对吧？"她心满意足地加了句反话。

"是啊，你真好。"塞西莉说，语气冷得没有温度，仿佛一切都跟她无关，除了她暴露在客人椅子扶手旁的那截瘦瘦的小腿。琼斯躲得老远，静静地欣赏这出喜剧。

"胡说，"牧师插了一句，"鲍尔斯太太只是见他旅途劳顿。我相信他明天就会变成另一个人。"

"希望如此吧。"鲍尔斯太太突然感到疲倦，她想起满目疮痍的脸，令人恐怖的额头，隐痛造成的行动迟缓，消退的意识。太晚啦，她的直觉不会错。我要不要告诉他们伤疤的事？她考虑再三。免得到时候这个——这个生物（姑娘的身体正贴着她的肩膀）看了受不了。可是不行，我不能这么做，她下定决心，让迈着雄狮般威武脚步的牧师享受短暂的幸福时光。我真是个懦夫。乔应该来：他知道我做事笨手笨脚。

牧师找来他的照片。她拿在手里：瘦脸，平静的神情中带着狂野，热情而机敏，像半人半羊的农牧神法翁。那个姑娘靠在牧师橡木枝般的手臂上，坚信她爱着这个男孩，或者说爱他的幻影——当然，她只是装装样子。不，不，我不能这么阴险。也许她真的爱他——反正她有能力爱上任何一个人。多么浪漫，本以为爱人已命丧异乡，谁知他奇迹般回到你的身旁。还是个飞行员。该是多么本分的姑娘，才能如此幸运。就连上帝都向她伸出援手……你这个小女人！她的美貌令你嫉妒。你这是怎么啦，她疲惫地问自己，心头一阵酸涩。让我愤怒的是她以为我在追求他，我爱上了他！噢，是的，我爱上了他！我会把他那颗可怜的受伤的脑袋贴在我的胸口，让他永远不再醒来……噢，见鬼，这一切真是一团糟！还有远处那个穿着别人裤子的胖男人，用他的黄眼睛直直地看着她。我猜他们在一起厮混过。

"——他那时十八岁，"牧师说，"他从来不爱戴礼帽、系领带：他母亲怎么劝都没用。她明明看他穿好了，不管多么正式的场合，他到场时总是衣冠不整。"

塞西莉像一只小猫在牧师的手臂上蹭着身子。"噢，乔大叔，我爱他。"

琼斯则像一只傲慢自大的肥猫，眨着他的黄眼睛，嘟嘟地说了句什么。牧师没有在意，塞西莉也沉浸在幻想的世界中，只有鲍尔斯太太隐约听到半截，抬起头，琼斯也正抬头，刚好迎上她一双黑色的眼睛。他想用眼神压倒她，但她的眼睛如手术刀般锋利，逼得他看向别处，摸索自己的烟斗。

不知从什么地方传来长长的汽车喇叭声，塞西莉一下子跳起来。

"噢，这是——这是我们的一个朋友。我去叫他走，然后再回来。我能失陪一下吗，乔大叔？"

"嗯？"牧师打破沉默，"噢，好的。"

"失陪，鲍尔斯太太。"她朝门口走去，顺便瞥了琼斯一眼，"失陪，琼斯先生。"

"乔治有辆车，是吧？"她经过时，琼斯问了一句，"我敢打赌你不会回来。"

她冷冷地瞪着他，听见书房门背后传来牧师的说话声，他又开始讲故事——当然，跟唐纳德有关。现在我又是个订过婚的人啦，她沾沾自喜，等乔治听到这个消息，他的脸上该有多么惊讶的表情，她越想越乐不可支。那个黑色头发的高个儿女人一定跟他上过床——或者他跟她上过床。我猜就是那样，依我对唐纳德的了解。噢，没事，我想男人都那样。也许他还想跟我们一起同床共枕……她走下台阶沐浴在阳光中：阳光热情地爱抚她，仿佛她是阳光的女儿。要是同时拥有一个丈夫和一个妻子，我的生活会变成什么样？或者两个丈夫？我不知道自己是否想要一个丈夫，想要跟他结婚……我觉得值得一试，一次就好。她想，我真打算看看那个胖子的窘样，要是听到我这么说。我居然让他吻了我？呸！

乔治把身子探出车窗，见她走得腰肢婀娜，满眼的急不可耐。"快，快。"他喊。

她并没有加快速度。他倒也不怕麻烦，打开门，下车迎接。"我的天，你怎么这么慢？"他可怜兮兮地问，"我还以为你不去了。"

"是的。"她告诉他，手摸着车门。她白色的连衣裙在正午的阳光下晃得人睁不开眼睛，显出柔弱温顺的身段。在她背后，草坪对面，也有一棵柔弱的树，是一棵白杨。

"嗯？"

"不去了。我未婚夫今天要来。"

"噢，见鬼，上车。"

"唐纳德今天要来。"她说，看着他。他的样子有些滑稽：一开始表情呆滞，随后像是突然受到惊吓，愣了半晌。

"怎么回事，他不是死了吗？"他直愣愣地说。

"可他没死，"她温柔地告诉他，"一个跟他一起旅行的女性朋友提前回来通知我们的。乔大叔高兴疯了。"

"噢，得了吧，塞西莉。你在骗我。"

"我发誓我没有。千真万确。"

他光滑而空虚的脸像一轮英俊的月亮悬在她面前，如一个空虚的承诺。随后他的脸上换了一副表情。

"见鬼，你说好今晚跟我约会。那你到时候怎么办呢？"

"还能做什么？唐纳德那时候应该到家了。"

"我们俩就这么完了？"

她凝视着他，然后迅速将视线移到一旁。真可笑，居然是因为一个局外人让她重新燃起对唐纳德的渴望，期盼他的归来。她木然地点点头，心头一阵痛楚，怅然若失。

他探出身子抓住她的手。"上车。"他命令道。

"不，不，不行。"她反抗着，想把手抽回去。他攥着她的手腕。"不，不，让我走。你弄疼我了。"

"我知道，"他语气严厉地说，"上车。"

"别这样，乔治，别这样！我得回去了。"

"好吧，那我什么时候能见你？"

她的嘴微微颤抖。"噢，我不知道。求你了，乔治。难道你看不出我有多痛苦吗？"她的眼睛闪烁着蓝色，黑色；阳光动作粗野地凌辱折磨她的身体，她绷直的瘦胳膊。"求你了，乔治。"

"你是现在上车，还是我到时候来接你？"

"我要哭了。你让我走。"

"噢，该死的。别哭啊，宝贝，我不是那个意思。我只是想见到你。哪怕遇到天大的事儿，我们都要见面。好啦，我一向对你那么好。"

她轻松了些。"好吧，就去街角转转。我得早点回去。"她抬脚踩向踏脚板。"你保证？"她追问道。

"没问题。去街角。没有你的同意，我不会带你乱跑。"

她上了车，出发时，她扫视了路边的房子一眼。窗口现出一张脸，一张圆脸。

4

乔治的车拐了个弯，开进一条僻静的林荫小道，墙头开满金银花。他停下车，她急急地说：

"别，别。乔治！继续开。"

但他已关闭引擎。"求你了。"她说。他从驾驶座转过头来。

"塞西莉，你在骗我，对吧？"

她启动引擎，想把脚踩向油门。他抓住她的手，抱紧她。"看着我。"

她的眼睛又变成让人产生不祥预感的蓝色。

"你在骗我，对吧？"

"我不知道。噢，乔治，这一切来得太突然了！我不知道该怎么说。当时我们正聊着他，就传来了唐纳德回家的消息，太好了，除了那个路上陪伴他的女人。跟一个回来后会远近闻名的男人订婚——噢，看样子我真的爱他：从一开始就命中注定。只是现在……我还没做好结婚的准备。他离开我太久了，回来时还勾搭上另一个女人——我不知道怎么办。我——我要哭了。"她突然停住话头，把弯曲的胳膊搭在座椅靠背上，将脸埋进肘弯。他搂住她的肩膀，想把她拉入怀中。她抬起手，伸直手臂，挣脱他的束缚。

"别，别，送我回去吧。"

"可是，塞西莉——"

"你不能这么做！你不知道我已经订婚，就要结婚了吗？他说不定明天就想办婚礼，我得准备好。"

"可你不能那么做。你不爱他。"

"但我别无选择！"

"你爱他吗？"

"送我回乔大叔家。谢谢。"

他到底要强壮些，终于将她紧紧搂在怀里，触碰到她衣裙下小小的骨头和孱弱紧绷的身子。"你爱他吗？"他重复道。

她的脸依偎在他的外衣上。

"看着我。"见她没有抬头，他用手摸到她的下巴，托起她的脸。

"是的，是的，"她语无伦次地说，瞪着他，"送我回去！"

"你在说谎。你才不会嫁给他呢。"

她啜泣起来。"我会的。我得嫁给他。他期待已久，乔大叔也期待已久。我必须嫁给他。"

"亲爱的，你不能嫁给他。你不是爱我吗？你知道你爱我。你不能嫁给他。"她停止挣扎，靠在他的身上，哭泣着。"快，说你不会嫁给他。"

"乔治，我做不到，"她绝望地说，"你难道看不出我必须嫁给他吗？"

两个可怜的年轻人紧紧抱在一起。午后的阳光让人昏昏欲睡，洒在空无一人的小路上。就连麻雀都开始打盹儿，教堂的尖塔上，鸽子的咕咕声显得遥远而单调，宛如呓语。她抬起头。

"吻我，乔治。"

他尝到泪珠的滋味：两张脸冷冷地贴在一起。她把头移开，仔细端详他的脸。"这是最后一次，乔治。"

"不，不。"他难以接受，又将她抱紧。她挣扎一阵，然后动情地热吻他。

"亲爱的！"

"亲爱的！"

她坐起来，拿手帕擦去眼角的泪痕。"好啦！我感觉好多了。送我回家吧，好心人。"

"可是，塞西莉。"他想再次抱住她。她冷静地将他推到一旁。

"到此为止吧。送我回家，做一个乖孩子。"

"可是，塞西莉——"

"你想逼我下车走回去吗？我可以的，你知道：距离又不远。"

他发动汽车，向前行驶，表情呆滞而忧伤。她轻拍自己的头发，用手指将乱发捋顺，他们又回到主路。下车时，他最后一次绝望地尝试。

"塞西莉，看在上帝的分上。"

她扭头看了看他那张憔悴的脸。"别做傻事，乔治。我当然会跟你见面。我还没结婚呢。"

阳光下，她的白色裙子反射出耀眼的微光，随着她身体的移动闪烁不停，她从阳光走进阴影，走上台阶。到门口时，她转过身来，冲他微笑一下，挥挥手。随后她的白色裙子消失在一扇被岁月磨蚀得色彩暗淡而且久未擦洗的楣窗之后，乔治呆呆地望着黑漆漆的门洞，希望夹杂着绝望，对肉欲的渴求徒然而生。

5

琼斯站在窗前目送他们驾车而去。他的胖脸露出谜一般的神情，像一个天神，猥琐的眼睛久久地凝望远处。行，你真行，他怀着妒忌与正视现实的羡慕。是我把机会拱手相让的。他正想着她，那个卑鄙的黑发女人突然打断牧师无休无止的对儿子童年和青年生活的回忆，提醒他们是时候去车站接人了。

牧师这才发现少了塞西莉，她那时正坐在一辆停在背街小路的汽车里，趴在一个男人的肩头哭泣，而他的名字并不是唐纳德。只有琼斯猜得出她去了哪儿，此刻却不知出于何种原因变得缄口不语。牧师心急火燎，说塞西莉不该在节骨眼上离开，她那时正亲吻一个男人，而他的名字并不是唐纳德。另一个女人（我敢打赌她卑鄙得要命，琼斯想）再次打断牧师的话，说最好马上出发。

"可她应该去车站接他。"牧师闷闷不乐地说。

"没事，没事。记住，他病了。少点兴奋更有利他的健康。再说他们最好私下见面。"

"噢，对，没错，没错。这些事儿就得听女人的，琼斯先生。这样吧，你也留下来，怎么样？"

"听你的吩咐，先生。我在家等着，转告桑德斯小姐为什么你们去车站没带上她。她肯定很想知道原因。"

等他们叫来出租车动身去车站，琼斯仍然站在窗前，恨恨地给烟斗填着烟丝。他在房间里漫无目的地游走，时而转身朝窗外眺望，喷出几口烟。他停住脚步，用脚尖把没点着的火柴杆踢到地毯下，然后朝牧师的书桌走去。他打开又关上两个抽屉，直到第三个才找到想要的东西。

酒瓶躲在角落，黑色的瓶身微微倾斜，反射着诱人的光芒。他把酒瓶放回原位，拿手背抹了抹嘴巴。时机刚刚好，她细碎的脚步声从走廊尽头传来，他听见有辆汽车渐行渐远。

门框中出现一个纤瘦的身影。她吃惊地问："噢！其他人去哪儿啦？"

"怎么？露馅儿了吗？"琼斯阴阳怪气地说。她的眼睛四处搜寻，他继续说道："其他人？他们去车站了，火车站。你知道的：停火车的地方。牧师的儿子啥的今天下午到家。好消息，对吧？怎么，你不打算进来？"

她迟疑着走进房间，盯着他看。

"噢，快进来，妹妹。我不会伤害你。"

"可他们为什么不等我？"

"他们以为你不想去，我猜。你给他们留下的印象不就是这样吗？"

房间里一片寂静，只剩下嗒嗒的钟摆，像不紧不慢的呼吸，从某个地方隐约传来埃米的说话声。这些声音让她清醒过来，往前走了几步。"你看到我走了。你告诉他们我去哪儿了吗？"

"我说你去了洗手间。"

她狐疑地看着他，感觉他并没有撒谎。"你为什么这样做？"

"去哪儿是你的事儿，又不是我的。要是你想让他们知道你去了哪儿，你会自己告诉他们的。"

她警觉地坐到椅子上。"你真是个有趣的人，不是吗？"

琼斯信步走来走去。"怎么个有趣法？"

她站起身。"噢，我也不太清楚……你并不喜欢我，但你帮我撒了个谎。"

"哼，你觉得我是个谎话精，是吧？"

她字斟句酌地说：

"我可饶不了你——要是你只是想借此机会找点乐子的话。"她死盯着他的眼睛，朝门口走去。

裤子碍手碍脚，尽管如此，他的动作还是敏捷得让人瞠目。但她早有防备，事先盘算好了逃跑的距离，迅速迈开优雅的小碎步，等他伸出手，摸到的只是一扇冰冷的粗糙的门板。她的裙摆从视野中消失，他听见门上了锁，还有她低沉的笑声，带着嘲弄。

"去死吧，"他轻轻地干吼一声，"快开门。"

木门阴冷而神秘：令人迷惑，将他困在其中，光滑的表面映出他白胖的脸庞。他屏住呼吸，但除了从某处传来的钟摆声，门外悄无声息。

"快开门。"他重复道，但还是没有人应答。她跑了吗，还是躲在门外？他一边想着，一边竖起耳朵，把身子弯向映在光滑门板上的那个肥胖的身穿粗呢衣服的美少年纳西索斯。他打算去窗口看看，于是轻手轻脚地穿过房间，谁知窗户固定有细目丝网，根本打不开。他只好又走回房间中央，这一次，他踩得地板咚咚作响，在难以遏制的怒火中一遍遍咒骂她的名字。突然，他看见门把手动了一下。

他冲向房门。"开门，你这个小贱人，信不信我揍你。"

门锁咔嗒响了一声，他猛然拉开门，差一点和埃米撞个满怀，她胳膊上搭着他的裤子，正惊魂未定地瞪着他。

"人呢——"琼斯问，塞西莉从暗处走出来，像一朵讪笑的鲜花给他行了个屈膝礼。

"被将了一军吧，琼斯先生。"琼斯用尖细的假声模仿牧师的口吻，"你知道——"

"是呀，"塞西莉飞快地接了一句，抓住埃米的胳膊，"不过咱们还是去游廊那边聊吧。"她在前面带路，琼斯尾随其后，心里不太情愿，却又暗自窃喜。她和面色阴沉、一言不发的埃米手挽手坐在游廊的秋千上，此刻，午后的暖阳正奋力挤过淡紫色紫藤枝叶间的空隙：她们荡起秋千，阳光如潮水涨跌冲刷她们的身体，丝绸和棉布面料跟随秋千的上下起伏捕捉和释放着光影。

"坐下吧，琼斯先生，"她热情地招呼，"快讲讲你的事儿。我们都很感兴趣，是吧，亲爱的埃米？"埃米一脸警惕，也不搭话，像一头动物。"亲爱的琼斯先生，埃米之前错过了你的高论，跟我们一样崇拜你——实在是没有办法，琼斯先生——她急着补上没有听到的内容。"

琼斯点着一根火柴，捧在掌心，他的瞳孔里燃起两团小小的火苗，摇曳着暗淡下去，直到变成一个微弱的光点。

"你怎么哑巴啦，琼斯先生？埃米和我都想知道，在你这样的情场老手眼中，我跟她是怎样的姑娘。是吧，埃米，我的宝贝？"

"哼，我可不愿破坏你的兴致，"琼斯一本正经地回答她，"你很快就会有亲身的体验。至于埃米小姐嘛，以后有空时我再教她，私底下教。"

埃米继续保持沉默，用仇恨和怀疑的眼神看着他。塞西莉问："什么亲身体验？"

"你不是明天就要嫁人了吗？你可以跟那个叫奥斯瓦德的请教。他一定能给你支几招，像他一样在旅行途中还不忘找个伴儿。最后被抓个现行，对吧？"

她在发抖。她看上去如此弱不禁风，如此需要人精心呵护，相比之下，琼斯多了点男子气概，变得气势汹汹，像一头粗鲁的野兽。他点上烟斗，埃米为了证明自己没有丧失说话的能力，也终于开了口：

"那边，他们来了。"

一辆出租车开到大门前，塞西莉跳下秋千，跑过游廊，冲向台阶。琼斯和埃米也站起身，等四人从车上下来，埃米早已不见踪影。这就是那个人吗？琼斯没敢多想，他的目光紧跟着塞西莉，见她像一只鸟儿站在台阶顶上翘首期盼，双手按住胸口。看样子没错！

他看见一行人走进大门，牧师的身影最为抢眼。他似乎是换了一个人：突然变得苍老了许多，平视前方，像一个拦路抢劫的响马。他准是病了，琼斯对自己说。那个女人，叫什么来着，与队伍拉开一段距离，加速走到最前面。她走上台阶，朝塞西莉走去。

"跟我来，亲爱的，"她挽着姑娘的胳膊，"到屋里来。他身体不好，光线会伤到他的眼睛。进屋来等他，好吧？"

"不，不，就在这儿。我已经等得太久了。"

对方不由分说，拖着她进了屋。塞西莉一边挣扎，一边回头喊："乔大叔！他的脸！他病了吗？"

牧师脸色灰白，如沾上灰尘的雪泥。走上台阶时，他一个踉跄，琼斯赶紧上前搀扶。"谢谢你，老兄。"说话的人身穿列兵军服，手托在马洪的肘下。他们爬完台阶，穿过游廊，从楣窗下走入昏暗的前厅。

"帽子给我，中尉。"士兵低声说。那人摘下军帽，递给他。他们听见急促而轻微的脚步声传来，书房门打开，一片亮光将他们笼罩其中，塞西莉喊着：

"唐纳德！唐纳德！她说你的脸有——噢！"话音未落，她看见他的样子，尖叫起来。

光线透过她的汗毛，为她套上一个光环，裙子也闪着粼粼的光，她身子扭曲，像一棵饱受摧残的白杨。还没等鲍尔斯太太抓住她，她的头已经重重地撞在门柱上。

第三章

1

桑德斯太太说："一边玩儿去，别来烦你姐。"

小罗伯特·桑德斯悻悻然却又不死心，再一次挑起儿女与父母之间由来已久的战争，哪怕会重蹈覆辙，他还是决定尝试一把。

"可我不能跟她打听件小事吗？我想知道他的疤像——"

"走，跟妈走。"

"可我只是想知道他的疤——"

"罗伯特。"

"可是，妈——"他不依不饶，失望地说。母亲使劲把他往门口推。

"去花园叫你爸回来。快去，现在。"

他气嘟嘟地离开房间。要是他妈知道他心里在寻思什么，准会大吃一惊。当然，跟她没啥关系。这人呀怎么都一副德行，他胡乱猜想，就喜欢前呼后拥、众星捧月的感觉。他决定不再去招惹这个坏脾气的老太婆。

脱掉外衣的塞西莉病恹恹地瘫倒在冰凉的亚麻被里，四周散发着古龙水和氨水的味道，她憔悴的脸上敷着一块毛巾。母亲拖来一把椅子，坐在床边，凝望着女儿那张美丽而娇嫩的脸，紧挨在白皙面颊上的睫毛，被子下平放在身体左右的手臂，血管突起的精致手腕，细长的手指，朝上摊开的手掌。小罗伯特·桑德斯还不知道，他报仇雪耻的机会来了。

"亲爱的，他的脸看着什么样？"

塞西莉开始发抖，把脑袋转到枕头另一侧。"噢——别问，别问，妈妈！我不——我不敢去想。"

（可我只想跟你打听件小事。）"好啦，好啦。等你好点我们再聊。"

"绝不，绝不。要是我再见他一次，我就会——我就会死的。我受不了，我受不了。"

她又像孩子一样号啕大哭起来，任由眼泪从脸上滑落。母亲站起来，俯身安慰她。"好啦，好啦。别再哭了。你会生病的。"她把姑娘鬓角附近的头发捋顺，重新盖好毛巾。她弯下腰，亲吻女儿苍白的脸颊。"妈妈很抱歉，孩子。你睡一觉。晚餐时我给你送饭来吧？"

"不，我吃不下。就让我躺着，感觉会好点。"

老女人徘徊在床前，满腹狐疑。（我只是想跟她打听件小事。）电话铃声响起，她徒劳地最后拍了一下枕头，转身离开。

她拿起听筒，看见丈夫正关上他身后的花园大门。

"找谁？……桑德斯太太……噢，是乔治吗？……很好，谢谢你。你好吗？……不，恐怕不行……什么？……好吧，可她现在不舒服……以后，也许吧……今晚不行。明天打电话给她……好，好，很好，谢谢你。再见。"

她走过阴冷昏暗的大厅，来到游廊，伴着嘎吱声，穿紧身胸衣的她坐进一把摇椅，此时她的丈夫正拿着一根薄荷树枝和一顶帽子爬上台阶。他俨然是男人版发了福的塞西莉：略显轻浮的漂亮外表，同样轻率的举手投足。他以前喜欢把自己打扮得一丝不苟、衣冠楚楚，现在却穿得邋里邋遢，一身灰衣皱巴巴的，鞋上还沾满了泥。他的头发依然卷曲得像个年轻人，他的眼睛与塞西莉一模一样。他是天主教徒，这样的罪过几乎等同于当个共和党人；镇上的人虽然羡慕他的社会和经济地位，却又瞧不起他，因为他和家人需要定期上亚特兰大去教堂做礼拜。

"托比！"他大喊一声，在妻子身边的一把椅子里坐下。

"我说，罗伯特，"她急切地说，"唐纳德·马洪今天回家了。"

"是政府把他的尸体送回来了，对吧？"

"不是，他的人回来了。他今天下午下的火车。"

"啊？怎么可能，他不是死了吗？"

"他没有死。塞西莉当时在那儿，看见他了。是一个陌生的年轻胖女人叫了辆出租车送她回来的——她吓得昏过去了。她说了些什么他那道疤。她昏了，可怜的孩子。我赶紧伺候她上床休息。我也不知道那个陌生女人是谁。"她焦躁地说。

身穿白色外套的托比端来一碗冰块、糖、水和一个玻璃酒壶。桑德斯先生望着妻子发呆。"哦，真没想到，"他终于说了句，"真没想到。"

通报完消息，他的妻子悠然自得地摇着摇椅。不久之后，桑德斯先生从恍惚中清醒过来，变得躁动不安。他拿手指把细细的薄荷枝捏成粉末，又取来冰块，将薄荷抹在上面，一并扔进一个高脚杯。接着他往杯里舀了一勺糖，从玻璃酒壶里慢慢倒出威士忌，再慢慢摇晃酒杯。他望着妻子。"真没想到。"这是他第三次说同样的话。

托比用水瓶给杯子倒满水，转身离开。

"这么说他回家了。好，好。我要是牧师的话会很高兴。他是个正派人。"

"你肯定忘了这意味着什么。"

"啊？"

"对我们。"

"对我们？"

"塞西莉跟他订过婚，知道吧？"

桑德斯先生呷了口酒，把杯子放在身旁的地板上，他点燃一根雪茄。"嗯，我们当时同意了，对吧？我倒不是想反悔。"他突然想到什么，"西丝还想嫁给他吗？"

"我不知道。她吓坏了，这可怜的孩子，他的突然归来，他的伤疤，以及其他。你觉得这是件好事吗？"

"我从没觉得这是件好事儿。我也从没想过会发生。"

"你是在怨我吗？你认为是我坚持要她嫁人吗？"

桑德斯先生毕竟见多识广，语气和缓地说："她还小，没到结婚的年龄。"

"胡说八道。我俩结婚时，我年龄多大？"

他再次举起酒杯。"依我看，就是你在坚持要她嫁人。"桑德斯太太晃着摇椅，瞪了他一眼；他意识到自己干了件糊涂事。"好吧，为什么你觉得这不是件好事儿？"

"我说，罗伯特。有时候……"她叹了口气，像一个大人忍住火气给憨头憨脑的孩子讲道理，"好吧，战争年代的订婚跟和平年代的订婚是两码事。真的，我看不出他拿什么来给她幸福。"

"听着，米妮。要是他参军的初衷是盼望爱人在家等待，返乡的目的是盼望与她共度余生，他们俩还有什么可以选择的呢？如果她想嫁给他，你难道打算劝她回心转意？你说呢？"

"你是想逼你的女儿嫁人？你刚才不是说她还小吗？"

"记住，我说的是如果她想嫁。顺便问一句，他又没瘸或受重伤，对吧？"他问。

"我不知道。我一问，塞西莉就哭。"

"有时候啊，西丝也犯傻。可你还要去添乱。"他端起酒杯，喝了一大口，然后猛抽了几口雪茄。

"我说，罗伯特，有时我真不太懂你。逼你自己的宝贝女儿嫁给一个啥都没有还半死不活的人，啥事儿都做不了。你清楚这些退伍大兵的德行。"

"是你想把她嫁出去。又不是我。说吧，你想让她嫁给谁？"

"呃，盖瑞医生挺合适，他喜欢她。要不就亚特兰大来的哈里森·莫里耶，我猜塞西莉喜欢他。"

桑德斯先生轻蔑地哼了一声。"谁？那个叫莫里耶的？我绝不准那个该死的家伙进门。头发梳得油光，成天叼着烟卷到处晃悠。你最好选个别人。"

"我选不出来谁了。我只是不想你逼着她嫁给那个马洪家的孩子。"

"说实话，我没有逼她。你已经教会我，最好不要逼女人做任何她不喜欢做的事儿。可要是她真想嫁给马洪，我也不会干涉。"

她摇着摇椅，他把冰镇薄荷酒一饮而尽。草坪上的橡树默然立在暮色中，枝干纹丝不动，像长在深海里的珊瑚丛。一只树蛙扯着单调而颤抖的尖嗓，西面有个大湖，湖水碧绿，波澜不兴。托比悄无声息地出现。"晚饭好了，米妮小姐。"

未燃尽的雪茄烟头像一个红点，飞入美人蕉花圃，他们一齐起身。

"鲍勃去哪儿了，托比？"

"我不知道。我看他往花园去有一会儿了，但没再见他。"

"去找找他。叫他把脸和手洗干净。"

"好的。"他扶着门，他们走进房间，将黄昏抛在身后，托比浑厚的呼喊声划破傍晚时的微暗。

2

可小罗伯特·桑德斯听不到他的呼喊。他那时正攀爬一道高高的木栅栏，浑然不觉栅栏外的沉沉夜色。他终于爬过栅栏，滑向地面，裤子渐渐难以承受摩擦，就在他脚尖触地的一刹那，耳畔传来轻微的撕裂声。他匍匐着钻进潮湿的草丛，背上突然有一丝烧灼感，他骂了声该死，站起身，挺直腰，想扭头看一看背后。

都怪你，他冲暮霭说。我这么倒霉。都是你的错，没有提醒我，他想，去找姐姐们报仇。他拾起从木栅栏滑下来时掉在地上的东西，踏着牧师家被露水浸湿的草坪，朝房子走去。楼上一个之前没点灯的房间突然透出亮光，让他的心不禁一沉。他这么早就上床睡了吗？紧接着，他看到门廊阳台下现出一双脚的轮廓，和小红点般的香烟烟头。

他长长舒了一口气，那准是他想见的人。

他走上台阶，招呼道："嗨，唐纳德。"

"嗨，上校。"坐着的那位回了一声。他慢慢靠近，见对方身穿士兵的军服。是他。我就要见识到他的真容了，他兴奋地想着，咯嗒一声按开手电，光柱射到那人的脸上。噢，糟糕。他顿时泄了气。谁能像我一样运气不佳？难道是中了坏人的圈套？

"你没有疤，"他沮丧地说，"你根本不是唐纳德，对吧？"

"猜得挺准呀，小鬼。我当然不是唐纳德。我说，能把手电移到别处吗？"

他怏怏不乐地关上手电。他愤愤地说："他们什么都瞒着我。我只是想看看他的疤长什么样，可他们就是不告诉我。这么说，他已经睡了？"

"是啊，他上床睡了。这个点儿去看他的疤可不太方便。"

"明天早上呢？"他满怀希望地问，"那时我能看吗？"

"我哪知道。到时候再说吧。"

"听着，"他突然灵机一动，"我说这样行不：明早大概八点，我上学的时候，你帮忙让他朝窗外看一眼，我打外面经过，我就能看见。我问过西丝，可她什么都不说。"

"谁是西丝，小鬼？"

"她是我姐。哼，她是个吝啬鬼。换作我看了他的疤，现在就会去讲给她听，你说是不？"

"没错。你姐叫什么名字？"

"叫塞西莉·桑德斯，跟我的差不多，我叫罗伯特·桑德斯。你会帮我，对吧？"

"噢……塞西莉……当然，包在我身上，上校。"

他舒了口气，但还不想回家。"打听一下，跟他一起回来了几个兵？"

"大概一个半吧，小鬼。"

"一个半？都是活的吗？"

"嗯，算是吧。"

"怎么可能是一个加半个，要是他们都是活人的话？"

"这你得去问陆军部。他们算出来的。"

他沉思片刻。"唉，我也希望家里能来几个兵。你觉得能成吗？"

"哦，我觉得能成。"

"是吗？怎么弄？"他急切地问。

"问你姐。她会告诉你。"

"噢，她不会的。"

"她肯定会。你得问她。"

"好吧，我去试试。"他觉得希望实在渺茫，但还是精神头十足。"好吧，我得走了。他们会担心我的。"他解释道，走下台阶。"再见，先生。"他彬彬有礼地说。

"再见，上校。"

我明天就能见到他的疤，他喜不自禁地想着。我猜西丝一定知道怎么给家里弄个士兵来。她其他的不懂，但这方面也许最擅长。只是姑娘家向来头发长见识短，我还不能全指望她。不管那么多啦，明天我就能见到他的疤。

托比的白色外套在房子拐角处若隐若现，夜色给外套镀上一层柔和的银光，就在小罗伯特爬上台阶朝那扇黄色的长方形的前门走去时，托比的声音响起：

"你为什么不回来吃你的晚饭？要是你再像今天这么晚，你妈会扯光你的头发和我的头发。她说你洗干净再去饭厅：我打好了干净水在洗手间。快跑去。我通知他们你回来了。"

他在他姐的房间门口停住脚喊了一嗓子："我明天就要去看咯。哟——嚯！"擦洗完毕，饥饿的他一溜小跑着进了饭厅，还特意挑选一个隐蔽的位子，免得让人注意到他背上的伤口。他毫不理会母亲冰冷的眼神。

"罗伯特·桑德斯，你去哪儿了？"

"妈妈，有个当兵的说我们家也能弄个士兵来。"

"弄个什么？"父亲的声音从雪茄烟雾中传来。

"士兵。"

"士兵？"

"是的，先生。那人是这么说的。"

"那人说了啥？"

"那个在唐纳德家的士兵。他说我们也能弄个士兵回家。"

"怎么弄？"

"他不告诉我。但他说西丝知道怎么弄。"

桑德斯夫妇面面相觑，小罗伯特全然不在意，他埋着头，几乎是趴在餐盘上，用勺子把食物往嘴里猛塞。

3

旧金山有限公司列车上，

密苏里，1919 年 4 月 2 日

亲爱的玛格丽特：

　　我在猜你是不是像我想你一样在想我。唉，我在圣路易过得一点不快乐。我在那儿就待了半天。写这封短信是想提醒你一定要等着我。刚刚认识你就不得不离开你，真是太糟糕了。我会去看我母亲，参与几个生意项目，然后很快就回来。我会为了你玛格丽特拼命工作。写这封短信是想提醒你一定要等着我。这该死的火车摇晃得厉害，我没办法写字。好啦，代我向吉利根问好，告诉他在我回来之前别把胳膊弄折了。我会一直爱你。

祝好

朱利安

"那个小孩名字叫什么，乔？"

鲍尔斯太太穿一条黑色长裙，站在门廊的阳光中。清晨的微风吹起她的头发，像水流夹带光线，抚摸着裙下的肌肤。教堂尖塔上的鸽群倚塔而立，像银色的斜斜泼洒出的油漆斑点。往栅栏方向的草坪结满灰白色的露珠，一个套了件汗衫和工装裤的黑人正推着割草机从草坪上走过，机器所到之处，留下一道深绿色的条纹，宛如一张摊开的地毯。草茬从旋转的刀刃旁边飞起，湿漉漉地贴在他的腿上。

"哪个小孩？"吉利根问，硬哔叽呢面料的新装和亚麻衣领让他浑身不自在，他坐在栏杆上，心情烦躁地抽着烟。她把信递给他，透过叼在嘴角的烟卷升起的股股青烟，他眯着眼，开始读信。

"噢，是飞行尖子。名字叫洛。"

"对，是洛。他走了之后，我试过好多次，可就是想不起他的名字来。"

吉利根把信还给她。"一个有趣的小鬼，是吧？看吧，你拒绝我的真心实意，却接受他这个马屁精，嗯？"

她的衣裙被风撑起，显得身形更加修长。"咱们去花园吧，我好抽根烟。"

"你可以在这儿抽呀。我猜牧师是不会介意的。"

"他当然不会介意。我是怕被他的教民们瞧见。一个黑色头发的陌生女人早上八点在牧师家的门廊上吞云吐雾，你说他们会怎么想？"

"他们肯定以为你是中尉带回家的法国——你们管她们叫什么来着？这些浅陋无知的人呀，我看一个个都配不上你的美名。"

"我的美名就是你的麻烦，我倒是无所谓，乔。"

"我的麻烦？这话什么意思？"

"男人最担心的就是我们的美名，因为这些美名拜他们所赐。但我们还有其他的烦恼，跟我们自己有关的。你所说的美名，就像是一条薄如蝉翼的裙子，穿起来并不舒服。走吧，咱们去花园。"

"我知道，这肯定不是你的本意。"吉利根说。她微微一笑，并没有回头。

"走吧。"她重复一句，走下台阶。

他们将麻雀的鼓噪声和新草的甜香抛在身后，踏上一条玫瑰花丛间的碎石小路。小路从两棵虬曲的橡树下穿过；与树干平行的墙面也爬满花朵绽放的玫瑰枝。她大步向前，身后的吉利根反而走得小心翼翼。每次站在鲜花丛中，他都感觉自己走进了一个满是女人的房间：他开始挑剔自己的身体，留意自己的步态，似乎踩在一片松软的沙地上。他终于明白，他对花花草草完全没有好感。

鲍尔斯太太不时停下脚步，拿鼻子嗅一嗅，品尝花蕾与花瓣上露珠的味道，随后，走小路经过紫罗兰花圃，来到女贞树搭起的树篱旁，百合的清香沁人心脾。在一株木兰下的一张绿色铁长凳旁，她再次停下来，抬头望着枝叶发呆。一只学舌鸟叫得喊喊喳喳，她说：

"那儿有一个，乔。看到吗？"

"一个啥？鸟窝？"

"不，是一个盛开的花蕾。也不知道开了多久，大概有一周了吧。你知道木兰花吗？"

"知道：这花一摘，离死期也不远了。摸一下，花瓣就变成棕色。最后枯萎凋谢。"

"世间万物都是这样，对吧？"

"是呀，可有几个人相信呢？我猜中尉是信的。"

"我不清楚……我不知道他是否还有机会摸一摸那朵花。"

"他不需要了吧？他已经摸过一朵，早就变成了棕色。"

她看着他，一开始没听明白。她有黑色的眼睛，她红色的嘴唇像绽放的石榴花。然后她开口说道："噢！木兰花……我还一直想她是一朵——兰花之类的。这么说你觉得她像一朵木兰花？"

"反正不像一朵兰花。兰花哪儿都有，但像她这样的姑娘，在伊利诺伊州或丹佛市，基本找不到。"

"你说得对。我在想，还有什么地方会有像她这样的人。"

"这我就不知道啦。少之又少吧，有一个就已经够受的了。"

"咱们坐一会儿吧。我的烟呢？"她坐到长凳上，他递给她香烟盒，擦燃一根火柴。"所以你觉得她不会嫁给他，是吧，乔？"

"我也不太确定。我想我会改变想法。她肯定不愿错过机会，嫁给一个她嘴上所说的英雄——哪怕只是不让其他女人得到他。"（说的是你，他想。）

（说的是我，她想。）她说："如果她知道他就要死了呢？"

"关于死，她知道些什么？她甚至没想过自己会慢慢变老，更别提什么操心她喜欢的人就快死去。我猜她相信他们会把他拼凑出人样，免得漏了馅儿。"

"乔，你是个不可救药的感伤主义者。你的意思是说，你觉得她会嫁给他的原因之一是她打算让他以为她会嫁给他，再有就是她是个'好'女人。你真是个善良的人呀，乔。"

"我可不是！"他急急地反驳道，"我跟他们一样心狠：我必须心狠。"他看她冲自己笑出了声，也不好意思地咧嘴一笑。"唉，你从一开始就识破了我，对吧？"他突然变得很严肃，"其实我担心的不是她。是他家老父亲。你为什么没提他儿子的身体状况很糟糕？"

她温柔的语气中透着坚定。

"你为什么叫我打头阵，而不亲自来？我告诉过你，我会搞砸的。"她把烟蒂弹得远远的，伸手抓住他的胳膊，"我说不出口，乔。你该来见见他那张脸！听听他说话！他就像个孩子，乔。他给我看唐纳德的东西。你知道的：几张照片，一把弹弓，一件姑娘的内衣和一个干枯的风信子球茎，他带着这些去了法国。当时那姑娘也在，情况复杂。我真的做不到。你不会怨我吧？"

"没关系，都过去啦。不过，这像是一个蹩脚的玩笑，在车站站台，他把家人的反应看得清清楚楚。我们也算尽力而为了，对吧？"

"是啊，我们尽力而为了。只是我们还可以再多做点。"

她沉思的目光越过花园，阳光照耀下的树丛中，蜜蜂已经开始繁忙地工作。花园外，街道对面，另一道墙头，你能看到一棵梨树的树冠，像一座枝形大烛台，密密地开着花，白色，白色……她似乎有些触动，跷起二郎腿。"可是，那姑娘昏过去了。你觉得——"

"噢，我早料到了。瞧那边，来了一位奥赛罗，看样子是来找咱们的。"

他们注视着先前那个操作割草机的黑人，他拖着一双不成形的鞋子走过碎石路。他看到他们，停下脚步。

"吉利姆先生，牧师说找你去他的房子。"

"我？"

"你是吉利姆先生，是吧？"

"噢，好的。"他站起身，"失陪一下，女士。你要一起去吗？"

"你去看看他要什么。我等会儿就过来。"

黑人转过身，拖着脚走在前面，等吉利根踏上门口的台阶，割草机再次唱起一首由颤动的音符写成的歌。牧师站在走廊。他的脸色平静，但很明显他一夜未眠。

"很抱歉麻烦你，吉利根先生，唐纳德醒了，可我没你那么熟练给他穿上军服。我把他的便装都扔了，当他——当他——"

"没问题，先生。"吉利根不禁对这个面露倦容的人心生怜悯。他还不知道儿子的状况！"我去帮他。"

牧师兴许是帮不上忙，没打算跟着去，吉利根三步并作两步跃上楼梯。他看见鲍尔斯太太从花园方向走来，于是下到草坪迎接她。

"早上好，牧师，"她还了个礼，"我刚刚去看了你的花。希望你不会介意。"

"别客气，别客气，我亲爱的夫人。对老人家来说，夸赞他养的花，就是对他最大的褒奖。年轻人总是相信，情感是需要表达和宣泄的：小姑娘爱穿姐姐们的衣裳，而她们买衣裳的原因并不是拿来穿，而是图个乐，或者取悦男人。但随着年岁的增长，我们是谁变得不再重要，我们做什么才是人生的意义。我这一辈子什么都没做好，除了养花。我觉得，这多多少少表明我骨子里是个家庭主妇：我曾经想过，老了就坐在玫瑰花丛中看书。后来我的视力越来越差，书是没法看了，只能坐着晒太阳。当然，现在儿子回了家，我必须一心一意，把这些爱好抛到一边。我想你去看看唐纳德。你会注意到他有明显的改观。"

"噢，我肯定会去的。"她一边回答，一边伸手想挽他的胳膊。但他个子太高，又激得步履匆匆。房子拐角处有一棵树，细小的白色叶片恰似一团轻雾，也像一泓银色的清泉。牧师终于绅士风度般伸出手臂。

"我们进去吃早餐吧？"

埃米早已采来水仙花，花瓶中插的几枝玫瑰与蓝色浅底碗里盛的草莓红得一样惹眼。牧师为她搬来椅子。"平常就我们俩时，埃米坐这儿，但她不习惯跟陌生人或者客人一桌吃饭。"

鲍尔斯太太入了座，埃米打个照面又消失了，也不知什么原因。最后，从大开的房门传来缓慢的下楼的脚步声。她先看到四条腿，然后是身子，就在他们走到门口时，牧师站起来。"早上好，唐纳德。"他说。

（那是我的父亲？是的，中尉。是他。）"早上好，先生。"

吉利根搀扶马洪坐下，牧师仍然站着，紧张得不知所措。

"这位是鲍尔斯太太，中尉。"

他用犹豫而茫然的眼神望着她。"早上好。"他说，但她的眼睛停留在他父亲的脸上。她垂下眼，凝视着餐盘，感觉有一股炽热的、湿润的东西涌出眼眶。我做了些什么？她想，我做了些什么？

她努力想吃点东西，却咽不下，她看看马洪，笨拙地抬起他的左手，直勾勾地瞅着面前的餐盘，几乎什么都没吃到，只有吉利根熟练地操作手中的刀叉，牧师也没有吃东西，注视着儿子的一举一动，满脸的绝望。

埃米再次出现，端来新菜。她把脸朝向一旁，动作别扭地将碗盘放在桌上，正想转身逃走时，牧师抬起头叫住了她。她变得四肢僵硬，脸色露出惊恐的表情，低下脑袋。

"这是埃米，唐纳德。"父亲说。

马洪抬头看了看自己的父亲。紧接着，他迷惘的眼神先是在吉利根脸上停留片刻，然后又回到自己的餐盘，慢慢将手伸向嘴边。埃米站在桌旁，一双黑眼睛睁得老大，脸上渐渐没了血色。她用通红的手背捂住嘴巴，跌跌撞撞地跑了出去。

我受不了啦。鲍尔斯太太也起身，除了吉利根，没人注意到她离席，她跟随埃米进了厨房。埃米弯腰趴在一张桌子上，头埋在两条红红的胳膊之间。躲在这儿哭，也真是难为她了，鲍尔斯太太想着，抱住埃米。姑娘蓦然直起身子，瞪着她。她的脸上满是泪痕，丑兮兮的。

"他不跟我说话！"她抽泣着说。

"他连他父亲都不认得了，埃米。别做傻事。"她攥住埃米的胳膊，闻到刺鼻的肥皂味道。埃米抱紧她。

"是我呀，是我！他都没看我一眼！"她说。

她本来想问一句"为什么要看"，话到嘴边又咽了回去，埃米啜泣着，身子抽动不停；泪眼蒙眬中，一种亲近感悄然萌生，两个心无所依的畸零人，似乎都找到了依靠……

窗外，交叉纵横的牵牛花藤上站着一只麻雀，她抱着埃米，她们紧紧抱在一起，心头涌上无尽的愁绪，她尝到喉咙里有种温热的咸咸的味道。

可恶，可恶，可恶，她一边说一边泪水夺眶而出。

4

邮局门前，桑德斯先生看到牧师时，他正巧被好奇的民众围在中央。这样的聚会很常见，人们凑到一块儿，聊八卦，侃大山，参与者大多是短工、没系领带的、穿工装的、未穿工装的，他们的日子似乎过得很悠闲，任何一件小事，比如一股酒香，一个癫痫病发作的黑人，或者一曲口琴，都能把他们吸引过来，就像是金属粉末遇上了磁铁，南部的小镇都是如此——北部和西部的镇也差不多。

"是呀，是呀，太让人意外了，"牧师说，"之前没有任何征兆，什么都没有，直到与他同行的一位朋友——是这样的，他还没有完全康复——先他一步来通知我。"

（是那个开飞机的小子。）

（我不是说过吗：要是上帝允许人飞上天，他老人家当初就会给他们创造一双翅膀。）

（得了吧，别人飞那么高，比你挨上帝更近。）

人群一角由外而内给桑德斯先生让出一条路。

（反正，那小子差点见了上帝。听众们一阵哄笑。）说话人多半是个浸礼会教徒。

桑德斯先生伸出手。

"哟，牧师，我们很高兴听到这个好消息。"

"啊，早上好，早上好。"牧师用他巨大的手掌握住对方伸来的手，"是呀，真让人意外。我正想去找你。塞西莉今天早上好些了吗？"他故意压低嗓门。其实没这个必要，因为周围一片闹哄哄。人群蜂拥着走进邮局。邮件送达，窗口打开，甚至那些没有邮件，或者几个月都没有收到过一封信的人，也乐意跑到邮局来满足这个国家的国民持之以恒的好奇与冲动。牧师家的新闻一转眼便成了陈年旧事，人们更想从盖邮戳的职员那里听一些新鲜事，或任何事都行。

查尔斯镇，跟南部数不清的小镇一样，城外拴着一圈骡子和马。广场中央是法院——一栋简单实用的大厦，由砖砌成，十六根漂亮的爱奥尼亚式立柱历经岁月侵蚀变得污迹斑斑。榆树环绕在法院四周，树下，斑驳开裂、雕刻有花纹的木头长凳和长椅上，坐着政府官员、立法议员和家道殷实的市民，他们推崇汤姆·沃森的民粹主义，只惧怕上帝和干旱，系黑色蝶形领结或佩戴南部邦联退去光亮的灰色和古铜色勋章，他们远离农事，在打盹或发呆中消磨漫长而昏昏欲睡的一天，至于比他们年岁小的人，还不够在公共场合睡觉的资格，就下跳棋、嚼烟草，顺便聊聊天。一位律师、一个药店伙计和两个不知是做什么的在地上两个土坑之间来回抛掷铁盘，做着游戏。刚入四月，正午的阳光丰韵而饱满。

不过，当牧师和桑德斯先生经过他们身旁，所有人都向牧师问候致意。就连打盹的老人也从梦中惊醒，询问起唐纳德的近况。牧师阔步前行，像一个凯旋的将军。

桑德斯先生跟他并排走着，一边还礼，一边若有所思。这些该死的家伙跟娘儿们一样磨叽，令他烦躁。他们路过一根石柱，柱头上立着一尊南军战士的雕像，大理石刻成的眼珠投射出刚毅而警觉的眼神，牧师继续重复刚才的问题。

"她今天早上好些了。昨天她昏过去了，真是糟糕，不过她身子本来就弱，你是知道的。"

"的确是意料中的事儿。他之前没打个招呼就跑回家，连我们都吓了一跳。我敢肯定，唐纳德自己也承认有些冒失。你看，他们的重逢也很唐突。"

绿树形成拱门立在头顶，将大街变成一条绿色安静的隧道，人行道上布满方格状的阴影。桑德斯先生突然想擦擦脖颈里的汗珠。他从口袋里掏出两根雪茄，但牧师连连摆手，拒绝了他的好意。这些该死的娘儿们！早知道该叫米妮来跟牧师说。

牧师说："我们有个美丽的小镇，桑德斯先生，这些树，这些树……这种安静正适合唐纳德。"

"是，是，正适合他，牧师——"

"你和桑德斯太太今天下午一定得来看看他。我以为你昨晚会来，但转念一想，塞西莉还没从震惊中完全恢复——当然，你们没来也没什么。唐纳德那时疲惫不堪，还有那位太太，叫鲍——所以我想最好还是先叫个医生来（以防意外，你看），他建议唐纳德卧床休息。"

"是，是。我们本来打算来，但是，就像你说的，他的情况，在家的头一个晚上。还有塞西莉的情况，也——"他感到不知所措。然而就在昨晚，望着在床头独自垂泪的女儿，听完妻子对这门亲事的打算，他自愿揽了这份差事，还言之凿凿，自信满满。这些该死的娘儿们！他骂了第三次。他吐了口烟，将雪茄扔出老远。这实在是一种精神上的折磨。

"关于这份婚约，牧师——"

"啊，是的，我也在考虑这个。你知道吗？我相信塞西莉是救他的一剂良药。稍等，"他与路人打个招呼，"当然，她得花点时间习惯他的——习惯他——"他目光坚定地看着自己的同伴，"他有一道疤，你知道。但我敢保证这道疤会被除去，哪怕塞西莉已经看习惯了。说实话，我指望她会在短时间内把他变成一个全新的人，脱胎换骨。"

桑德斯先生决定放弃。明天，他向自己保证。明天我再和他商量。

"他现在有一点迷糊，"牧师继续说，"但关心加照顾，尤其是，塞西莉，会让他痊愈。你知道吗？"他再次用慈祥的眼神凝视着桑德斯先生，"你知道？今天早上我走进他的房间，刚开始他甚至连我都不认得。不过，这只是暂时的，你放心。这是意料中的事儿，"他迅速加上一句，"你觉得这是意料中的事儿吗？"

"我想是吧，嗯。可是，到底发生了什么？他怎么会变成这个样子？"

"他不愿意说。陪他回家的一个朋友告诉我，他不知道，不记得了。这种情况经常发生，有个年轻人——也是个士兵——对我说，他指不定哪天就能恢复记忆。唐纳德丢失了所有的身份文件，只剩一张英国医院开的出院证明。请原谅我：你刚才是不是在说他们订婚的事儿？"

"没，没。没关系。"太阳爬到头顶：已是正午时分。地平线附近多了几朵云，丰满得像搅打过的生奶油。看来下午有雨。他突然开了口："顺便说一句，牧师，我在想能不能去你家，跟唐纳德聊两句？"

"当然可以。非常欢迎。他一定很高兴见到老朋友。去吧，当然可以。"

云朵渐渐堆积，越积越高。他们从教堂尖塔下走过，穿越草坪。走上台阶时，他们看见鲍尔斯太太端坐着，手里捧着一本书。她抬起头，一眼便觉得来人似曾相识；牧师根本无须向她介绍说"桑德斯先生是唐纳德的一个老朋友"。她站起身，把食指插在合上的书页之间。

"唐纳德正躺着。吉利根先生陪着他。让我去喊一声。"

"不，不。"桑德斯先生赶紧推辞，"别去打扰他。我稍后再来。"

"你这不是大老远特地跑来跟他打个招呼吗？要是没见着你，他肯定会很失望。你是他的老朋友，对吧？你刚才说桑德斯先生是唐纳德的一个老朋友，是吧，牧师？"

"是，没错。他是塞西莉的父亲。"

"那你更应该来。"她伸手拉住他的胳膊。

"不，不，夫人。你不觉得现在最好不要去打扰他吗，牧师？"他向牧师求助。

"嗯，也许吧。你和桑德斯太太会下午过来？"

但她态度坚决。"嘘，牧师。唐纳德随时都能与桑德斯小姐的父亲见见面，叙叙旧。"她半拉半拽将他推进房门，他和牧师跟在她身后爬上楼梯。敲门声响起，吉利根应了一声，她打开门。

"乔，这位是塞西莉的父亲，来看看唐纳德。"说完，她站到一旁。门开了，狭窄的走廊涌入一线亮光，门随即关上，走廊重又被黑暗占领，顺着幽幽如暮色的墙面，她慢慢走下楼梯。割草机已经安静了很久，她看见在一棵树下，有人侧身斜躺着，那是割草工懒洋洋地把一条腿搭在另一条腿上睡得正香。街上常有黑人孩童走过，几乎每小时一拨，走得慢慢吞吞，他们看上去很悠闲，看样子不赶时间也不用怎么读书，任何时候都有跑去学校或从学校回来的孩子，手里拿着用糖浆罐和猪油罐改成的午餐盒。也有些孩子捧着书本。午饭通常在上学途中吃进肚子，校长是个胖乎乎的黑人，脖子上系着细麻布领带，身穿羊驼毛大衣，就像在电话簿上查找号码一样，随便抓起一本书，任意选择一行，很快便让所有孩子都跟着他吟唱起来，听着像维切尔·林赛诗歌的调子。随后，一天的课结束，学生们分头回家。

云朵越积越高，越积越厚，透着淡紫色，衬得周围天穹显出一团团湖蓝。空气变得燥热、压抑；教堂尖塔的轮廓变得模糊不清，像金属和纸板搭成的平面模型。

树叶低垂，死气沉沉，凄婉悲伤，似乎生命还未完全绽放，便被剥夺了活在世间的权利，树上只剩下幽灵般的新叶。她徘徊在门外，耳畔传来埃米在饭厅收拾盘碟的叮当声，最后，她听见期盼已久的对话。

"——那好，等你和桑德斯太太下午过来。"牧师说，跟客人一道出现在门口。

"好，好。"对方漫不经心地回答。他正好跟鲍尔斯太太四目相对。他跟她长得真像！她想着，心里一沉。我又犯错了吗？她飞快地观察他脸上的表情，欣慰地叹了口气。

"你觉得他看起来怎么样，桑德斯先生？"她问。

"很好，考虑到他之前长途奔波，很好。"

牧师高兴地说："我今早就注意到了。你也是吧，鲍尔斯太太？"他的眼神中带着哀求，她说了声是的。"你昨天该来看看他，就能发现他的情况有令人惊讶的改观。对吧，鲍尔斯太太？"

"是的，没错，先生。我们今早就说过了。"

桑德斯先生拿起他面料柔软的巴拿马草帽，朝台阶方向走去。"嗯，牧师，你儿子能返家真是太好了。我们跟你一样高兴。要是需要我们做什么的话——"他的语气亲切而真诚。

"谢谢，谢谢。我不会跟你客气的。只不过唐纳德现在只能靠自己，再说他还在吃药。我们指望你提供帮助，到时候。"牧师旁敲侧击地说。

桑德斯先生添上一句，想博对方一笑。"等她好起来，我们，她母亲和我，恐怕就没机会为她操心了：到时候，我们还指望你允许塞西莉隔三岔五回趟家看我们。"

"哈哈，我会安排的，我想——绝不能亏待我的老朋友。"牧师大笑起来，鲍尔斯太太听了也为牧师高兴。但随后，她心头隐隐有些不安。父女俩的性格如此相似！这一家的女人，她们会顺从他的心意吗？她说：

"要是你不介意的话，我想送桑德斯先生到大门口。"

"一点也不，夫人。那就麻烦你了。"

牧师站在房门口，目送他们走下台阶。"可惜你不能留下来一起用餐。"他说。

"改天吧，牧师。我太太在家等着我呢。"

"好吧，改天。"牧师表示同意。他转身进了屋。他们穿过草坪，乌云压顶，大雨即将来临。桑德斯先生突然望着她。"我搞不懂，"他说，"为什么没人把他儿子的实情告诉他？"

"我也没说，"她回答道，"但就算说了，他会相信吗？之前有人告诉过你他的情况吗？"

"天哪，没有！明眼人都看得出。他的样子让我恶心。可是，唉，我是个胆小鬼，总之，"他语调中带着悲悯和歉意，"医生怎么说？"

"也不确定，只是说他不记得受伤前的事了。那个受伤的人相当于死了，成了另外一个人，一个长大的孩子。他变得冷漠，没有情感，这太可怕了。他不关心自己身在何处，也不知道自己在做什么。就这样从一个人手里传到另一个人手里，像个无助的孩子。"

"我的意思是，他能康复吗？"

她耸耸肩。"谁知道呢？外科医生能做的都做了，他们也无计可施了，要是你问的是这个的话。"

他沉默地走着。"该告诉他父亲。"他最后说。

"我明白，可谁去呢？再说了，反正他以后会知道的，所以姑且让他相信儿子会好起来，拖一天算一天。总不能让他现在就承受如此大的打击。他年纪大了，趁现在身子骨还硬朗，心情也不坏。指不定哪天，唐纳德就好了。"她撒谎道。

"嗯，你说得对。但你相信他会好吗？"

"怎么不会？他总不会永远像现在这样子吧？"他们走到大门口。铁栅栏粗糙烫手，她感觉掌心摸到太阳的温度，但明明一碧如洗的天空已被乌云占据。

桑德斯先生捏着帽檐，说："但假设他？——他不会好起来？"

她直直地看着他。"死掉，你的意思是？"她一针见血地说。

"呃，是。既然你这么说。"

"这正是我想跟你讨论的。当务之急是要提振他的士气，要给他充足的理由——嗯，打起精神来。这方面，有谁能比桑德斯小姐做得更好？"

"可是，夫人，你的要求是否太过分，要我拿自己女儿的幸福赌一场毫无胜算的赌局？"

"你误会了。我并不是要你纠缠于这份婚约不放。我的意思是，为什么不让塞西莉——桑德斯小姐——常来看看他？必要的话，让她对他好一点温柔一点，直到他回忆起她来，重新获得求生的欲望。然后，再来商量婚约的事儿。想想吧，桑德斯先生：假如他是你的儿子。向一个老朋友提出这样的要求不过分吧，你觉得呢？"

他再次用崇敬的眼神看着她，目光锐利。"你怎么会生有一颗如此冷静的头脑，女士。所以我要做的就是说服她过来看他，对吧？"

"不止这些：你必须看着她来，她在他面前要表现得跟从前一样。"她拽住他的胳膊，"你一定不能让她母亲阻拦她。一定不能。记住，把他当成你自己的儿子。"

"你为什么觉得她母亲会反对？"他笑吟吟地问。

她嘴角露出一丝微笑。"你忘了吗，我也是个女人。"她说。随后，她的脸变得严肃，语气迫切。"反正你不能让那件事发生，听明白了吗？"她的眼神咄咄逼人，"你保证？"

"嗯。"他说，坦然地望着她。他接住伸来的手，她握手的动作坚定，简短有力。

"那就这么定了。"她说，几粒热乎乎的雨滴从天而降，噗噗地砸在地面。她说声再见，转身离开，一溜小跑越过草坪来到门前，此刻大雨如注，像一群群白衣士兵发起猛烈的进攻。她几步便冲上台阶，站在走廊，天地间挂起一张巨大的雨帘，翻卷着，旋转着，如身披银甲的骑兵在草坪上驰骋。

5

桑德斯先生惴惴不安地看了一眼雨雾弥漫的天空，跨出大门，正好遇上放学归来的儿子，问他："你看到他的疤了吗，爸爸？你看到他的疤了吗？"

他眼瞅着这个令人讨厌的淘气包，跟他一个模样，只是个头还小，他突然跪下来，将儿子搂在怀里，搂得紧紧的。

"你看过他的疤了。"小罗伯特·桑德斯气呼呼地，努力想挣脱父亲的怀抱，雨滴击破树冠，一颗颗落在他们身上。

6

埃米的眼睛像一道浅浅的阴影，跟玩具熊类似，她的头发成天受烈日暴晒，已经辨不出是什么颜色。她的脸上随时挂着桀骜不驯的表情：要知道，她比她的兄弟们跑得快、力气大、爬得高——你可以想象，从粪堆里长出一棵瘦小而倔强的青草。不是一朵花。当然，也不一定有粪。

她的父亲是个油漆匠，身为油漆匠，不可避免地沾染了嗜酒的习惯，醉了就打老婆。幸好她在生埃米的第四个弟弟时告别了人世，打那以后，埃米的父亲有好长一段时间没有沾酒，成功地追到并娶回一个腰圆膀粗的泼妇，所谓因果报应，这位新娘子心情稍有不顺，就会抢起柴火棒打得他满脸开花。

"别娶女人做老婆，埃米，"父亲用满怀伤感与深情的口气劝她，"要是能重来的话，我就娶个男的回家。"

"我谁也不嫁。"埃米早已打定主意，尤其当唐纳德参军去了战场，她耗费心思给他写的信都杳无回音之后。（现在他甚至都认不出我，她郁郁地想着。）

"我谁都不嫁。"她重复一句，把晚餐放在桌上。"我宁愿去死。"她说，呆呆地望着被划出一道道水痕的窗玻璃，窗外大雨瓢泼，肆无忌惮的水流汇成一艘灰白色、闪耀着银光的航船，骤然驶入她的视线，她摩挲着手中最后一个餐盘。她从幻想中醒来，将盘子放下，出了门，路过书房，他们正坐在椅子上望着湿漉漉的窗玻璃，听着雨点像成千上万只脚轻轻踩在房檐和林梢。

"饭弄好啦，乔大叔。"她说，快步朝厨房走去。

他们的午餐还没吃到一半，雨势已经小了，航船般的雨云继续前进，如乘风破浪而去，只剩下湿漉漉的绿叶荡漾着水波的低语，偶尔刮来一阵疾风，卷起长长的白色雨雾，像精灵在草间嬉戏。可是埃米还没有把甜点端来。

"埃米！"牧师又喊了一声。

鲍尔斯太太起身。"我去看看。"她说。

厨房里空荡荡的。"埃米？"她轻声地喊。没有回应。就在她打算离开时，下意识地看了一眼敞开的厨房门。她移开贴着墙壁的门板，埃米木然地望着她。

"埃米，怎么啦？"她问。

但埃米一言不发地从藏身的地方出来，端起装好甜点的托盘，递给鲍尔斯太太。

"尽做傻事，埃米，别这样。你得给他时间来慢慢习惯跟我们相处。"

但埃米只是望着她。看得出，她的内心深处有一种难以名状的绝望，另一个女人帮她把托盘带到餐桌。"埃米有些不舒服。"她解释道。

"我想埃米是干活太累了，"牧师说，"她一向干得卖力，你还记得吗，唐纳德？"

马洪抬起头，将迷惑的眼神固定在父亲脸上。"埃米？"他重复着。
"你还记得埃米吗？"

"嗯，先生。"他的声音平淡而单调。

7

雨还没停，但窗玻璃已被雨水冲刷干净。等其他人都离开餐桌，
她坐着没动，直到最后埃米透过门缝朝里张望，然后走进房间。她站
起来，也不管埃米再三劝阻，陪她一起把餐桌捯饬干净，然后将残羹
冷炙端到厨房。鲍尔斯太太飞快地挽起袖子。

"别，别，让我来，"埃米说，"你会把裙子弄脏的。"

"是件旧衣服，没关系。"

"我看不旧。我觉得挺好看。这是我的活计。你放下，让我来。"

"我知道，但我就是想做点事儿，要不我会疯掉的。别担心这条
裙子，我都不担心。"

"你是个有钱人，你不需要担心，我猜。"埃米冷冷地说，盯着
那条裙子。

"你喜欢吗？"埃米没有回答。"我觉得这种式样的衣服适合你
我这样的人，你觉得呢？"

"我不知道。我从来没想过。"水泼进水槽。

"告诉你吧，"鲍尔斯太太说，注视着埃米结实的后背，"我有
条新裙子在行李箱里，可惜跟我的尺码不合。等我们把这儿的事儿忙
完，你跟我过去，穿穿试试。我也会点针线活，可以帮你把裙子改得

更合身。怎么样？"

埃米像一块坚冰渐渐融化。"可我穿裙子干啥呢？我哪儿都不去，我现在穿的适合洗衣、打扫和做饭。"

"我知道，但偶尔打扮一下总是好的。我会借你长筒袜和其他东西，加一顶帽子。"

埃米把盘碟泡进热水，水面没过她通红的胳膊。"你丈夫呢？"她没头没脑地问了一句。

"他死在战场上了，埃米。"

"噢。"她说，又过了一阵，"你这么年轻。"她扫了鲍尔斯太太一眼，眼中带着怜惜：这一对悲伤的姐妹呀。（我的唐纳德也死去了，唉。）

鲍尔斯太太突然站起来。"擦碗巾在哪儿？咱们快些弄完，好去试裙子。"

埃米把双手从洗碗水里抽出来，在围裙上擦了擦。"等等，让我给你也找一条围裙。"

一只浑身湿透的麻雀站在一根弯曲的、挂满莹亮水珠的牵牛花藤上看着她，埃米将围裙套过她的头顶，系上背后的结。热水再次没过埃米的前臂，蒸汽润湿她的额角，指尖下的瓷盘摸起来温暖而光滑，让人产生一种快感；玻璃杯在鲍尔斯太太手中毛巾的擦拭下变得闪闪发亮，一排银刀叉反射着柔和的白光，她们像两个恭敬的女教士，祈祷着能很快穿上圣衣。

她们路过书房门口，看见牧师跟他的儿子正安静地望着窗外一棵被大雨肆虐得七零八落的树，吉利根手脚伸开躺在一张破旧的沙发上，边抽烟，边看书。

8

埃米从头到脚穿戴停当，笨拙地向她表示谢意。

"雨后的气味真好！"鲍尔斯太太打断她，"陪我坐一会儿，好吗？"

埃米正低头欣赏身上的装扮，突然从灰姑娘的梦境中走出来。"不行，我有针线活要做。我差点忘了。"

"那就把你要缝的东西拿来，咱们聊一聊。我已经好几个月没有跟女人聊天了。拿到这儿来，我帮你。"

埃米有些受宠若惊。"你为什么要帮我？"

"告诉你吧，要是我手上没事儿干，不出两天我就会疯掉的。求你啦，埃米，行行好。怎么样？"

"好吧，我去拿。"她收好衣服，离开房间，回来时手里拎着一个装得满满当当的篮子。她们坐在篮子两侧。

"瞧他这双可怜的大袜子，"鲍尔斯太太将手掌整个儿塞进袜子里，"像个椅子套，对吧？"

埃米开怀大笑，灵活地摆弄手头的针线，在萦绕屋顶的潇潇的风雨声中，她们面前缝补完毕而且折叠整齐的衣物渐渐多了起来。

"埃米，"鲍尔斯太太说，"唐纳德以前长什么样？你认识他很长时间了吧？"

埃米的针继续闪着沉默的微细的银光，过了片刻，鲍尔斯太太把身子从篮子另一侧靠过来，伸手托着埃米的下巴，抬起她的脸。埃米将脑袋扭到一旁，继续埋头专注于穿针引线。鲍尔斯太太站起身，拉下百叶窗帘，渐渐暗下来的室内，与大雨冲洗后临近下午的室外相比形成另一片天地。埃米仍然眯着眼摸着黑缝缝补补，直到与她同处一室的另一个女人从她手中夺走衣服，她才抬起头，瞪着她的新朋友，眼神凶狠得像一头野兽，绝望得就快要爆发。

鲍尔斯太太握住埃米的胳膊，拉她站直。"来，埃米。"她说，力气大得能触摸到埃米肌肉强健的胳膊里的骨头。鲍尔斯太太明白，如果缺乏一张床，能让人袒露心扉的办法就是营造一点亲密的氛围，于是她拉着埃米肩并肩躺在一张老扶手椅上。雨滴敲打屋檐，寂静的房间里回荡着单调的声响，埃米讲起她的故事：

"我们那时一起在学校读书——如果他上学的话。当然，他大部分时间都逃课。他家也不逼他。他常常独自跑到乡下，两三天后才回来。晚上也是。有天晚上，他——他——"

她的声音弱了下来，鲍尔斯太太追问道："他怎么了？你们俩发展得太快了吗？"

"那时候，他会陪我从学校走回家。他从来不喜欢戴礼帽或穿外套，他那张脸就像——就像他应该生活在森林里。你知道吗：他那副样子就不需要上学或穿戴整齐。你只有见到他本人，才能体会他是怎样的人。他会在任何时候溜进学校，夜深人静时，人们也会发现他在田间游荡。有时候，他会借宿在乡民家，有时候，黑鬼们会发现他酣睡在沙沟里。每个人都认识他。然后，一天夜里——"

"你那时多大？"

"我十六岁，他十九岁。然后，一天夜里——"

"你们俩发展得太快了。跟我讲讲你和他之前的事。你喜欢他吗？"

"我比任何人都喜欢他。之前，我们在一条小河里筑起一道围堰，修了一个游泳池，我们每天都去那儿。游完泳后，我俩躺在一张带来的旧毛毯上，睡到该出发回家的时候。夏天里，我们几乎每时都在一起。他偶尔也会失踪，没有人知道他去了哪里。然后在某个清晨，他会出现在我家外面，喊着我的名字。

"但麻烦的是我经常跟爸爸撒谎说我去了哪儿，我讨厌这样。唐纳德也经常告诉他父亲：他从来不说谎话。他比我勇敢多了，我承认。

"我十四岁时，爸爸终于发现了我喜欢唐纳德的事儿，于是他不准我上学，把我整天关在家。我见不到我的唐纳德了。爸爸要我保证从此不再跟他来往。他来找过我一两次，我告诉他自己出不了家门。有一天，他来的时候正好遇上爸爸在家。

"爸爸冲到门口，叫他别在我家附近吊儿郎当，但唐纳德就那样站在他面前。彬彬有礼，衬得爸爸像一只苍蝇或其他什么的。爸爸发疯似的进了屋，说他再也不会跟其他女人鬼混，他打了我，然后又哭着跟我说对不起（他喝醉了，你瞧），要我发誓永远不再跟唐纳德见面。我发了誓。但一想到我们之前共度的快乐时光，就难过得要死。

"后来，我很长时间没见到唐纳德。别人说他要娶那个——那个——她。我知道唐纳德心里不在乎我：他对任何人都不在乎。但当我听说他要娶她——

"就这样，我夜里常常睡不着，有很多次，我脱掉衣服坐在门廊，心头想着他，望着天上的月亮变得越来越大。一个深夜，差不多是满月，亮得几乎像白天，我看到有人走到我家门前停下脚步。我知道那是唐纳德，他也知道我在里面，因为他喊着：

"'过来，埃米。'

"我朝他走去。一切好像又回到了从前，我忘记了他要娶她的事儿，因为他仍然喜欢我，分别这么久后还来找我。他拉着我的手，我们沿着公路朝前走，也不说话。过了一会儿，我们下了公路，朝我们的小游泳池方向前进，爬过篱笆时，我的睡衣被钩住了，他说：'脱了吧。'我脱下睡衣，我们把衣服藏在李子树丛，继续赶路。

"河水在月光中看起来软绵绵的，根本分不清哪里是水哪里是岸，我们游了一阵，然后，唐纳德也把他的衣服藏好，我们爬上一座小山丘。到处都很漂亮，脚下踩着青草舒服极了，突然，唐纳德往前跑去。要是我想的话，肯定能追上唐纳德，但不知什么原因，那一晚我不想跑，于是坐在地上。我看着他跑到山顶，月光中到处都耀眼夺目，然后他跑下山坡，朝小河跑去。

"我躺下来。我的眼前除了夜空，什么都看不到，也不知躺了多久，突然间，空中出现他的脑袋，浮在我的上方，他湿淋淋的，我看见月光流淌在他湿润的肩膀和手臂上，他也看着我。我看不见他的眼睛，却能感觉到它们正触碰我的身体。当他看你的时候——你会觉得自己像一只鸟：你从地上腾空而起，又俯冲下去。但那晚，情况有些不同。我听见他奔跑后的喘息，我还能感觉到有个东西在我的身体里喘息。我害怕，但又不怕。除了我和他，一切似乎都已经死去。直到他喊出：

"'埃米，埃米。'

"类似这样的话。然后——然后——"

"嗯，然后他跟你做了爱。"

埃米忽然转过身，对方将她紧紧搂住。"现在他都不认得我，他都不认得我！"她哭着说。

鲍尔斯太太抱着她，最后，埃米抬起手，撩开粘在脸上的发绺。"然后呢？"鲍尔斯太太追问。

"然后我们就躺在那儿，彼此抱着，我觉得很安静，很舒服，有几头牛走过来，看了看我们又走开了。我能感觉他的手贴着我身子的一侧慢慢地从肩膀一直往下摸，直到手臂伸直，然后又摸回来，很慢，很慢。我们一句话也没说，只有他的手上上下下抚摸我的侧面，很光滑，很轻柔。过了一会儿，我睡着了。

"等我醒来，天正破晓，我抽筋了，又湿又冷，他不见了……但我知道他肯定会回来。他果然回来了，还采了一堆黑莓。我们吃着黑莓，望着东方慢慢亮起来。等黑莓吃完，我又能感觉到身下又冷又湿的青草了，还有他脑袋后面黄灿灿冷冰冰的天空。

"过了一阵，我们跳进泳池游回对岸，他穿上衣服，我们找到我的睡衣，我也穿上睡衣。天亮得很快，如果我愿意的话，他想陪我一起走回家：此时我根本不在乎昨晚发生了什么。等我走进大门，爸爸刚好站在门廊里。"

她沉默不语。她的故事似乎已经讲完。她靠着对方肩膀，呼吸的样子像个小孩。

"后来呢，埃米？"鲍尔斯太太问。

"哦，我走上门廊，停下来，他说：'你去哪儿了？'我说：'不关你的事。'他说：'你这个小娼妇，看我不把你打死。'我说：'你来呀。'但他没有动手。我想如果他敢动手的话，我会杀了他。他进了屋，我也走进去，换好衣服，带了几件穿的，就走了。我再也没回去过。"

"那你做什么呢？"

"我在一个叫米勒太太的裁缝店找了份缝衣服的活儿，她允许我睡在她的铺子里，等到我能攒够钱。我在那儿只住了三天，然后有一天，马洪先生走进来，他说唐纳德告诉了他我们之间的事儿，唐纳德出门打仗去了，于是他来找我。从那之后，我就住在这儿。我再也没见到过唐纳德，而现在，他完全不认得我了。"

"你这个可怜的孩子。"鲍尔斯太太说。她抬起埃米的脸：这张脸沉静、安详。她觉得自己与这个姑娘同病相怜。突然，埃米跳起来，收拾好缝完的衣服。"等等，埃米。"她喊了一声。但埃米已经跑远了。

她点燃一根香烟，坐下，慢慢抽着，烟雾弥漫在这个宽大、阴暗、摆满各种家具的房间。过了一阵，她站起身，拉开窗帘；雨已经停了，长柳叶刀般的阳光刺破雨后焕然一新的空气，还在滴水的树丛反射着火花似的光辉。

她捻碎烟头，走下楼梯，她看到一个陌生人退向门口，牧师转过身，望着她，失望地说：

"他要我们别对唐纳德的视力抱太大希望。"

"但他只是个普通医生。我们会从亚特兰大找个专科医生来。"她给他打气，摸着他的衣袖。

就在此时，塞西莉·桑德斯小姐的鞋跟正轻轻敲打着小径快要干透的路面，嘚嘚声回荡在熠熠闪光的青草丛间。

9

塞西莉坐在自己房间里，身穿一条浅色缎子短衬裤和一件浅橘色毛衣，将细长的腿翘在椅子扶手上，正在读一本书。她的父亲，没有敲门便推开房门，面带不悦地瞪着她看。她也跟他对视一会儿，然后慢慢将腿放下。

"好姑娘会半裸着坐成这样子吗？"他语气冷淡地问。她把书放到一旁，站起来。

"也许我不是个好姑娘。"她没礼貌地回了一声。在他的注视下，她把瘦瘦的身子裹上一件薄得半透明的睡袍。

"我猜，你觉得穿成这样就行了，对吧？"

"你可不能没敲门就进我房间来，爸爸。"她气恼地说。

"我再也不来了，要是你习惯坐得像今天这样子的话。"他清楚自己正让气氛变得紧张，而该说的话还没说出口，但他就是忍不住想教训下女儿，"你能想象你母亲跟你一样半裸着坐在她房间里吗？"

"我才懒得去想。"她气势汹汹地靠在壁炉台上，"但她要那么穿的话，我也管不着。"

他坐下来。"我想跟你谈谈，西丝。"他变了语调，她坐在床尾，将双腿盘在身下，用敌视的眼神看着父亲。我这个笨人，他想，清了清嗓子。"是小马洪的事。"

她望着他。

"我今天中午去见了他，知道吧。"

她逼着我唱独角戏。见鬼，为什么孩子们都有一种非凡的本事，让做父母的想教训他们一次都如此困难。就连鲍勃也越来越难管教。

塞西莉眼睛绿得深不可测。她伸出胳膊，从梳妆台上拿起一个指甲锉。暴雨快要停歇，雨声只剩下湿漉漉树叶间的低语。塞西莉低着头，纤细的双手动作优雅。

"我说，我今天见了小马洪。"父亲提高调门，重复刚才的话。

"你去了吗？他看起来怎么样，爸爸？"她的语调很轻柔，很纯真，让他松了一口气。他瞥了她一眼，但她把脸埋得很低，表现得温柔而端庄：他只能看见她的头发释放出淡红色的光，以及她浅浅的脸颊和线条舒缓的下巴。

"那孩子的情况不大好，西丝。"

"他可怜的老父亲，"她一边锉着指甲，一边表示同情，"很难接受这件事吧？"

"他父亲还不知道。"

她抬头看了一眼，她的眼睛变得灰暗，愈来愈暗。他看出她也不明就里。"还不知道？"她重复一句，"他难道没看见那道疤？"她的脸色发白，把手贴在自己胸口，"你的意思是——"

"不，不，"他连忙说，"我的意思是他父亲认为——他——他父亲不认为——我的意思是他父亲忘了旅途让他很疲惫，你瞧，"他笨拙地说完，他赶紧继续，"这就是我想告诉你的。"

"告诉我跟他订过婚？怎么可能，跟那道疤？怎么可能？"

"不，不，不是跟他订婚的事，要是你不愿意的话。我们现在先不考虑订婚的事。只是坚持多去看看他，等他好起来，你明白吗？"

"可是，爸爸，我做不到。我真的做不到。"

"为什么，西丝？"

"噢，他的脸。我一秒钟都忍受不了。"她的脸扭曲起来，回想起那一天，她就痛苦不已，"你没看出我做不到吗？要是行的话，我就去了。"

"你会习惯的。找一个好医生就能缝缝补补，把那道疤藏起来。现在医生什么都能办到。再说了，西丝，比起那些医生，你对他的治疗作用更好。"

她低下头，双臂交叉放在支撑床脚的横档上，然后将脑袋贴着肘弯，她父亲站在一旁，伸出胳膊搂住她娇小、紧张的身体。

"你能做到吗，西丝？偶尔去他家看看他？"

"我做不到，"她呜咽着，"我做不到。"

"嗯，那好吧，我想你也不能见那个叫法尔的小子了。"

她抬起头，她的身体变得紧绷。"谁说我不能？"

"我说的，西丝。"他的语气温和而坚定。

她的眼睛变成蓝色，冒出怒火，然后几乎变成黑色。

"你不能阻拦我。你知道你做不到。"她朝后扭动身体，尝试脱身。他搂紧她，而她把脑袋扭到一边，竭力想挣脱他的怀抱。

"看着我。"他平静地说，伸出另一只手，想把她的脸掰过来。她抵抗着，他的手感觉到她呼出的温热气息，但他最后还是成功地让她转过脸来。她怒目而视。"要是你不能偶尔去看看那个跟你订过婚的人，那个病入膏肓的人，我绝不准你再和其他男人交朋友。"

他的手指在她脸颊上留下红印子，她的眼睛慢慢噙满泪水。"你弄疼我了。"她说，挪动捏在他掌心的柔软的下巴和搂在他臂弯的柔弱的身体，他突然感到后悔。他扶她直起身，坐上一把椅子，然后抱她坐在腿上。

"好啦，乖，"他轻声说，摇动身体，让她的脸贴在自己肩膀，"我不是故意要凶你的。"

她温顺地靠着他，轻声啜泣，剩下的便是雨声，像阵阵耳语跨过屋檐，响在树叶中间。他们沉默了一阵，听到滴水檐和排水沟欢快的水声，以及小象牙钟的嘀嗒声，她动了动身子，仍把脸贴着他的外套，用手搂着父亲的脖子。

"我们不考虑这事儿了。"他告诉她，吻着她的脸颊。她再次搂紧他，然后从他的腿上溜下来，站到梳妆台前，用粉扑朝脸上抹了点粉。他站起来，目光越过她的肩头，看着镜子里她布满泪痕的脸和灵巧而紧张的双手。"我们不考虑这事儿了。"他重复道，推开房门。橘色的毛衣像藏在睡袍下的一团野火，勾勒出她狭窄的背部，他关上身后的门。

路过妻子房间时，她叫住他。

"你骂塞西莉做什么，罗伯特？"她问。但他脚步沉重地走下楼梯，没有理她，很快她听到他在后廊训斥托比的声音。

桑德斯太太走进女儿的房间，发现她正在穿裙子。太阳突然穿透雨云，长柳叶刀般的阳光刺破雨后焕然一新的空气，还在滴水的树丛反射着火花似的光辉。

"你去哪儿，塞西莉？"她问。

"去看唐纳德。"她说，拿起丝袜，动作娴熟地穿上。

10

詹纽阿留斯·琼斯，懒洋洋地踏着湿草，在房子外绕了一圈，透过厨房窗户朝屋里偷窥，正好看见埃米的背和她屈在身体一侧的一条胳膊。他悄悄爬上台阶，溜进厨房。埃米从手中熨斗上方射出的眼神冷淡而带着敌意。琼斯的黄眼睛毫不在乎，大胆地望着她和烫衣板以及空荡荡的厨房。琼斯说：

"嘿，辛德瑞拉。"

"我的名字是埃米。"她冷冷地回答。

"好吧，"他表示同意，"叫这个也行。埃米，埃米琳，埃米月，月——'月亮从来不怨恨人'。真的吗？也许你更喜欢'黑月亮'？也许你能讲出更细微或不那么细微的差别？知道吗，月光叫人兴奋。米莉亚也这么觉得，她爱演奏，她常在黄昏时分靠着窗扉把她金色的头发当作竖琴奏出悲伤的曲子。你没有金色头发，但你也可以尝试把头发撩起来兴奋一下。啊，不安分的年轻一代！想让一切都兴奋起来，不单是她们的表情，还包括她们的翘屁股。"

她转过身，漠然地背对着他，然后挥动胳膊，稳稳地将熨斗压过摊开在熨衣板上的衣物。他变得异常安静，过了一会儿，她转身回来想看看他在做什么。他紧贴在她身后，她的头发刮过他的脸庞。她紧握熨斗，尖叫一声。

"哈，我的美人儿！"琼斯心急火燎地抱住她。

"让我走！"她说，怒目而视。

"这话讲得不地道，"琼斯告诉她，"你应该说'放开我，坏蛋，否则我叫你吃不了兜着走'。"

"让我走。"她继续尖叫。

"除非你给我个理由。"他回答道，他的身子肥胖臃肿，他的黄眼睛像死人一样呆板。

"让我走，否则我拿熨斗烫你。"她叫喊着，挥舞着手里的熨斗。他们彼此对视。埃米的眼神凶狠得瘆人，僵持了一阵，琼斯说道：

"我才不信呢。"

"那你就等着瞧。"她骂了一声。他松开手，闪到一旁。她用通红的手把贴在热辣辣脸上的头发撩开，两眼炯炯地瞪着他。"滚出去，快。"她命令，琼斯信步朝门口走去，故作伤心地说：

"你们这儿的姑娘究竟是怎么啦？野得很。野得很。顺便问问，那个垂死的英雄今天情况如何？"

"快滚。"她说，挥舞手中的熨斗。他走出去，带上门。随后他再次将门推开，在门口朝她弯下肥胖的身子，深深鞠了一躬，终于离开。

昏暗的过道里，他把脚步放缓，仔细聆听。从前门钻进来的阳光正好照在他的脸上：他能影影绰绰看到几件家具。他停下脚步，仔细聆听。不，她不在这儿，他敢断定。没有气氛热烈的聊天声，她是不会来的。那个女人讨厌安静，就像猫讨厌水一样。塞西莉跟安静，如同油和水。而且她会像油一样浮在水的表面。这个小婊子，想想她昨天的胆大妄为。还有那个叫乔治的。她真是个恋爱高手，我猜她所有的心思都在这上面，忙得手脚不停。噢，算啦，还有明天呢。再说今天还没完。过去瞧瞧，顺便跟那条大丹狗开开玩笑。

书房门口，他遇见吉利根。起初他没认出对方。

"我的天哪，"他说，"军队都解散了吗？连个给他敬礼的士兵都找不到，咱们的潘兴将军该怎么办呀？能上战场的人原本就不多，现在更没仗可打——唉，想想就伤心。"

吉利根冷冷地说："你想干吗？"

"哦，没事，谢谢你。非常感谢。我只是去厨房拜访完朋友，顺便过来问候一下墨丘利的兄弟？"

"谁的兄弟？"

"小马洪先生，我的意思是。"

"医生跟他一起，"吉利根说，"你现在不能进去。"他转过身。

"没关系，"琼斯嘟哝一声，望着他的背，"没关系，我亲爱的兄弟。"他打着呵欠，慢慢溜达到大厅。他站在大门入口，若有所思地往烟斗里填着烟丝。他又张嘴打了个呵欠。右边有一扇敞开的门，他走进这间拥挤的客厅。这里有一处窗台，正好拿来搁燃过的火柴棍，他坐在窗台旁，把脚翘在另一张椅子上。

房间四壁挂满肖像，画中人物多半是谁的先辈，个个神色忧郁，弄得看画的人心情压抑，要证明他们之间存在亲戚关系，只要看看这些人脸上似乎患上胃病的表情就知道了。又或者是《古舟子咏》里那位水手在杀死一只信天翁前，不同年龄阶段的肖像。（一条死鱼也没能把人害得这么惨，琼斯想，尽量避开画面中那些令人反胃的、烦躁不安的眼神。难怪牧师会相信有地狱存在。）一架钢琴多年未开过琴盖，如果演奏的话，琴声也许和琴身一样灰扑扑。琼斯站起来，从书橱拿出一本《失乐园》（犯有罪过的人，看看这本书最合适，他想），然后坐回椅子上。椅子硬邦邦的，琼斯软塌塌的。他再次把脚翘起。

牧师和一个陌生人进入他的视线，他们在前门交谈。随后，陌生人离开，黑发女人出现。她跟牧师聊了几句。琼斯细致地、贪婪地欣赏她风韵的身姿，这时——

这时身穿淡紫色裙子，腰间系一条绿色丝带的塞西莉·桑德斯小姐正将鞋跟轻轻敲打小径快要干透的路面，嗒嗒声回荡在熠熠闪光的青草丛间。

"乔大叔！"她叫了一声，可是牧师已经走进书房。鲍尔斯太太上前迎接，她说："噢，你好，我能见见唐纳德吗？"

她走进大厅，小巧的扇形窗投下微弱的光线，她左顾右盼，发现有个人背靠窗台坐着。她喊了声"唐纳德"，像鸟儿一样飞入房间。伴着轻快而清脆的脚步，她一只手遮住自己的眼睛，伸出另一只手，抱住他的双脚，将脸贴在他的腿上。

"唐纳德，唐纳德！我会试着习惯的，我会的！噢，唐纳德，唐纳德！你那张遭了罪的脸！但我会习惯的，我会的。"她语无伦次地说。她摸到他的衣袖，弯下他的胳膊，把他的手放到自己脸颊下，紧紧握住。"我不是故意的，昨天。我再也不伤你的心了，唐纳德。我是忍不住，可我是爱你的，唐纳德，我的爱人，我最亲爱的人。"她把脸深埋在他的腿间。

"抱着我，唐纳德，"她说，"我慢慢就会习惯的。"

他照办了，抱住她的身子。突然，眼前这件衣服让人有似曾相识的感觉，她抬起头。面前是詹纽阿留斯·琼斯。

她从地上蹦起来。"你这个畜生，刚才为什么不说？"

"亲爱的女士，我怎能拒绝上天送来的礼物？"

但她懒得听他辩解。鲍尔斯太太站在门口欣赏这一幕闹剧。哼，她居然嘲笑我！塞西莉怒火中烧。她的眼神像一把蓝色的短刀，她的声音却像欲滴的蜂蜜。

"我真蠢呀，都没看清楚人，"她温柔地说，"看到你，我还以为唐纳德就在这儿。我要是男人的话，也会心甘情愿当你的跟班。但我不知道你跟这位——这位史密斯先生，是好朋友。他们都说胖男人更招女人喜欢。我得去见唐纳德啦——您不介意的话？"

她还在气头上，说话时带着一股狠劲儿。她走进书房，望着马洪，心里突然少了不安与惶恐，疤痕什么的似乎都没了踪影。她跟牧师打招呼，亲吻他，然后她优雅轻盈地走向马洪，尽量不去看他的额头。他安静地注视着她，面无表情。

你刚才害我出了丑，她在他耳边低声说，随后轻轻吻了下他的嘴唇。

没人理会琼斯，他独自走过大厅，站在紧闭的书房门口，竖起耳朵，听着门板那一边传来她含糊而急切的声音。他弯下腰，把眼睛贴在锁孔。可他什么也没看到，只觉得腰间的赘肉挤得他喘不过气，背带紧得快要切开肩膀上的肥膘。他在吉利根超然的、若有所思的目光中直起身来。琼斯的一对黄眼睛变得空虚，他绕过强忍着敌意的吉利根，朝前门走去，轻松地吹起口哨。

11

塞西莉·桑德斯回到家，一肚子的火仍然没有熄灭。在阳台拐弯处，母亲喊着她的名字，她这才注意到父母正坐在阳台上。

"唐纳德怎么样？"母亲问，还没等她回答，就继续说道，"你出门后，乔治·法尔又打电话来。我想你最好给他留个口信。托比一直放下手里的活儿，光忙着接他的电话。"

塞西莉一言不发，准备跨过阳台上打开的落地窗进到屋里，父亲抓住她的手，拦住她。

"唐纳德今天看起来怎么样？"他的问题跟妻子一样。

她想让僵硬的手挣脱父亲的束缚。"我不知道，也不在乎。"她说。

"怎么啦，你没去那儿吗？"母亲的语气有些惊讶，"我还以为你去那儿了。"

"让我走，爸爸。"她使劲将手一拽，"我想去换衣服。"他能摸到她手上坚硬、精致的骨节。"求你了。"她说。

"你过来，西丝。"

"好啦，罗伯特，"母亲打着圆场，"你答应过不管她的。"

"你过来，西丝。"他说，她的手变得绵软无力，任由自己被拉到父亲坐的椅子旁边。她紧张不安地坐下，他伸手搂着她。"你为什么没去那儿？"

"好啦，罗伯特，你答应过。"他的妻子像一只鹦鹉，翻来覆去说同样的话。"让我走，爸爸。"她僵硬的身子包裹在浅色的薄裙子里。

他没有松手，她说："我去了那儿的。"

"见到唐纳德了吗？"

"嗯，见了。那个又黑又丑的女人终于发了慈悲，让我见了他几分钟。当然，在她眼皮子底下。"

"什么又黑又丑的女人，亲爱的？"桑德斯太太问，看样子很感兴趣。

"黑女人？噢，你是说那位太太——名字叫什么来着。怎么会，西丝，我还以为你和她会喜欢上对方呢。她是个聪明人，做事也冷静，我觉得。"

"这点我不怀疑。只是——"

"什么黑女人，塞西莉？"

"——只是不想见到唐纳德跟她一见钟情恩恩爱爱的样子。"

"哟，哟，西丝。你这话什么意思？"

"噢，我这话难道说错了吗？"她激动得升高了调门，"要不是我的眼睛，我亲眼看见！她为啥大老远从芝加哥或其他地方一路陪他回来？你居然还要我——"

"谁，从哪儿来？啥女人，塞西莉？啥女人，罗伯特？"父女俩没搭理她。

"行啦，西丝，你这样说她可不公平。你是受什么刺激了吧？"

他仍然搂着她娇小而僵硬的身体。

"告诉你吧，不只是因为——不只是她。这些我都能原谅，因为他生了病，因为他以前就喜欢——就喜欢姑娘。你知道的，打仗之前。可他居然当着其他人的面让我难堪：今天下午，他——他——让我走，爸爸。"她哀求道，用力想挣脱父亲的怀抱。

"啥女人，塞西莉？这些跟这个女人有啥关系？"母亲有些急了。

"西丝，亲爱的，记住，他生病了。我比你更了解那个——那个鲍尔斯太太。"他松开胳膊，但还揽着她的腰，"好吧，你——"

"罗伯特，这个女人是谁？"

"——今晚认真考虑下，咱们明早再聊这个事儿。"

"不，我跟他结束了，听好啦。他当着她的面让我难堪。"她的手终于得到解放，她快步向落地窗方向走去。

"塞西莉！"母亲朝微微旋转、瞬间消失得无影无踪的裙摆喊了一声，"你要给乔治·法尔打电话吗？"

"不！除非这世上其他的男人都死光了。我讨厌男人。"她轻盈的脚步声消失在楼梯间，接着，门砰的一声关上。桑德斯太太身下的摇椅嘎吱作响。

"这下能说了吧，罗伯特。"

他给她讲了事情的来龙去脉。

<h1 style="text-align:center">12</h1>

塞西莉没来吃早餐。父亲上楼走到她房间门口，这一次，他先敲了敲门。

"谁？"她的声音穿透木头门板，有些发哑。

"是我，西丝。我能进来吗？"

见无人应答，他推门进去。她还没洗脸，脑袋搁在枕头上，脸色绯红，睡得像个孩子。房间里洋溢着她身体的香气；这种味道钻进他的鼻孔，让他感到不舒服，又尴尬。他坐在床沿，犹犹豫豫地牵着她的手。对方仍然没有反应。

"你早上感觉怎么样？"

她不说话，慵懒地享受千金小姐的支配地位，他继续试探着问："关于可怜的小马洪，你今天早上觉得好些了吗？"

"我已经忘了他。他不再需要我了。"

"他当然需要你，"父亲诚恳地说，"我们希望你成为给他治病的良药。"

"怎么成为？"

"怎么？这话什么意思？"

"他自己有药。"

她很镇定，异乎寻常地镇定。看来他又得像昨天一样发一通脾气才行。只有靠这个法子才能跟她们交流，该死的娘儿们。

"你是否想过，虽然我不知道详情，但这方面也许比你懂得多一点？"

她抽回手，缩到被窝里，她没有回答他的问题，甚至看都没看他一眼。

他继续说道："你在做傻事，塞西莉。他昨天对你做了什么？"

"他当着另一个女人的面羞辱了我。不过我不想讨论这件事儿。"

"可是听着，西丝。难道你拒绝跟他简单见个面，而你的出现，意味着他也许会好起来？"

"他有那个黑女人。要是她不能靠她的本事治愈他，我肯定也办不到。"

她父亲的脸慢慢变得阴沉。她满不在乎地看着他，然后把脑袋转到枕头另一侧，望着窗外。

"这么说你拒绝再去看他？"

"我还能做什么？很明显，他不希望我再去打扰他。你希望我去不想去的地方吗？"

他将怒火咽进肚子，努力维持平静的语调，努力迎合她的平静。"你没看出来吗？我并不是想逼着你做任何事，我只是想帮助那个孩子恢复健康。假如他是鲍勃，假如鲍勃像他一样卧病在床？"

"那你自己跟他订婚吧。我才不呢。"

"看着我。"他的声音异常安静，控制住自己的火气，这反倒吓得她动也不敢动，屏住呼吸。他将大手按在她的肩头。

"你犯不着对我动粗。"她平静地说，转过头来。

"听着。你不准再见那个叫法尔的小子。明白吗？"

她的眼睛像海水一样深不可测。

"听懂我说的话了吗？"他重复道。

"嗯，听见了。"

他站起身。父女俩真是一个秉性。他走到门口，转过身，正好撞上她执拗的眼神。"我说话算话，西丝。"

她的眼中突然泛起泪光。"我讨厌男人。我可不在乎。"

房门在他身后关上，她躺在被窝里，凝视着谜一般的、漆过的门板，她用手指轻抚自己的乳房和小腹，在肚子上画一个个同心圆，想象怀了孩子后的感受，她讨厌那个无可避免会到来的一刻，让她变得臃肿，让她忍受疼痛……

13

塞西莉·桑德斯小姐，身穿一条浅蓝色亚麻布裙子，走进邻居家门，热情地道声早安。女人不喜欢她，她也心知肚明。可她还是有法子跟她们相处，靠普通人眼中的优雅和端庄来博得她们暂时的欢心，但事实上她并非这类正经人。她的机智和顺从收效不错，她们只敢在背后用轻蔑的口吻议论她。没人能一直排斥她。她也乐得成为她们闲聊的话题。到后来，你才惊讶地发现，她竟然从来没说过任何人的坏话。这确实需要机智过人。

她寒暄几句，女主人在装满花枝的大桶旁慢条斯理地忙着，随后她提出请求并得到允许，进到屋里打电话。

14

乔治·法尔先生，躲在法院大门口，一眼就瞧见她熟悉的身影顺着阴凉的街道远远走来，她的步子比平时快，显得紧张。他贪婪地盯着她，用色迷迷的眼神在她身上扫来扫去。对付女人就得这样：让她们自个儿送上门。他忘了，在过去三十个小时里，他给她打过五次电话，她一次都没接。果然是出人意料的惊喜，她冷冷地打个招呼，他简直不相信自己的耳朵。

"上帝保佑，"他说，"我还以为再也打电话找不到你了呢。"

"嗯?"她停住话头,营造出一种让人不安的紧迫气氛。

"生病啦?"

"嗯,算是吧,"她继续说,"很高兴见到你。以后有空再给我电话,等我在家的时候,好吗?"

"可是,塞西莉——"

她再次沉默,然后扭过头,有礼貌地、耐心地看着他。"嗯?"

"你去哪儿?"

"噢,我今天出来跑腿。帮妈妈买点东西。再见。"她迈开脚,蓝色亚麻布裙子勾勒出精致的曲线,每一步都走得楚楚动人。一个黑人驾着马车从他们中间驶过,时间变得冗长:他感觉这辆车会永远将他们分隔开来,于是绕过车厢,追上她。

"小心,"她赶紧说,"爸爸今天也进城来。我不能再跟你见面了。家里人不喜欢你。"

"为什么?"他吃惊地问,有些心虚。

"不知道。也许他们听说了你那些风流事,怕你毁了我的幸福。可能是因为这个。"

他受宠若惊,嘴上却说:"啊,得了吧。"

他们走在遮阳篷下。一辆辆马车停在广场,拉车的骡子和马昏昏欲睡。他们闻到长时间没有洗澡的黑人身上散发出的气味,浓得呛人,挥之不去,这些人多半只穿着一身旧军装;慢吞吞、轻飘飘的说话声和随意的、突如其来的笑声背后似乎隐藏着一股原始的、悲伤的、难以阻挡的力量,懒洋洋地融化在正午的阳光中。

拐角有一家杂货铺,每一扇橱窗里都摆着一样的玻璃球,装满液体，以前分别是红和绿两种色，经过好几个夏天的烈日暴晒，颜色都褪去，变成相似的棕色。她伸手拦住他。

"你不能再跟着我啦，乔治，求求你。"

"噢，得了吧，塞西莉。"

"别，别。再见。"她示意他停住脚步。

"进去喝杯可乐。"

"不，不行。我还有很多事儿。抱歉。"

"哦，那我等你办完。"他使出最后一招。

"说不准要多久。愿意的话，你可以在这儿等，如果我有时间就过来。如果你愿意的话。"

"行。我在这儿等你。一定要来哟，塞西莉。"

"我不能保证。再见。"

他眼睁睁看她离开，迈着优雅的碎步，身形慢慢变小。见鬼，她不会来了，他对自己说。可他也不敢走，怕她万一回来。他目送她越走越远，她的脑袋淹没在人群中，偶尔能看见她的身体，娇小玲珑，却再熟悉不过。他点燃一根香烟，走进杂货铺。

过了一阵，法院的大钟敲响十二点，他扔掉第五个烟蒂。该死的女人，我不会再给她机会放我鸽子了，他发誓。骂完后，他感觉心里好受了些，推开纱门。

突然，他钻回铺子，迅速找了个地方躲起来，卖饮料的店员有一头柔滑的秀发，身穿白色马甲，好奇地问："你在躲啥？"她从门外经过，与一个在百货公司当职员的已婚男人边走边聊得开心。她朝杂货铺里看了一眼，没看见他。

他等待着，愤怒和嫉妒让他痛苦得难以自拔，他估摸着她已经走过街角，这才气冲冲地推门出去。他又开始胡乱地咒骂，有人在身后喊着"乔治先生，乔治先生"，声音单调，一直跑到他身旁才停下。他低头一看，是个黑人小孩。

"你想干吗？"他吼道。

"你的信。"小孩怯生生地说。他接过信，给了小孩一枚硬币。信的内容写在一小片包装纸上："今晚等他们上床后来找我。我不一定出得了门。来找我——如果你愿意的话。"

他把信一读再读，望着她潦草而拘谨的字体，直到信上的话都印在他的脑海。他放下心来，感觉脑袋晕乎乎的。眼前的一切，包括昏睡的老法院、榆树、打盹的马和骡子、三五成群的黑人，以及他们缓慢的缺乏抑扬顿挫的说话声和笑声，都变得和刚才大不一样，在正午懒散的阳光里神采飞扬。

他深吸了口气。

第四章

1

乔治·法尔先生把自己看成一个真男人。我猜男子气概都写在我脸上？他想，仔细端详路过的男人们的脸，想象某些人的脸一定跟其他人不同。但他不得不承认，什么都没看出来，这弄得他有些沮丧，有些失望。我就奇了怪了。要是男子气概不体现在你的脸上，那你岂不是白白浪费了这张脸？说实在的（乔治·法尔称得上一个绅士），而且男人之间根本无须多言，一眼就能看出对方是不是猎艳高手，很快找到共同话题——这算是无意识的本性流露吧：像不用外力便堆砌而成的一座建筑。当然，在他眼中，女人一点都不新鲜。但这个女人与众不同。一想到自己在世界上独一无二，他就心情愉悦，其他男人都没遇上此等好事，他们连想都没敢想。好吧，只有我行。他幸灾乐祸地把这个秘密埋在心底，像在品尝一道美味。

当他想起那天，（想起？他还想到些什么？）她穿着睡袍，哭着跑进那间黑屋子的情景，他就觉得自己充满阳刚之气和绅士风度。幸亏她现在好多了，女人嘛，总是阴晴不定。

他本来像主神朱庇特一样镇定，后来却乱了阵脚，因为他给她打过两次电话，都没找到人，下午晚些时候，她和一个闺蜜坐车从他身边经过，压根没瞧他一眼，这更让他六神无主。她没看见我。（肯定看见了。）她没看见我！（见鬼，肯定看见了。）

等到夜幕降临，他浑身轻飘飘的，几乎到了崩溃的边缘。太阳下山，心也渐渐冷却。他怅然若失，像一个孤独的幽灵，徘徊在她会经过的街角，盼望她进城来。他忽然感到恐惧。要是我撞见她跟另一个男人在一起？要这样的话，我还不如寻死。他想逃走，想找个地方躲起来，像一头受伤的野兽。但他的身体不听使唤。

他一次次遇见她，每当她身边多出一个同伴，就紧张得手足无措。等她终于拐过街角，他简直不敢相信自己的眼睛。他先认出她弟弟，然后看见她，脑子里一片空白，灵魂出了窍，身体凝固成一尊别扭的、丑陋的黏土雕像。也不知过了多久，他痴痴地坐在纪念碑的石头底座上，望着她和她弟弟慢慢走过这片幻境，他终于缓过神，揉揉眼，身体有了知觉，胳膊腿能够动弹，他晕乎乎地向她跑去。

"嘿，乔治，"小罗伯特跟往常一样招呼他，"去看戏吗？"

她用眼角的余光瞥了他一眼，有点慌张，似乎露出厌恶的表情。

"塞西莉——"他叫她。

她的眼睛变成深色，黑色，扭过头继续赶路。

"塞西莉。"他可怜兮兮地喊着，伸手拉她的胳膊。

就在他触摸到她的一瞬间，她浑身发抖，将胳膊甩开。"别，别碰我。"她哀求道。她的脸发白，血色全无。他站在原地，望着她单薄的裙子像一泓清泉流过她脆弱的身体。她和弟弟走远了，抛下他孤零零一个人。他的心被痛苦和恐惧吞噬，不知所措。

2

唐纳德·马洪，这个可怜的孩子，他回家的消息让镇上的人兴奋了九天。善良而好奇的邻居们纷纷来访——男人或站或坐，愉快地、体面地聊天；富商们对战争的认识仅限于它是总统威尔逊先生政坛起伏的产物，说白了就是美元和美分的事儿，而他们的妻子则围在马洪带着伤疤的额头附近，聊起服装的式样；几位牧师的老熟人为了显示自己的新潮，没有系领结，一脸干瘪地吞云吐雾，却执拗地拒绝摘下戴在头上的礼帽；马洪曾经认识、曾经在仲夏的夜晚跳过舞或求过欢的姑娘们也来了，有的只看了一眼他的脸，便赶紧抚着胸口躲开，再也不靠近他，有的头一次碰巧没注意，（但后来总有机会看到）；男孩来了又悻悻地离开，因为他讲不出与战争有关的故事——访客来来去去，只有吉利根，他闷闷不乐的管家，不停地与他们寒暄交流。

"滚蛋。"他朝小罗伯特·桑德斯喊了几嗓子，小鬼头一心指望受伤的士兵能给他讲讲激烈的战事，好去跟伙伴们显摆。

"他要娶我姐姐。为什么我不能见他？"小罗伯特不满地说。他的处境尴尬，已经跟朋友们吹嘘过自己发现了一处金矿，现在却采不出黄金。他们嗤笑他，弄得他像热锅上的蚂蚁，只好找吉利根求助。

"快走，滚蛋。演出结束了。快走。"吉利根关上门。鲍尔斯太太走下楼梯，问道：

"怎么回事，乔？"

"这个该死的桑德斯家的小鬼带了一帮人来看他头上的疤。我们得拦住他们，"他气呼呼地说，"不能再让这些该死的家伙没日没夜地跑这儿来，把他当怪物参观。"

"嗯，就快结束啦，"她告诉他，"人都来得差不多了。就连这儿的小报都写了篇稿。'战斗英雄返乡'，你知道的——类似这样的报道。"

"但愿吧，"他信心全无地说，"天知道他们是不是都来过了。你知道吗，当我跟当兵的一起过日子，一起吃一起睡，从早到晚，我从来没觉得他们有啥特殊的地方，等我又成了个文明人，看到这些女人围在这儿，说什么'你不觉得他的脸很可怕吗，这孩子多可怜'，'她会嫁给他吗'，或者'你昨天在城里见到她了吗，穿得几乎半裸'。哼，我觉得当兵的才是好人。你会注意到他们决不打扰他，尤其是去国外打过仗的。他们情愿跟往事一笔钩销。他只是运气太差负了伤，但当兵的会说：'这样的事儿，谁又能躲得过呢？'有些人走运，有些人不走运，他们就是这么想的。"

他们并排站在一起，望着窗外沉睡的街道。几个女人"衣着讲究"，手中撑着遮阳伞，朝同一个方向走去。"是妇女互助团，"吉利根说，"要不就是基督教妇女戒酒联盟的。"

"我觉得你变得愤世嫉俗了，乔。"

吉利根瞅了一眼身旁这个睿智的成熟女人，个头跟他几乎一般高。

"是说我对女人的态度吗？我虽然提到了士兵，但不是指我。我还不够格，就好比一个会修表的人，技艺肯定比不上钟表匠。当然，我口中的那些女人，指的也不是你。"

她把手臂搭在他的肩头。她的手臂很结实，隐隐带着一股力量，给人安慰的感觉。他知道自己完全可以伸出手臂将她抱在怀里，可能的话，她还会吻他，大大方方的，结结实实的，而在嘴唇触碰的一刹那，她不再会闭上双眼。她喜欢怎样的男人？他想来想去，觉得所有的男人都配不上她，又觉得她渴求身体的欢愉，等两情相悦时，她会为爱人（？）宽衣解带。（他会是一个——一个——他会是一个角斗士或政治家或邪恶的将军：冷酷而无情，不奢望从她那里得到什么，而她也对他们毫无兴趣，像两位彼此交换黄金饰物的天神。至于我，我不是角斗士或政治家或将军：什么都不是。也许这就是我喜欢她的原因。）他把手臂搭在她的肩头。

黑人，骡子。下午时光昏睡在街头，像一个恋爱中的女人。宁静而温暖：一切都是虚无，因为爱人已远去。树叶像绿色的水流，平整如镜，四处蔓延；树叶像用绿色纸片剪成，平整地贴在下午时光：有人梦见这些画面，又忘了他的梦。黑人，骡子。

马车由耳朵长长的牲畜拉着爬过街头。黑人马夫弓起背打着盹，每辆车似乎都笼罩在不祥的气氛中，连车厢椅子上也坐满黑人：原来是一辆午后出殡的灵车。线条坚硬，仿佛一万年前在埃及雕刻而成。飞扬的尘土遮住车身，宛如时间流转；骡子的脖子灵活得如橡胶水管，脑袋左摇右晃，还常常回头张望。但骡子也沉沉睡去。"发现我在睡觉，他杀了我。但我流淌着骡子的血：骡子睡觉，我睡觉；骡子醒来，我醒来。"

唐纳德坐在书房里，他的父亲在纸上写下明天的布道词。

镇上：

战斗英雄返乡……

他的脸……听说那女孩正跟那个叫法尔的小子好……

小罗伯特·桑德斯：

我只想看他那道疤……

塞西莉：

我不再是个好女人。噢，好吧，该来的总会来，我想……

乔治·法尔：

是的！是的！她是个处女！但要是她不再理我，这就意味着换了别人。她的身体躺在另一个人的臂弯……为什么是你？为什么是？你想要什么？告诉我：我会为你做任何事，任何事……

玛格丽特·鲍尔斯：

没有什么能打动我？没有念想？没有什么让我激动，让我感动，除了怜悯？……

吉利根：

玛格丽特，告诉我你想要什么。我会办到。告诉我，玛格丽特……

牧师写下："主是我的牧者，我一无所求。"

对唐纳德·马洪来说，时间正慢慢离他而去，不过这世上已经没有让他牵挂的东西，失去也无所谓，他望着窗外绿色的、纹丝不动的树叶：一片纹丝不动的模糊。

从下午一直梦到日落。黑人，骡子……最后，吉利根打破沉默：
"那个老胖子要送她辆车，好载他去兜风。"
鲍尔斯太太没有吱声。

3

加利福尼亚，旧金山。

1919 年 4 月 5 日

亲爱的玛格丽特：

嗯，我又回家啦，是今天下午到的。我妈一离开，我就坐下来给你写信。家的感觉真好，尤其是当你出门冒过一次险，所有的事儿都凑到一起来。这里的姑娘叫人厌烦，喜欢围着一个飞行员问东问西，而你知道战场并不像她们想象的那样。这儿有几个我在火车上遇到过的女子。嗯，反正她们看到我的帽带，都朝我抛来媚眼，她们说自己是交际花，但我又不是瞎子看不出，她们明明都是好姑娘，也许以前当过交际花。总之我搞到她们的电话号码，准备给她们打个电话。开个玩笑而已，我心里只有一个女人，就是你也认识的玛格丽特。我们坐车进了旧金山城，在客舱聊天、谈笑，我尽量让自己显得帅气，这周，我跟一个姑娘约会，她要我带个兄弟给她朋友，我估计这些可怜的孩子在战争期间找不到什么乐子，就跟男人一样。不过我只是跟他们玩玩，玛格丽特，你可不要嫉妒，我也不会嫉妒马洪中尉。好啦，妈在拖我去喝茶了，我最好过去，要不她会一直催。代我向乔问好。

爱你的

朱利安

鲍尔斯太太和吉利根在车站接到从亚特兰大来的专科医生。出租车上，他专心地听她说明情况。

"可是，我亲爱的夫人，"等她说完，他讲出反对意见，"你这是叫我违反身为一名医生的伦理道德。"

"确实，医生，让他父亲信自己希望信的东西，就是违反了你的职业道德，对吧？"

"不，是违反了我个人的伦理观。"

"那，你告诉我，让我去告诉他父亲。"

"好吧，我可以告诉你。不过，我能问问你跟他到底是什么关系吗？"

"我们打算结婚。"她说，坦然地看着他。

"噢。那就没关系啦。我保证不在他父亲面前乱说话。"

他说到做到。午饭后，他又找到她，她正坐在阴凉而清静的门廊。她将手中的刺绣绷子放到一旁，他也坐进一把椅子，然后猛吸几口雪茄，直到烟头开始均匀地燃烧。

"他在等什么？"他突然问。

"等什么？"她重复道。

他瞄了她一眼。"他已经没有好转的可能，你知道吧？"

"你是说他的视力？"

"视力没救了。我说的是他。"

"我知道。吉利根先生两周前就告诉过我。"

"夫人。吉利根先生也是个医生吗？"

"不是。任何人都能看得出，对吧？"

"那倒是。不过我觉得吉利根先生胆子够大，敢当着别人的面这么说。"

她轻轻摇晃身体。他的脑袋掩藏在烟雾中，两眼盯着均匀燃烧的雪茄烟头。她说：

"所以，你觉得他没希望了？"

"说实话，我是这么认为的。"他小心地将烟灰抖在栏杆上，"他现在其实是个死人了。而且，要不是他似乎在等待什么事情发生，过去三个月里就死了。这件事已经发生，但还没有结束，这件事与他之前的生活相关，只是现在想不起来。依我看，这是他不愿咽气的原因。"他又瞄了她一眼，"他现在还认得你吗？他受伤前发生过的事都记不得了。"

她遇上他犀利而和善的目光，她突然决定把真相告诉他。他专注地看着她，直到她讲完。

"这么说，你是想干涉上帝的旨意啰，我说得对吧？"

"你不是也做过同样的事吗？"她辩解道。

"我从不猜测曾经做过的事，"他简短地回答，"我的职业里没有'如果'二字。我跟组织和骨头打交道，从不考虑什么境遇。"

"嗯，事已至此，也由不得我打退堂鼓了。你觉得他随时可能离开？"

"你又在要我猜了。刚才我说过，等他心头最后那一点火花熄灭，他就会离开。他的身体已经死了。其他的，我就说不准啦。"

"手术呢？"她建议。

"他熬不过去的。再说了，人体机器也只能在一定程度上修补和更换。而这些已经在他身上试过，要不然医院怎么会放他出院。"

下午渐渐过去。他们静静地坐在一起聊天，直到阳光西斜，透过薄薄的树叶，在走廊上洒下黄色的光斑，像漂在溪水中的云母片。同一个黑人，穿同一件汗衫，推着嗡嗡的割草机来回走过草坪，偶尔有骡子拉的车如梦游般地经过，车轮嘎吱作响，或者有汽车飞驰而过，留下一缕难闻的汽油味，慢慢在下午时光里消散。

牧师也加入进来。

"照你的意思，不需要什么治疗，让他自个儿好起来，是吧，医生？"他问。

"是的，我建议这样。多关心，多休息，保持安静，延续他以往的习惯。至于他的视力嘛——"

牧师慢慢抬起头。"嗯，我注意到他的视力没有了。幸亏还有个弥补。他已经订婚，会娶一位迷人的女士。你觉得这会成为他好起来的动力吗？"

"会吧，我觉得，也许奇迹会发生。"

"依你之见，要不要赶紧办这场婚礼？"

"这个嘛——"医生有些犹豫：他确实很少就婚姻大事给病人家属提出建议。

鲍尔斯太太赶来救援。"我想还是不要操之过急，"她说，"先让他休息好，你说是不是，贝尔德医生？"

"是的，牧师，你可以听听鲍尔斯太太的意见。我充分相信她的判断。你可以让她负责这件事。你知道，这方面女人比我们更在行。"

"说得在理。我们已经让鲍尔斯太太费了不少心了。"

"废话。一开始就是我收留了他。"

出租车终于到了，吉利根也拎着医生的行李出现。他们站起身，鲍尔斯太太挽着牧师的手臂，使了一下力，然后松开。就在她和吉利根一左一右陪着医生走下台阶的时候，牧师难为情地说：

"你确定吗，医生，现在不需要做什么治疗？我们只是很担心，你知道。"他抱歉地收住话头。

"不用，不用，"医生回答道，"我们帮不上什么忙，主要是靠他自己。"

牧师站在原地，望着出租车开过街角。她扭过头，看到他站在门口盯着他们。出租车拐过一个弯。

火车徐徐进站，医生握着她的手说：

"你这是在做一件会给你带来不愉快的事儿，年轻的女士。"

她给了他一个坚定的眼神。

"我愿意冒险。"她说，紧握住他的手。

"好吧，再见，嗯，祝你好运。"

"再见，先生，"她回答道，"谢谢你。"

他转向吉利根，伸出手。

"也祝你好运，吉利根医生。"他的声音中带着淡淡的讽刺。他们目送他灰白色的衣裳消失在视野中，吉利根转身问她：

"他为啥称呼我医生？"

"走啦，乔，"她说，没有回答他的问题，"我们走路回去。我想再去钻一钻那片树林子。"

4

甜丝丝的空气中夹着刚锯好的木材的清香，他们走过一处浅黄色的由木板对称堆积而成的木料堆。川流不息的黑人搬运工肩上扛着木板爬上一个楔形的斜面，像小鸡奔向运货车，咣当一声将手中的木板扔进车厢，监工的是个衣着普通的白人，他悠闲地躺在木料堆上，嘴里慢慢嚼着烟叶。他注视着他们沿马车道走来，在眼前鱼贯而过。

他们越过长草的铁轨，树林遮住木料场，但直到他们抵达小山脚下，仍然能听见从远处传来黑人不知什么原因突然爆发出的阵阵笑声，或者一首曲调忧伤的哀歌中的几个乐句，其间伴着木板扔下时砸出的节奏固定的咣咣声。除此之外，四周一片宁静，临近傍晚的树林似乎被施了咒语，他们沿着一条蜿蜒的小路走下山坡。山脚处，一棵山茱萸伸展开扁平手掌似的枝丫，立在一片浓绿青翠中，像一位白衣修女。

"黑人砍这种树当柴火，因为砍起来容易，"她打破沉默，"是不是很可耻？"

"是吗？"他心不在焉地咕哝一声。他们踩着脚下柔软的沙土，来到水边。水流从浓密的忍冬藤间涌出，穿过隐约可见的山路，钻入另一片密密匝匝的灌木丛，水声潺潺。她停下脚步，微微弯腰，水面映出他们的脑袋，两人缩短的上身叠在一起。

"在别人眼中，我们的样子真有这么滑稽吗？"她问。然后，她跨过水流。"走，乔。"

山路经过浓密的灌木丛，重新回到阳光下。地面仍然是沙土，但坡度越来越陡。

"你得拉我一把，乔。"她抓住他的胳膊，感觉鞋跟陷入沙子，每走一步都身不由己。她走得东倒西歪，连累他也步伐艰难，于是他松开胳膊，将手撑在她的后背。

"这下好多了。"她说，靠在他结实的手掌上。山路绕着山脚转了个圈，树木从山坡长到路旁的峡谷附近便止步不前，似乎正等待他们路过，好跳到山的对面。阳光穿过枝叶，在林间投下一根根笔直细密的光柱，正前方的拐弯处，碧绿的溪水再次朝山路靠拢，他们听见小孩子的嬉闹声和哗哗的水声。

他们慢慢走过流沙，在一道如屏风般茂密的树叶背后，声音越来越响。她捏了一下他的胳膊，要他保持安静，两人走下山路，小心地拨开树丛，眼前出现一潭粼粼的水波，倒映和反射着金色的太阳光，晃得人睁不开眼。两颗脑袋钻出水面，像两只在水中嬉戏的麝香鼠，第三个孩子站得摇摇晃晃，正准备扎个猛子潜水。他的身子晒成旧纸的颜色，健美得像一头小动物。

见到他们，吉利根喊了一声：

"嘿，上校。"

跳水的孩子惊慌地看了他一眼，纵身一跃，像一块石头直愣愣地跌入水中。另外两个孩子则吓得呆若木鸡，瞪着突然出现的入侵者，等跳水者浮出水面，他们都讪笑起来。他游得像一条鳗鱼，游过水潭，爬上陡岸，消失在众人的视野中。他的同伴仍然嬉笑着，口齿不清地呼喊他的名字。喧闹声中，她不得不提高嗓门：

"走啦，乔。我们坏了他们的好事。"

他们离开这片喧哗和吵闹，返回山路，她说：

"我们不该这么做。可怜的孩子，他们会一直嘲笑他的。男人为什么这么傻，乔？"

"我咋知道。你瞧瞧这些傻孩子。知道他叫啥吗？"

"不知道。是谁？"

"她弟弟。"

"她——"

"小桑德斯。"

"噢，是吗？可怜的孩子。很抱歉我吓到他了。"

要是她亲眼看见他手忙脚乱地穿上衣服，一脸恶狠狠地望着她渐渐远去的背影，她确实应该感到抱歉。我会修理你！他暗暗发誓，就快哭出声来。

山路弯过两道小山脊之间的一处深谷。太阳照在树顶，见不到阳光的雪松林肃穆庄严，让人仿佛置身绿色而静谧的教堂中殿。一只鸫鸟开始唱歌，他们不由得同时停下脚步，聆听鸟儿重复着由四个音符组成的小节，此时，夕阳的余晖正洒在山脊最高处。

"咱们坐下来抽根烟。"她建议道。

她席地而坐，他坐在她身旁，而小罗伯特·桑德斯气喘吁吁地爬上他们身后的小山坡，望见他们，于是趴在地上，大着胆子爬到附近。吉利根躺在地上，用胳膊肘撑着身体，看着她那张苍白的脸。她低着头，拿一根树枝在地上挖了个小洞。她将身子懒懒地靠在一棵深色的雪松树干上，她注意到他在偷看，说道：

"乔，我们得想法子劝劝那姑娘。我们不能指望马洪牧师拿他儿子的病作为借口。我本来希望她父亲能帮上忙，但父女俩性格太像……"

"你想怎么做？要我去揪着她的头发把她带回来？"

"可能的话，我想这是最好的办法。"她手中的树枝啪的一声折断了，她把折枝丢到一旁，又捡了根树枝。

"那是当然——要不你去骗骗那个傻妞。"

"行不通啦，现在是文明时代，不能做这样的事儿。"

"说是那么说。"吉利根嘀咕一声。他抽着烟，一股白烟袅袅上升。鸫鸟又开始唱歌，唱得婉转动听，小罗伯特也在琢磨，他们是在聊西丝吗？他觉得腿上火辣辣的疼，伸手一扒拉，掉下一只差不多半英寸长的蚂蚁来。揪她的头发，嗯？他也嘀咕一声。我倒想亲眼看看。噢，又被叮了一口！他蹭着腿，却阻挡不住蚂蚁的进攻。

"我们怎么做呢，乔？告诉我。这方面你最在行。"

吉利根换了个方向躺下，他杵在地上的胳膊肘隐隐感到刺痛。

"从遇见他们开始，我们就一直考虑他们的事。咱们也考虑一下你我之间的事吧。"他粗声粗气地说。

她看着他。她黑发如黛，红色的嘴唇像盛开的石榴花。她黑色的双眼充满柔情。

"求你了，乔。"

"噢，我又不是要求婚。我只是想跟你聊聊我们的事。"

"你想我告诉你什么？"

"说你想说的。暂时别考虑中尉的事。说说我。"

"你很吃惊，因为居然有个女人打算做件善事而不求任何物质回报。你是这么想的吧？"他沉默不语，揉着膝盖，目光从膝盖之间盯着地面。"乔，你觉得我爱上他了，是吧？"（哟！敢偷西丝的男人。小罗伯特·桑德斯又爬近了些，沙子贴在胸口。）"是吧，乔？"

"我不知道。"他闷闷不乐地回答。她问：

"你认识过什么样的女人，乔？"

"坏女人吧，我猜。但至少在我遇见你之前，还没有哪个女人让我晚上睡不着觉。"

"不是我害得你晚上睡不着觉。我只是碰巧成为你遇见的第一个女人，愿意做你认为必须由男人来做的事。你对女人怀有一些有趣的成见，而我挑战了这些成见。说中了吧？"

她看着他扭到一旁的脸，他的脸朴实得让人有一种亲近感。（他们打算在这儿聊个通宵吗？小罗伯特·桑德斯想。他肚子开始咕咕叫，趴在沙地上一点也不舒服。）

日头快要落到山的另一边。只有树冠顶端还残留一线微光，他们坐的地方已经罩上紫色的阴影，鸫鸟躲在黑暗中唱了几句，又寂静无声。

"玛格丽特，"吉利根说，"你爱你丈夫吗？"

暮色中，她的脸光滑而苍白，过了好一阵：

"我不知道，乔。算不上爱。你瞧，我曾住在一个小镇子，厌倦了每天早上闲散在家，下午盛装打扮只为去城里逛逛，夜里跟各种各样的男人打交道，所以等参战后，我求我母亲的朋友在纽约帮我找了份工作。后来我就去了红十字会——你知道的，在餐厅帮忙，陪那些离家在外、像迷途羔羊一样可怜的乡下孩子跳舞，尽可能让自己过得开心。纽约这地方，什么都不是难事。

"一天晚上，迪克（我丈夫）走进来。起初我没注意到他，等我们跳完一支舞，我才觉得他——嗯——让人印象深刻，我问他是干什么的。他说自己在军官训练营。

"后来我开始收到他的信，信上说登船开拔前他会一直待在纽约。那时我习惯了迪克的存在，再次见面时，他一身军装整洁笔挺，士兵们都向他行礼，我觉得他威风极了。你能想象那个场景吧——每个人都兴奋得快要发疯，像一个大马戏团。

"每天晚上，我们外出共进晚餐、跳舞，然后坐在我的房间，一起抽烟聊天，直到天亮。你清楚这感觉——士兵们喜欢聊在战斗中光荣地死去，但他们其实根本不相信，也不太明白，而且跟流感一样，他们的看法也感染了女人——你今天所做的，与明天毫不相干，或者说，压根儿就不要指望什么明天。

"你瞧，我想我跟他观点一致，我们并没有相爱，但我们都是年轻人，享受一下人生的快乐也未尝不可。后来，部队还有三天就要出发，他提议我们结婚。这之前，跟其他姑娘们遇到的情况一样，几乎每个我照顾过的士兵都向我求婚，所以我并不感到惊讶。我告诉他，我有别的男人，也知道他有别的女人，但这些并不妨碍我们走到一起。他告诉我，到了法国后，他就会去认识当地的女人，他不在这期间，我也不需要做个隐士。于是我们第二天一大早见了面、结了婚，然后我就上班去了。

"他来餐厅找我，那时我正跟其他要出征的孩子们跳舞，姑娘们都祝贺我们（她们中很多都像我一样跟军人结了婚），也有几个取笑我眼光太高，嫁了个军官。你瞧瞧，每天都有无数人求婚，我们听都听不过来。而且，这些当兵的也把我们的话当耳边风。

"他来找我，我们一起去他住的酒店。你看，乔，这就像一个在黑暗中的孩子，不停地说'还没天黑，还没天黑'。我们在一起生活了三天，然后他就上船出发了。起初我想他想得要命。我郁郁寡欢，却没人为我难过：我的很多朋友都陷入同样的困境，没人同情我们。后来我很担心会怀上他的孩子，心里恨死了迪克。等发现这只是虚惊一场，我又回餐厅上班。再后来，我就很少想念迪克了。

"当然，又有更多的人向我求婚，我的日子也过得不坏。有时候我会在深夜醒来，渴望迪克在我身旁，但只过了一会儿，他的样子就变得模糊，像乔治·华盛顿。到最后，我不再想他。

"接下来，我开始收到他的信，寄给他亲爱的小妻子，告诉我他很想我以及其他。好吧，就算是旧情复燃，我有段时间每天都给他写信。但慢慢地，我觉得写信是件无趣的事，变得不再期待那一个个已经被检查员打开过的又丑又薄的信封。

"我没再写信。有一天，我收到一封信，说他不知道什么时候能给我回信，但他会尽快写给我。我猜，他后来就上了前线。我考虑了一两天，然后打定主意，对我们两人来说最好的选择就是分手。于是我坐下来给他写信，祝他好运，也要他祝我好运。

"随后，信还没寄到他手里，我就收到一份官方通知，说他阵亡了。他没收到我的信。他到死都以为我们之间的关系还跟从前一样。"

她在渐渐逼近的暮色中沉思。"明白了吧，我觉得自己对不起他。所以，想找个机会弥补我犯下的过错。"

吉利根感到一阵疲惫。他抓住她的手贴在自己脸颊。她用手掌拍拍他的脸颊，又抽回去。（快拉手呀！小罗伯特·桑德斯幸灾乐祸地旁观。）她俯下身，注视着吉利根的脸。他一动不动地端坐着，身体绷直。将她搂在怀里，他想，用我的热情去征服她。也许是觉察到了他的想法，她想把身子挪开，却没能挪动。

"这样做不好，乔。你不觉得吗？"她问。

"嗯，我知道，"他说，"咱们走吧。"

"我很抱歉，乔。"她低声说，站起身。他也起身拉她。她掸了掸裙子，走在他身边。太阳已经完全落山，他们步入紫色的暮霭，色彩柔得像浓稠的牛奶。"我也希望我能，乔。"她加上一句。

他没有回应，她说："你不相信我吗？"

他大步朝前走，她攥住他的胳膊，要他停下。他转过脸。在她紧紧的、冷冷的拥抱中，他呆立在原地，茫然地平视她那张模糊的脸庞，心头交织着渴望与绝望。（哟，快亲嘴呀！小罗伯特·桑德斯终于释放了手脚，像一个印第安人尾随在他们身后。）

他们转身继续上路，走出他的视线。夜晚来临：只剩下白昼的足迹，只剩下白昼的气息，只剩下一声余音、一缕微光萦绕在林间。

5

他冲进姐姐的房间。她正整理头发，看着镜子里的他，跑得气喘吁吁，浑身沾满泥巴。

"出去，你个小野崽子。"她说。

他大胆地公布刚刚发掘到的新闻："哎，她爱上了唐纳德，另一个人说的，我看到他们亲嘴来着。"

她仍然用灵巧的手指梳理头发。

"谁？"

"唐纳德家的那个女人。"

"你看到她亲唐纳德？"

"不是，亲那个当兵的，没长疤的那个。"

"她说她爱唐纳德？"她转过身，想抓住弟弟的胳膊。

"不是，那个当兵的说的，她没说。我猜她爱，你说呢？"

"贱人！我去修理她。"

"没错，"他说，"她偷看我光屁股时，我就是这么骂她的。我知道你不会让别的女人抢走唐纳德。"

6

埃米把晚餐端上桌。房里静悄悄，黑漆漆，没有点灯。她来到书房。

马洪和他的父亲坐在暮色中，静静地等待黑暗降临。房间里哑然无声，唯有均匀的呼吸。唐纳德的头在窗玻璃上映出一幅剪影，埃米看着熟悉的影子，心猛然收紧，回想起在天空衬托下他脑袋的轮廓，那是很久很久前的一个夜晚。

但现在，她只能瞅着他的后脑勺，而他不再记得她是谁。她如黄昏一样蹑手蹑脚地进了书房，站在他的椅子旁，低头望着他曾经很乱很柔软，如今却变得稀稀疏疏的头发，她将他的头靠在自己的髋部。她的动作缓慢，他的神态安静如常，她眺望着这对父子一直凝望的黄昏，突然尝到一丝苦涩的旧日悲伤，她弯下腰，靠在他伤痕累累的头上，呜咽着，努力不让自己哭出声来。

黑暗中传来牧师的声音："埃米，是你吗？"

"晚饭弄好了。"她说。鲍尔斯太太和吉利根沿着台阶走上门廊。

7

盖瑞医生跳华尔兹时可以把满满一玻璃杯水顶在头上，却不洒出一滴水来。他不太喜欢现代舞，觉得拘谨。"就是蹦来蹦去——跟猴子一样。为什么偏要去尝试动物都能比你做得更好的事呢？"他习惯说，"但华尔兹不同。狗能跳吗？奶牛能跳吗？"他身材短小，秃顶，衣冠楚楚，女人们都喜欢他。他对病人的态度也好。所以盖瑞医生很受欢迎，不管是瞧病人还是受邀参加社交聚会。他一九一四年、一五年和一六年在一所法国医院行医。"那里像个地狱，"他描述道，"大街小巷满是粪便和寻欢作乐的人。"

盖瑞医生，身后是吉利根，脚步轻盈地走出唐纳德的房间，走下楼梯，边走边拍拍外套，拿一块丝手帕擦了擦手。牧师高大的身影出现在书房门口，说道："怎么样，医生？"

盖瑞医生从一个布包里抽出一根细长的香烟，随后把布包塞回袖口。放入口袋后，衣服表面鼓起一大坨。他点燃一根火柴。

"谁喂饭给他吃？"

牧师有些惊讶，回答道："一直是埃米给他吃的——我的意思是，帮着他。"他说。

"喂到他嘴里？"

"不，不。她只是拉着他的手。你为什么问这些？"

"谁给他穿衣服脱衣服？"

"这位吉利根先生帮他。你的意思是——"

"就像是给一个婴儿穿衣服脱衣服，对吧？"他突然转身看着吉利根。

"差不多。"吉利根承认道。鲍尔斯太太也从书房出来，盖瑞医生朝她点一下头，打个招呼。牧师说：

"但你为什么问这些，医生？"

医生目光犀利地望着他。"为什么？为什么？"他转向吉利根。"告诉他。"他语气严厉地说。

牧师注视着吉利根。别说出来，他的眼里似乎带着恳求。吉利根把目光投向地面。他默默地站着，盯着自己的脚。这时医生说了句："这孩子瞎啦。瞎了三四天啦。我不明白你居然会不知道。"他穿好外套，拿上德比礼帽。"你为什么不告诉他？"他问吉利根，"你知道情况，对吧？行，不管怎样，我明天再来。再见，女士，再见。"

鲍尔斯太太挽着牧师的胳膊。"我讨厌这个人，"她说，"势利的小人。不过你别介意，乔大叔。还记得吧，那个亚特兰大来的医生告诉过我们，说他可能会失去视力。但医生也不是啥都懂：谁知道呢，说不定等他身体好一点，他的视力就能恢复。"

"对，对，"牧师表示赞成，紧握这根救命稻草，"咱们先把他身体养好，再看情况。"

他颤巍巍地转过身，走进书房。她和吉利根对视了好一阵。

"我想为他哭一场，乔。"

"我也想——如果这样做能有好处的话，"他忧郁地说，"看在上帝的分上，今天别再有人上门啦。"

"我也这么觉得，但很难拒绝：他们看上去又善良，又友好。"

"善良，鬼才信呢。他们跟那个桑德斯家的小鬼差不多：都是来看他那道疤的。进了门，四处转转，问他怎么负的伤，伤口疼不疼。摆出一副他也懂，他也关心的样子。"

"是呀。但很快就没人上门来盯着他可怜的脑袋看啦。咱们不让他们进来，乔。告诉他们他身体欠佳，告诉他们真相。"

她进了书房。牧师坐在书桌旁，白纸上方斜着一支钢笔，但他并没有写出一个字。他的脸撑在大拳头上，若有所思地端详着对面的墙壁。

她站到他旁边，碰到他的身体。他像一只受到惊吓的动物，好半天才认出她来。

"迟早会来的，你知道。"她语气平静地说。

"是，是，我一直盼着。我们都盼着，是吧？"

"嗯，我们都盼着。"她说。

"可怜的塞西莉。我刚才正想她来着。我担心，这对她是个打击。不过她很关心唐纳德，感谢上帝。她对他的感情没得说。你注意到了，是吧？"

"是，是。"

"很可惜她身子骨弱，不能天天来。她瘦得很，你知道的，对吧？"

"是，是。我想她能来的话，肯定会来。"

"我也这么想。感谢上帝，总算有件事没有辜负他。"

他的手松松地捏着面前的纸。

"噢，你在写布道词，我打扰你了。我没注意到。"她抱歉地告辞。

"没关系。别走，我待会儿写。"

"不啦，你继续写。我去跟唐纳德坐一会儿。吉利根先生今天给他在草地上安了把椅子，外面天气好。"

"好，好。我写完布道词就去找你们。"

她从门口回头看。但他并没有写出一个字。他的脸撑在大拳头上，若有所思地端详着对面的墙壁。

马洪坐在一张书桌椅上。他戴着一副蓝色眼镜，一顶柔软的帽子遮住他的额头。他喜欢有人念书给他听，尽管谁也不知道他有没有听懂念的内容。也许他只是喜欢听见说话声。这次念的书是吉本的《罗马史》，吉利根沉醉地吟哦出一堆堆复音词，鲍尔斯太太也加入他们。他早已准备好一把椅子，她坐下来，似听非听，跟马洪一道，让吉利根低沉温暖的嗓音回荡在耳畔。她头顶的树叶微微颤动，映衬出难以名状的天空，在她的衣裙上投下斑斑阴影。三叶草从最近刚修剪过的草坪倔强地探出头，蜜蜂飞来飞去；蜜蜂宛如嗡嗡作响的金色箭头，垂着或没有垂着蜜汁。教堂尖塔上，鸽群静悄悄的，似乎睡着了。

一声喧哗将她唤醒，吉利根也停止念书。马洪坐得一动不动，像凝固的时间，草地上走来一位黑人老妇，身后跟着一个高大魁梧的黑人小伙，穿着列兵制服。他们径直走向这几个坐着的人，老妇的嗓门响彻昏昏欲睡的下午时光。

"嘘，说你呢，卢许，"她说，"要是大清早我的孩子没见着他的老凯丽，一整天都不会过得好。唐纳德，唐纳德先生，我的宝贝，凯丽来看你啦，宝贝；你的老妈来看你啦。"还剩最后几步，她拖着脚开始慢跑。吉利根站起来，拦住她。

"等等，大婶。他睡啦，别打扰他。"

"瞎扯，先生！他才不会想睡呢，他自家的人来看他啦。"她提高嗓门，唐纳德在椅子上动了动，"我就说吧，他醒了：你看他。唐纳德先生，宝贝！"

吉利根拉着她干枯的手臂，她身子绷直，像一条系上绳子的猎犬。

"感谢主，把你送回你大妈身边。耶稣呀！每天我都祈祷，主听到我的话了。"她转身朝着吉利根，"放开我，求你啦，先生。"

"放开她，乔，"鲍尔斯太太也喊他，吉利根松开手。她跪倒在唐纳德的椅子旁，伸手抚摸他的脸。卢许怯生生地站在后面。

"唐纳德，宝贝，瞧瞧我呀。你不知道这是谁了吗？就是过去伺候你上床睡觉的你的凯丽呀，宝贝儿。瞧瞧我呀。上帝，那些白人真的把你给毁了，不过没关系，你大妈会照顾好她的乖宝宝的。嘿，卢许！"她仍然跪着，转过身子吆喝她的孙子，"过来跟唐纳德先生说几句话。上这儿来让他能看到你。唐纳德，宝贝儿，这黑小子来跟你说话了。瞧瞧他呀，还穿一身军服呢。"

卢许往前跨了两步，很精神地立正，还敬了个军礼。"给中尉请安，下士纳尔逊很高兴——下士纳尔逊很高兴见到中尉气色这么好。"

"别站在那儿对着你的唐纳德先生挥舞胳膊，黑小子。走过来，就像你小时候那样跟他说话。"

卢许除去军姿，变成很早以前，在世界陷入疯狂之前，那个认识马洪的小男孩。他胆怯地走上前，用他黑色皮肤、粗糙的手轻轻握住马洪的手。"唐纳德先生？"他说。

"行啦，"他的祖母说，"唐纳德先生，是卢许跟你说话。唐纳德先生？"

马洪在椅子上摇晃身体，吉利根只好将老妇从地上拉起。"行啦，大婶。见一次够啦。你明天再来。"

"主呀，你听到这白人说的吗，唐纳德先生不想见我啦！"

"他生病啦，大婶，"鲍尔斯太太解释道，"他当然想见你。等他好一点，你跟卢许天天都能来。"

"好的，夫人！就算海水再深，也不能把我和我的乖宝宝分开。我会再来的，宝贝。我会来照顾你的。"

"带她走吧，卢许，"鲍尔斯太太跟黑人小伙低声耳语，"他病了，你知道。"

"好的。他是病人，在这世上。如果需要我做任何事，随便找个黑人问，就会告诉你我住哪儿，夫人。"他挽着祖母的胳膊，"跟我来，大妈。咱们该走啦。"

"我会来的，唐纳德，宝贝。我不会离开你。"他们渐渐走远，她的声音慢慢消失。马洪说：

"乔。"

"你说什么，中尉？"

"我什么时候能出去？"

"出去哪里，中尉？"

但他又变得沉默，吉利根和鲍尔斯太太紧张地对视一眼。终于，他再次开口：

"我得回家，乔。"他抬起一只手，摸索着，手把眼镜碰落。吉利根拾起眼镜，给他戴上。

"你想回家干啥，中尉？"

他陷入沉思。然后说：

"刚才是谁在说话，乔？"

吉利根告诉了他，他坐着，将上衣的衣角慢慢绕缠在手指上（吉利根帮他找了件套装）。他说："继续，乔。"

吉利根拾起书，很快，催人入眠的男低音再次响起。马洪像一尊神像坐在椅子上。过了片刻，吉利根停止念书，马洪仍然一动不动。吉利根站起身，瞅了瞅蓝色的眼镜后面。

"你永远搞不清他什么时候在睡，什么时候没睡。"他烦躁地说。

第五章

1

格林上尉，也在连队带兵，拿一笔本州州长发放给他的上尉补助。但格林上尉年事已高。他也许曾是个好军官，他也许还立过战功，自然他也记得朋友们的名字。所以当政府按规定发下来两笔中尉补助，他就寻思着让好友马登当上军士长。他果然说到做到。

于是便聊到扎了锃亮皮绑腿进酒吧的格林，聊到努力学着习惯称他为"长官"的马登，还聊到汤姆和迪克和哈里，格林和马登以前跟他们打过牌喝过威士忌，这三位也得学会记住不单是他们与格林和马登之间存在身份差异，马登与格林之间也存在身份差异。

"噢，是呀，"他们在美军营地聊天，"他那么拼命，就让他习惯待在军营好啦。不就是阅个兵嘛，对吧，军士？"

"没错，"马登军士答道，"上校就给咱们这身行头。就不能再好点吗？"

但到了布雷斯特：

"他以为他是谁？潘兴将军？"他们问马登军士。

"好啦，好啦，干活吧。要是我再听到谁多说一句，我就把他扔到上尉跟前。"马登军士似乎变了一个人。

战争期间，每个人都活在今天。昨天已经过去，明天也许永远不会到来。等咱们开始行动，他们相互通气，咱们就杀了那个狗娘养的。"不是说马登吧？"有人惊恐地问。他们只是瞅着他。"真见鬼。"不知是谁终于说了句。

可是命运之神将陆军部玩弄于股掌之间，巧妙地让他们的希望落了空。当军士马登去向他的上尉兼老朋友见面汇报时，他发现格林孤零零一个人。

"坐吧，该死的，"格林告诉他，"没人来这儿。我知道你想说什么。反正我就要走了：今晚就能拿到文件。还有，"没等马登来得及插话，"如果要保住我的补助，我就得做事。那些该死的训练营是拿来培训军官的。我还没去过呢。所以我得去学校待一阵子。上帝呀，我这个岁数。我真心希望派别的人去这个鬼地方。你知道我想去哪儿吗？跟他们一起去外面，骂某人是狗娘养的，就像他们现在骂我一样。你认为呢，我这样做是为了找乐子？"

"噢，该死，随他们说去吧。你还能指望什么？"

"啥都不指望。只是我答应过这些该死的孩子的妈，说我会照看好他们，不让他们负伤。而现在，随便哪个狗娘养的，一有机会，就背地里说我的坏话。"

"但你能指望他们干啥？你想做什么？又不是来野餐的，你说呢？"

他们默默地对坐在桌旁。他们脸色阴郁严肃，身体似乎被明亮刺眼的灯光穿透，他们想到家乡，想到清静的榆树荫掩映下的街道，一辆辆马车嘎吱作响从飞扬的尘土中爬过，傍晚时分，女孩和男孩步行去电影院或去杂货店喝甜丝丝的清凉饮料；想到和平与安宁与家常事，想到没有战争的岁月。

他们想到逝去没多久的年轻时光，想到肉体上的满足带来的隐约不安，想到青春和欲望如同蛋糕上的糖霜，让蛋糕的味道分外香甜……外面是布列塔尼和泥浆，一座暧昧可疑的城市，临时的栖身之处，双倍的异国风情，当地人说话时的腔调都含着欲望。明天，我们就要死去。

最后，格林上尉迟疑地说：

"你还好吧？"

"噢，嗯。他们曾经一度叫我烦心，不过现在好了。"

格林两次张开嘴，欲言又止，像一条呼吸的鱼，马登赶紧说："我会照顾好他们。你别担心。"

"哼，我才不呢。谁会担心那些狗娘养的。"

传令兵走进来，行了个礼。格林也还礼，对方动作僵硬地传完令，转身离去。

"就是这个。"上尉说。

"这么说，你明天就走。"

"嗯。嗯。我希望如此。"他说，茫然地看着军士。马登站起身。

"那，我想我该走了。我今晚有点累。"

格林也站起来，他们隔着桌子，像陌生人一样注视对方。

"你明早再来看我？"

"也许吧。嗯，我会来。"

马登打算告辞离开，格林也想跟他道别，但两人尴尬地站在原地，沉默不语。最后格林说："我很感谢你。"马登在灯下熠熠生辉的眼中带着一丝不解。地上映出他们巨大的身影。"帮我扛那次处罚。军事法庭，你知道的……"

"你还想让我做啥？"没了，格林说了声，马登继续道，"你干吗要去管那些娘儿们？他们烂透了。"

"说起来容易，"格林的笑声里带着忧伤，"我指的是你。"

马登的手下意识地摸向上衣口袋，然后又放回身体一侧。过了一阵，他说："嗯，我走了。"

上尉绕过桌子，伸出手。

"嗯，再见。"

马登没有跟他握手。"再见？"

"也许我再也见不到你啦。"另一个人漫不经心地解释道。

"哼。说得像是你要回家一样。别傻啦。那些家伙也不是什么好鸟，都只会骂人。换了谁都一样。"

格林将手紧紧撑在桌上，看着指关节慢慢变白。"我不是那个意思。我的意思是——"他不能说我也许会送命，这种事儿男人一般不会直说，"你会比我先上前线，我想。"

"也许吧。不过我猜那里够宽，再多的人也装得下。"

雨不知什么时候停了，潮湿的空气上隐约飘来团部和营部驻地宵禁的传令声，井然有序的静默似乎比嘈杂声更嘹亮。出了门，马登踩进泥浆，走入黑暗和湿气，他闻着天穹下食物和粪便和沉睡的味道，遥远得叫人分不清身在家乡还是战场。

2

　　穿越法国时，他偶尔想到格林上尉，望着时断时续的银色的雨帘罩在白杨树上，像一条永不褪色的饰带装点待耕的肥沃的田野，道路和运河和房檐闪着金光的村庄；尖塔和树林；道路，村庄；村庄，乡镇，城市；村庄，村庄，然后是汽车和部队和汽车和部队赶到集合地点。他看到人们像做生意一样打仗，他看到身穿地平线蓝军服的法国士兵玩槌球游戏，他看到美国士兵在一旁围观，递上美国香烟；他看到美国和英国士兵斗殴，看到没人上前劝架，除了宪兵。一个人得有异于常人的大脑和心境，才能当上宪兵。或当上黑人将军。虽在战区，一切照旧。对非战斗人员来说，他们赶上了黄金时代。

　　他偶尔想到格林，想知道对方去了哪里，甚至在他结识新的连队指挥官后仍念念不忘。这人跟格林截然不同。他以前当过大学教师，喜欢跟你讲解亚历山大大帝和拿破仑和格兰特将军打仗时犯过哪些错误。他性格温和；阅兵场上他训话的声音轻得几乎听不见，他手下的人都说，等咱们上了前线，再来修理这个狗娘养的。

　　幸好，马登军士和他的上司们相处得很融洽，特别是一个叫鲍尔斯的中尉。他跟士兵们也混得不错，甚至一起参加训练，天天对着假人练习射击，在模拟战场摸爬滚打。他们变得习惯枪声（但朝另一个活人开枪，还缺乏胆量），以及深夜里灯火闪烁的地平线；他们排队去战地食堂时挨过飞机扔的炸弹，而藏在附近一个法军炮位的士兵则从掩体里投来毫不关心的目光；他们从去过前线的人那里听来不少经验。

终于，他们自己也步入这个无边无际的地带，像无头苍蝇一样东游西逛，枪声好像很远，却叫人心惊肉跳。他们在黑夜中潜行，觉得双脚往下沉，听到脚陷进淤泥的声音。他们摸着斜坡，爬进壕沟。他们似乎正把自己掩埋起来，滑进用潮湿黝黑的泥土砌成的坟墓深处，滑进一片黑暗，黑得化都化不开，让人喘不上气，让人的心收紧。他们在黑暗中跌跌撞撞。

在老兵免费传授的经验中，他们记得最牢的是如果有枪声响起或者听见炮弹呼啸而来，就赶紧卧倒；于是当一挺机枪，在右边远处，嗒嗒地响了几声，扰乱大家紧绷得歇斯底里的心神，有人卧倒，有人被绊倒在地，剩下的继续向前摔成一团。军官骂着脏话，非战斗人员踹他们起身。黑暗中，他们挤在一起，嗅着死亡的气息，中尉从队伍前头跑来，冲他们训话：

"是哪个该死的叫你们躺下的？这方圆两英里范围内，只有你们手里有枪。摸到了吗？就是这玩意儿，"拍打枪身的声音传来，"这才是枪。军士，要是再有谁敢卧倒，就把他踩进泥地里，让他趴个够。"

他们继续前进，喘着粗气，轻声地发牢骚。突然他们身旁有了其他人，一个来前线四天的老兵，闻出这些新兵蛋子身上的味道，说：

"哟，瞧瞧，又到了一堆来打仗的小兵。"

"安静！"不知是军医还是牧师吼了一声，一个军士连跑带跳地冲过来，"你的长官呢？"更多人擦肩而过，钻进潮湿的黑暗，随风飘来一句低语："当心毒气。""毒气"这个词从一个人口中传给另外一个人，惹得当官的大发脾气，呵斥他们安静。但恐惧的种子已经生根。

毒气。子弹和死亡和天谴，都比不上毒气。别人告诉他们，毒气看上去跟薄雾一个样。等你觉察到被雾气包围，你就——跟自己道晚安吧。

寂静偶尔被泥地上的跌倒声和呼吸声打破。东边的天空惨白而隐晦，毫无生命的迹象，只露出死亡的狰狞；他们注视前方，可是什么也看不见。这儿似乎没有战事，除了右侧断断续续传来忽紧忽慢的枪声，响彻倦怠的拂晓。鲍尔斯，那位军官，挨个叮嘱士兵。不许开火：阵地外黑暗中的某处活动着一支巡逻队。黎明缓缓来临；过了一会儿，大地现出模糊的轮廓，有人望着渐渐散去的夜幕，突然尖叫一声："毒气！"

鲍尔斯和马登支起身子，每个人都慌了神，摸索着，想撕开防毒面具，他们相互踩踏，在混乱中徒劳地挣扎。中尉挥舞拳头，想让自己的声音不被喧嚣淹没，刚刚发出警报的那位在踏台转过身，他的脑袋和肩膀清晰地衬着悲戚的晨光。

"你害死我们啦。"他尖叫着，近距离朝军官脸上开了一枪。

3

后来有一天，当他搭的车碾过坎提格尼坑坑注注的路面，马登军士又想到格林，嘴里说，来呀，你个狗娘养的，你想长生不老吗？唯有一次他暂时忘了格林，当时他躺在一个男孩旁边，对方把鞋卖成钱寄回了家，那是小得几乎容不下他们两个人的弹坑，裸露的腿脚被狂风抽打，如同被暴风抽打的一丛枯枝。后来天黑了，等狂风终于消停，身旁那个人也死了。

住院期间，他看见格林上尉的名字出现在公布的伤亡名单中。他还发现自己弄丢了照片。他向后勤兵和护士打听，都说不记得见过他的个人物品里有张照片。算啦，这样也好。与此同时，她嫁给了一位在大学后备军官训练队的中尉。

4

伯尼太太的黑礼服整洁而密不透风：她不相信空气分什么冷的热的，只知道能拿来呼吸。伯尼先生，一个阴郁、沉默的人，职业是慢条斯理地将木板锯开，再温柔地拿钉子钉在一起，他凡事都听妻子的，自然也信这个理儿。

她整洁得像根针，慢慢地走在街上，天热得让她心烦，但这样的温度对她的风湿病来说正合适。她打了电话。一想到她要去的地方，一想到她在本镇的地位发生了变化，虽然心头有掩饰不住的悲伤，她还是感到些许骄傲：命运之神让她失去亲人，也将她造就成一个贵族。沃辛顿太太，桑德斯太太，现在都爱跟她聊天，就好像她家也开了汽车，一年到头也能买好几条新裙子。这些是她儿子的功劳，他生前从未做过、也永远做不到，死后反而给母亲送来福分。

她的黑色礼服吸足热量，快要将裹在里面的身体烤化。她手中的布伞只是个无用的摆设。四月份居然这么热，她一边想，一边看苗条啊娜的女人衣着清凉地坐在汽车里从身旁经过。其他女人在精致的绿荫下款款前行，身材矮小圆润的她弯腰致意，对方也冲她点头亲切还礼。她脚上那双"朴实"风格的平底鞋让她的步子既平稳又高傲。

她拐过街角，阳光穿透枫树叶径直晒到她脸上。她把伞放低，挡住阳光。过了一会儿，她看见一条破损的排水道，混凝土路面铺得草率，让人感觉脚底踩到一个拱起的土包。她把伞往后倾斜。也许为了躲避炎热，教堂尖顶里的鸽子异常安静，似乎都睡着了，她跨过一道铁门，踏上碎石铺成的小路。牧师家斑驳的门脸在午后阳光中酣然入梦，草坪上点缀着天竺葵苗圃，树下摆着几把椅子。她穿过草坪，牧师直起身，魁梧得像一块巨石，穿一件松松垮垮的黑袍，迎接她的到来。

（噢，可怜的人，他看起来真憔悴。我们这么老，这么老还要遇上这档子事。他虽然不争气，但他是我的儿子。现在沃辛顿太太、桑德斯太太和沃德尔太太会跟我打招呼，上家里来聊这聊那，可我的杜威死了。她们都有儿子，现在他的儿子也回了家，我的儿子却回不来了。他的脸色真白，可怜的人。）

她热得喘气，像一条狗，觉得骨头里隐隐作痛。她蹒跚着走过草坪，走向那群人。太阳光直射她的眼睛，照得她睁不开眼，光线翻越长满紫藤的花格墙。教堂尖顶上的鸽子用流畅的喉音低声吟唱，一只只如同斜泼出的油漆点，牧师说：

"伯尼太太，这位是鲍尔斯太太，唐纳德的朋友。唐纳德，这位是伯尼太太。你还记得伯尼太太吧：她是杜威的妈妈，你还记得吧？"

伯尼太太摸索着拉过一把椅子。她的长衣保存了热量，伞杆害她绊了一跤，弹开后再也找不到。牧师帮她将伞收拢，鲍尔斯太太扶她坐下。她掏出一块黑边棉手帕擦擦眼睛。

唐纳德·马洪被异样的声响惊醒。鲍尔斯太太说："你能来真好。唐纳德的老朋友一直对他很好，尤其是自家也有儿子上战场打仗的。他们最能体会，对吧？"

（噢，可怜的人，可怜的人。你那张带着伤疤的脸！马登没告诉我说你的脸留了疤，唐纳德。）

鸽子，黑刺李，酣睡中，下午时光渐渐消磨殆尽。伯尼太太，穿着她紧身、灼热的黑礼服；牧师，身材魁梧，穿松松垮垮的黑袍。伯尼太太心头带着无法愈合的悲伤，至于鲍尔斯太太——（迪克，迪克。多么年轻，非常年轻：明天永远不要来。吻我，透过我的头发吻我。迪克，迪克。我的身体正在飘走，裂成碎片。多么难看的男人，赤裸身体。别离开我，别离开我！不，不！我们不爱对方！我们不爱！我们不爱！抱紧我，抱紧：我的身体被攻破防线，一片茫然——感谢上帝，我的身子看不见这一切。你的身体真难看，迪克！亲爱的迪克。你的骨头，你的嘴硬得也像骨头：刚毅而坚硬。我的身体飘走了：你抓不住。你为什么沉睡，迪克？我的身体一直飘一直飘。你抓不住，因为你的身体太难看，亲爱的迪克……"你也许会有一段时间收不到我的信。我有机会就写给你……"）

唐纳德·马洪，听见声响，在椅子上移动身体。他感觉到他看不见的东西，听到难以让他感兴趣的内容。"继续，乔。"

下午如梦境延续，无人打扰。一个黑人，随便套件汗衫，关掉手中的割草机，正站在一棵树下，跟栅栏外的一个女人聊天。伯尼太太穿一件紧得不能再紧的黑色礼服：沃辛顿太太跟我说话了，可我的杜威死了。噢，可怜的人，他那苍白的脸。我的孩子死了，可他的孩子回了家，和一个女人回了家。她在这儿干吗？米切尔太太说……米切尔太太说……桑德斯家的姑娘跟他订了婚。她昨天在城里，几乎是赤裸着。太阳照在她身上……她再次拿手帕擦擦眼睛，擦去汗水。

唐纳德·马洪，听见声响。"继续，乔。"

"我来看看你家孩子身体怎么样了，恢复得如何。"（杜威，我的孩子。）

（我想你想得快要发疯，迪克。只是个同过床共过枕的人？我不知道。噢，迪克，迪克。你在我身上没有留下任何痕迹，什么都没有。透过我的头发吻我，迪克，还有你难看的身体，让咱们以后别再见面，永远别见面……不，我们做不到，亲爱的，难看的迪克。）

（嗯，这是唐纳德。他死了。）"他好多了，谢谢你。多给他几个星期时间休息，就会好起来的。"

"我很高兴，很高兴。"她说，怜悯他，嫉妒他。（我的儿子死了，他是个英雄：沃辛顿太太、桑德斯太太跟我聊些八竿子打不着的事儿。）"可怜的孩子，他还记得以前的朋友吗？"

"记得，记得。"（这是唐纳德，我的儿子。）"唐纳德，你记得伯尼太太吧？她是杜威的母亲，你知道的。"

（……但不会永远如此。我祝你得到这世上所有的好运和爱。也祝我好运吧，亲爱的迪克……）

唐纳德·马洪，听见声响。"继续，乔。"

那个姑娘讨男人欢心的样子！她得意地想着。杜威是死了，可是感谢上帝，他没跟她订婚。"你的孩子回了家，他应该就快结婚过日子了吧。你真享福，真享福……"

"哪里，哪里，"牧师说，亲切地按着她的肩膀，"你一定要经常来看他。"

"行，我会常来。"她的声音从黑边棉手帕后面传出，"真好，他安然无恙地回了家。有些人可没能做到。"（杜威，杜威。）

太阳的热焰慢慢烤过紫藤，寻找可以渗透的空隙。她现在也可以去城里见沃辛顿太太。沃辛顿太太会问她近况如何，她丈夫近况如何。（我的风湿病呀，我老啦。是啊，是啊。当我们变老时……你也老啊，她宽慰而幽怨地想着，比我的年纪大。老啦，老啦，老得不能再承受这样的打击啦。他对我真好，又高又壮，还勇敢……）她站起身，有人递给她布伞。

"行，行。我会再来看他。"（可怜的孩子。可怜的人，他的脸：多么苍白。）

割草机发出慢条斯理的嗒嗒声，犹犹豫豫地驶入傍晚的夜色。伯尼太太摸索着穿过草坪，沿途撞上几只归巢的蜜蜂。有人从跨出大门的她身旁经过，她踩着铺得草率的混凝土路面上拱起的土包，看着那条破损的排水道，把伞往后倾斜，遮住她整洁的、黑色的、密不透风的礼服后背。

银铃般的咕咕声传来，鸽子斜斜地在尖塔附近飞进飞出，像甩在晴空上的油漆点子。太阳拉长了爬满紫藤的墙投在地上的影子，让一把把椅子浸润在凉爽的阴影中。等着日落吧。

（迪克，我的爱人，我不爱的人，迪克，你难看的身体像一个劫匪侵入我的身体，我的身体越飘越远，洗净了所有跟你相关的痕迹……吻我，然后忘记我：除了你祝我好运的时候，亲爱的，难看的，亲爱的迪克……）

（这是我的儿子，唐纳德。他死了。）

吉利根走过草坪，问："那人是谁？"

"伯尼太太，"牧师告诉他，"她儿子阵亡了。你也许在城里听说过他。"

"嗯，我听说过。就是那个偷了五十磅糖而被起诉的小子，他们送他去参军，是他吧？"

"这些个故事嘛……"牧师的音量低了下去。唐纳德·马洪，听到附近没有声响。"你停了，乔。"吉利根站在他身旁，帮他把带彩色玻璃镜片的眼镜扶正。"行，中尉。继续讲罗马的故事？"

墙壁投下的阴影将他们完全遮住，最后，他说：

"继续，乔。"

5

她想念沃辛顿太太。她看见这个老女人稳稳地从普莱斯家驱车离开，一个人坐在后排。黑人司机的脑袋圆得如同一枚加农炮弹，伯尼太太目送车子走远，闻到一股汽油味。老法院的影子像淡淡的烟雾，填满广场的一侧。站在商店门口，她见到一个熟人，是她儿子的朋友。他跟杜威在同一个连队服役，是个军官啥的，可他却没丢掉性命，死的不是他！要听从将军们的吩咐。

（不，不！我不这么想！他已经做得够好。如果他不能勇敢地死在战场，就像杜威一样，这并不是他的错。他们都嫉妒杜威：所以不大谈论他，除了说他做了件正确的事。做了件正确的事！我难道还不清楚他会这么做？杜威，杜威。他还年轻，又高又勇敢。就怨那个叫格林的带他走，害得他死在战场。）

她替这人感到难过，想友善地待他，怜悯他。她在他身边停下脚步。你好，夫人，他很好。是的，别人家的孩子都很好。

"可你没丢掉性命，"她说，"所有的士兵都比不上杜威：勇敢而鲁莽，几乎……我说过别让那个叫格林的带他去——带他去——"

"是啊，是啊。"他说，看着她整洁得一丝不苟的礼服。

"他那时还好吧？他从不愿意不劳而获？"

"嗯，嗯，他还好。"他敷衍一句。快到日落时分。麻雀抓住最后的机会在尘土飞扬的榆树林间疯狂嬉戏，最后几辆四轮马车也慢慢出了城朝乡村驶去。

"别人不懂，"她伤心地说，"你也许从来没有为他做过什么。那个格林先生……我总是不相信他。"

"他也死了，你知道的。"他提醒她。

（"我不会对他不公平！"）"你也当过军官啥的吧：看来你该把带去的孩子照看得更好点。"

"对他，我们已经竭尽所能。"他耐心地向她解释。广场上的马车都开走了，静悄悄的。女人们走在太阳的最后一缕余晖中，迎接丈夫，回家准备晚饭。她感觉风湿病的症状严重了，因为空气的温度越来越凉，背部的疼痛让她焦躁不安。

"嗯。你看着他死，你现在说……你确定那时他很好？"他很高大，很强壮，对她也好。

"是的，是的。他很好。"

马登目送她弓着腰，浑圆的身体裹一件整洁的礼服，走过树影幢幢的街道，走在金属遮阳篷下。老法院的影子已经占据半个镇子，像一支得胜归来的军队，安安静静，一枪未发。麻雀终于在尘土中疯够，结伴飞走，从傍晚飞到清晨，追寻过去的岁月：一年前的情景重现。

站在战壕内射击踏台的人喊了声"毒气"，军官一跃而起，挥舞着拳头，招呼手下保持镇定。随后他看见军官那张涨红的、凄苦的脸，而踏台上那人清晰地衬着悲戚的晨光，转过身尖叫着"你害死我们啦"，近距离朝军官脸上开了一枪。

6

加利福尼亚，旧金山。

1919 年 4 月 14 日

亲爱的玛格丽特：

我收到你的信打算尽快给你回信可是我一直忙着到处跑。是的她不是个坏孩子有了她我过得很快乐不她长得不算好看但她拍过一张好看的相片她想去拍电影。一个导演诉她说照片上比他见过的其他姑娘都好看。她有辆车她是个舞女当然我只是跟她玩玩她太小不适合我。要真的在意才行。不我还没出去找工作。这姑娘要去读大学她跟我说明年也去读。所以我也许明年也去。好啦没什么新闻啦我上过几次天但主要还是跳舞和到处跑。我现在要出门参加一个聚会要不然我会多写点。下次多写下次代我问候所有我认识的人。

你忠实的朋友

朱利安·洛

7

马洪爱听音乐，于是沃辛顿太太把私家车借给他们用。沃辛顿太太住一栋又大又漂亮的老宅，是早年去世的丈夫留给她的遗产，她的一个表兄也住里面，白白净净，戴着假牙，从没见他做过正经工作。表兄说话时吐字不清（美西战争时，他在古巴跟人赌骰子，被人用斧头敲掉了牙）：这也许是他无所事事的原因。

沃辛顿太太爱暴饮暴食，有痛风的毛病，还总不听人劝。她也上教堂，但只是想跟牧师和其他教徒说说话聊聊天。谁叫她有钱呢——钱是包治百病的万能灵药，不管是身上痛，还是心头苦。她也信妇女权利，前提是由她代表妇女决定什么该做什么不该做。

她向来不掺和男人的事儿。但偶尔也对他表示怜悯。

她把车借给他们，鲍尔斯太太和马洪坐后排，吉利根坐黑人司机旁边，车轮稳稳地从榆树下驶过榆树，他们看见晴空中的星星，闻着万物生长的味道，听到马达有节奏的嗡嗡声汇成一曲音乐。

8

一九一九年春天，是"孩子们"的时代。他年纪太小，没能去当兵。两年就这么稀里糊涂地混过去了。当然,在男人短缺的这段时间,姑娘们把他呼来唤去,但总是冷漠得不带任何感情。就像是跟一个美女做爱,她却自始至终嘴里都在嚼口香糖。噢,军装,噢,虚荣心。她们把他玩够了,等穿军装的一返乡露面,他的好日子就到了头。

那时候,穿军装的还都能走路:他们又时髦又浪漫,花起钱来连眼睛都不眨一下,他们去过很远的地方,却故意卖关子不讲给你听。当然,有些穿军装的要向别人敬礼,样子蠢蠢的,但招人喜欢。尤其是,如果你身边这个穿军装的碰巧有人向他敬礼。只有上帝才知道一套飞行员的翼形章会对女人的心产生多大的伤害。

好戏上演:

美丽、纯洁的姑娘(从美国来)穿着下午或夜晚的礼服(毫无疑问是遵照旅部的命令)在废弃的散兵壕里被身穿阅兵制服的普鲁士骑兵(随身带着贝拉斯科签发的通行证)俘虏;穿连衣裙的巴黎情妇纷纷扑到旅部军官的怀中,中尉少尉的衬衫带箭牌领,军裤皱皱巴巴,将军们都说他们指不定是德国间谍,而相貌堂堂的老将军,中尉少尉也都说他们指不定是德国间谍,于是双方怒目而视,目光越过身旁女人慵懒的身体,与此同时,下士们正扮演喜剧演员的角色,讨好四肢修长、闲着没事干的红十字会护士(也从美国来)。来的法国女人是侯爵夫人,是妓女,是间谍,或两种身份或三种身份兼而有之。侯爵夫人一眼就能看出,她们的脚上都穿着木屐,因为家里的鞋和多余的衣服都捐给了法国军队,只剩了一对四十克拉的钻石耳环。她们的儿子都是飞行员,从上周二开始就执行巡逻任务去了,弄得她们心神恍惚。妓女们常来陪士兵消遣,德国间谍们则跟将军共度春宵。

一个情妇（毫无疑问也是旅部派来的）见火药不能解决问题，索性使出美人计来力挽狂澜，仗打来打去，打成在纸糊的掩护部旁边举行的一次游园会，大家坐在六十磅重的背包上，三方人都叼着香烟，普鲁士卫兵站在附近的纸板壕沟里，咬牙切齿地望着他们。

牧师也来了，为了体现自己是军队的一分子，士兵们都爱戴他，讲了一通与家庭、母亲和通奸有关的大道理。一面新的大旗高高飘扬，敌人零点二二英寸口径步枪的火力对它毫发无伤。在牧师的带领下，我方阵营的人欢呼雀跃。

"什么？"一个漂亮的浓妆艳抹的姑娘显然没有认真听故事，问詹姆斯·道格，过去的两年间，他在一支法军飞行小队担任下士飞行员，"是美国飞行尖子跟法国或英国飞行员的差别？"

"能在空中绕六个圈。"詹姆斯·道格阴郁地答道，（真是个无趣的人！沃德尔太太从哪儿把他找来的？）他击落过十三架敌机，自己也坠毁过两次，给自己挣来不容他人小觑的十一分。

"真棒。就这些吗？你在法国也看电影吧？"

"是的。让我们空闲时有点事儿做。"

"嗯，"她心不在焉地说，"你肯定日子过得挺不错，而我们这些可怜的女人在这儿成天忙着卷绷带缝衣服。我希望下一场战争能让女人去打：我宁愿行军打仗也不愿缝衣服。你觉得他们会同意下一场战争让女人去打吗？"她问，眼睛看着一个正在跳舞的年轻人，身段柔软得像一只虫子。

"我希望他们这样做。"詹姆斯·道格动了动他的假腿，又抚摸自己发脓溃烂的胳膊，一枚曳光弹曾从那里穿过，"如果他们想再发动一场战争的话。”

“嗯。”她热切地看着那个舞步灵巧敏捷的年轻人。他的身体充满青春活力，他的头发梳得一丝不苟。他的脸抹了一层粉，刮过胡子，苍白而精致，他搂着金发的穿裙子的舞伴滑过舞池，静止不动，仿佛坠入梦境。黑人短号手与大汗淋漓的乐队成员停住演奏，进攻者们也停下脚步，伺机搜寻又一个目标，留下一道道沉默的墙，包围着以闲谈聊天为借口才免遭侵扰的人们。男孩和女孩手挽手，身体摇摆，试探着踩了几个舞步，等待音乐响起，那个动作敏捷的年轻人干净利落地来到近前，说：“要一起跳这支舞吗？”

她回答“你——好”，故意甜甜地拖长腔调。“见过道格先生了吗？里弗斯先生，这位是道格先生。道格先生是造访本镇的客人。”

里弗斯先生向道格先生表示欢迎，然后继续问：“要跳下一支舞吗？”里弗斯先生之前在普林斯顿待过一年。

“很抱歉。道格先生不跳舞。”塞西莉·桑德斯小姐婉言拒绝。里弗斯先生很有教养，去文化中心一年让他获益良多，他依然呆呆地望着她。

“噢，得了吧。你不会在这儿坐一晚上吧，我说，那你来这儿干吗？”

“不，不：再等一会儿，也许。我想跟道格先生聊聊天。你没想过来这儿聊天，对吧？”

他静静地、两眼无神地盯着。最后他咕哝一声“不好意思”，转身离开。

“说真的，”道格先生说，“如果是因为我的缘故，你知道的。

如果你想跳舞的话——"

"噢，我得一直盯紧那些——那些小毛头。没事，难得有机会放松一下，遇见一个不单单懂得跳舞和——和——跳舞的人。跟我说说你自己吧。你喜欢查尔斯镇吗？看得出你习惯在大城市生活，但你不觉得小镇上也有令人陶醉的东西吗？"

里弗斯先生环顾四周，瞧见两个姑娘朝他抛来邀请的眼神，但他径直向一群男人走去，他们在台阶旁或坐或站，某种程度上成功地营造出一种既是舞会参与者又是旁观者的假象。他们是一类人：身上散发出一股相同的气味，既咄咄逼人，又谦逊隐忍。局外人。局外人。最好先跟女主人打听清楚，再和这些家伙跳舞。但现在，就连健谈的女主人都已将他们遗忘。其中有一两个，胆子大点，带着那股相同的、微弱的、独有的气味，站在姑娘旁边，等待音乐再次响起，剩下的大多数人仍围在台阶附近，勾肩搭背，似乎是为了共同抵御外敌入侵。里弗斯先生听见有人在说蹩脚的法语，他加入人群，才意识到自己合身的无尾礼服和亚麻料跟环境显得如此格格不入。

"我能耽搁你一分钟吗，马登？"

那个安静抽着烟的男子离开人群。他身材并不高大，却自有一种威严和镇定：这是运筹帷幄的指挥官特有的气质。

"怎么？"他说。

"帮我个忙，行不？"

"怎么？"那人既没有同意，也没有推辞。

"那边有个人没法跳舞，是沃德尔太太的侄子，打仗时负了伤。塞西莉——我的意思是桑德斯小姐——整晚都跟他一起。她想跳支舞。"

对方平静而专心地注视着他，里弗斯先生突然变得低声下气。

"告诉你实话吧，我想跟她跳支舞。你能过去陪他坐一会儿吗？如果可以的话，我将感激不尽。"

"桑德斯小姐想跳舞吗？"

"当然想。她这么说的。"对方的目光像一把刀子穿透他的心思，他开始冒汗，掏出手帕轻轻擦去打过粉的额头上的汗珠，尽量不弄乱发丝。"见鬼，"他大声说，"你们这些当兵的觉得自己很了不起，是吧？"

多利安式的立柱撑起一处僻静的小阳台，空间高，光线暗，一对对男女漫步其中，等待音乐响起，说话声、笑声和脚步声被房中宽松透明的窗帘遮掩。露台的栏杆附近，燃起一排忽闪忽闪的红色烟头；有个姑娘像鸵鸟一样弯下腰，将长袜拉起，一扇透出灯光的玻璃映出她匀称的腿。黑人短号手，以他三十年的经验，早已深谙白人的贪念好色，冷静地眨了眨眼，带领乐手奏响一首新的舞曲。舞伴们激情迸发，紧紧搂在一起，迈开舞步；模糊的、重叠的身影投射在草坪上。

"……乔大叔，凯特修女，身子晃得像搁在盘子上的果冻……"

里弗斯先生感觉自己是急流中的一块碎片：他像一个幼稚的孩童生着闷气。随后，当他们朝门廊方向望去，他看见塞西莉穿着一条银色连衣裙，身体细得像玻璃纤维。她拿着一把绿色羽毛扇，她苗条而活泼地转身，她紧张得可爱，让他对这个女人充满疑惑。光线胆怯地照到她身上，照亮她的手臂，她娇小的身材，温文尔雅地显出她修长、无瑕的腿。

"巴德大叔，九十二岁了，也摇晃着他的拐杖和身子……"

盖瑞医生迈着翩翩的舞步从一旁经过，头上顶着那杯看不见的水。他们没招呼他，塞西莉抬起头，惊讶地说：

"哦，马登先生！你好吗？"她把手伸给他，并向他介绍道格先生。"你决定和我说话我感到太受抬举了——也许是李先生把你拖过来的吧？啊，准是这样的，你当时决定不理我了，我知道你当时准是这样决定的。自然，我们不希望自己能与法国女郎相比……"

马登习惯性地申辩了几句，她在身边为他空出一个位子。

"请坐，马登先生也当过兵，你知道的。"

里弗斯先生粗声粗气地说："道格先生会原谅你的。跳一支舞怎么样？就快要散场回家啦。"

她对他的请求不置可否，詹姆斯·道格动了动他的腿。"没错，桑德斯小姐，去跳舞吧，我可不想再把你宝贵的夜晚给浪费了。"

"你听见了吗，马登先生？他在赶我走。你也打算这么做吗？"她斜着眼睛俏皮地看着他。然后她转向道格，不露声色地控制内心的渴望。"我现在还是叫他马登先生，虽然我们已经是老相识了。他后来去打仗，我去不了。他经验很——很丰富，你看得出吧？而我只是个姑娘家。如果我是个男孩，跟李一样，我也会去打仗当个穿亮皮靴的中尉或将军或其他什么的。你说是不？"她动起来时美轮美奂，让人冲动：忍不住偷偷看她几眼。"我不想再叫你'先生'了。你不介意吧？"

"咱们去跳舞。"里弗斯先生的脚底合着音乐踩出节拍，心情复杂而厌倦地盼望这一幕赶紧结束。他打了个呵欠。"咱们去跳舞。"

"行，女士。"马登说。

"行。你也不许再叫我'女士'。你保证？"

"好的，女——我的意思是，我不叫了。"

"瞧，你差点就忘了——"

"咱们去跳舞。"里弗斯先生重复着。

"——但你不会再忘了吧？你保证？"

"嗯，嗯。"

"别让他忘了，道格先生。我指望你提醒他。"

"好的，好的。你快去跟里弗斯先生跳舞吧。"

她站起来。"他赶我走了。"她佯装可怜地说。然后她紧张地耸耸肩膀。"我知道我们不像法国女人那样迷人，但你们还是可以将就一下。可怜的李，哎，没见过法国女人，只得让我们来讨好他。但我怕的是你们这些当兵的不再喜欢我们了。"

"哪有这回事：我们暂时把你让给李先生，条件是你会再次回到我们身边。"

"这还差不多。不过你们只是出于礼貌才这么说的吧？"她追问道。

"不是，不是，如果你不跟李先生跳舞，这一位，才是真的没有礼貌。他邀请过你好几次了。"

她又一次紧张地耸耸肩。"所以，我猜我必须跳舞咯，李。除非你改变心意，不想跟我跳了？"

他拉过她的手。"见鬼，走吧。"

她半推半就，转身朝着另外两人，他们也站起身。"你们会等着我？"

他们向她保证。她离开两人。道格的人造膝关节嘎吱作响，但这声音很快淹没在音乐中，她扑到里弗斯先生的怀抱。他们踩着切分音节奏，他碰到她精巧的乳房和膝盖，问了句"你跟他做了什么"，将手臂伸长滑向她背后，用手摸着她凸起的臀部。

"跟他？"

"啊，跳舞吧。"

他们紧贴在一起，静止，滑行，静止，感受着音乐的节拍，嬉戏，躲闪，又找回节拍，像破碎的梦境漂流浮沉。

9

乔治·法尔，从屋外的黑暗怒视着她，看着她纤细的身子被一条男人的胳膊切成两段，看着她将脑袋靠近另一人的脑袋，看着她躲藏在银色连衣裙下的手脚等待舞伴手脚的触碰，看着她光滑的手臂绕过他黑色礼服的肩部，还有挂在她弯曲手腕上的扇子，像黄昏时的柳树。他听到萨克斯管吹出烦人的靡靡的节奏，他看到黑暗中模糊的身影，他闻到土地和万物生长的味道。一对男女路过他们，姑娘说："你好呀，乔治。要一起进去吗？""不。"他告诉她，沉浸在激情后的绝望中，活力、青春和嫉妒心，是上天赐给这些年轻人的福气。

他的朋友在旁边，一个卖汽水的，吐了口烟。"咱俩再喝一杯。"

瓶子里的液体由酒和甜糖浆混合而成，原料从杂货店偷来。喝下去时，喉咙暂时会发热，但热量很快散去，心头燃起一团甜蜜的火焰，让人的胆子大起来。

"让他们见鬼去吧。"他说。

"你不进去，是吧？"他的朋友问。他们又喝了一杯。乐声波浪似的扑向新叶，潜入黑暗，萦绕在哑然沉寂的璀璨星河之下。阳台上的灯光渐次熄灭，大宅阴森地逼近夜空：像一块巨石劈开林海，涛声此起彼伏；星星是一头头金色的独角兽，嘶鸣着跑过蓝色的草地，撒开的蹄子闪烁着冰晶的光芒。天空，如此遥远，如此悲伤，被金色的独角兽一脚踢开，无声地从黄昏嘶叫到黎明，看见他们，看见她——她身体紧绷，赤裸地俯卧着，如同一泓分开的泉水：从同一个源头流出的两股银色清泉……

"我不进去。"他回答道，掉头离开。他们走过草坪，在一株大花紫薇树的阴影中，传来阵阵喘息声，先是一个人，然后变成两个人。他们加快步子，将眼睛移到别处。

"见鬼，不，"他重复一句，"我不进去。"

10

这是"孩子们"的时代，无论男孩还是女孩。

"瞧瞧他们，乔，"鲍尔斯太太说，"坐在那儿就像是迷失的灵魂等着下地狱。"

小车侧停在路边，他们能清楚地看到舞池。

"我觉得他们不像是闲坐着，"吉利根像是发现了新大陆，"看那两个：看他把手搁在哪儿。这就是他们口中的文明舞，是吧？我还从来没见过：在我去过的地方，要是像这个样子跳舞，早就被扔出去了。我年轻时可真倒霉：从来没跟这样的文明人跳过舞。"

透过两株茂盛的木兰，灯火映照下的门廊像一个舞台。跳舞的人移动身体，两两重叠在一起，挡住变幻的光线，机敏地避开光线。

"……甩掉它，打碎它，不要让它倒下……"

栏杆上，他们坐得像一排鸟，不动声色却又咄咄逼人。这群局外人。

"不，不，我说的是那几个退伍兵。瞧他们。坐在那儿，聊着他们在法国的事儿，开着玩笑。他们来干啥，乔？"

"跟我们来的原因一样呀。来看热闹，对吧？不过你怎么知道他们当过兵？……你看那两个。"他突然开心地说，神情像孩子一样专注。这对男女在舞池里滑行，静止，故意错开切分音的节拍，寻找和赶上节拍，再次失去节拍……她的身体躲避他，迎合他：转瞬之间碰到又离开，而他也迅速地施以援手。触碰，后退：永不厌倦。"哇，要是这曲子一直不停！"

"别犯傻啦，乔。我了解他们。我在餐厅上班时经常遇见这样的人，也像这样子：可怜的善良的朴实的男孩就要去战场打仗，因为他们要走了，姑娘对他们好。但现在仗打完了，他们无处可去。你看姑娘对他们的态度。"

"你在说些什么呀？"吉利根心不在焉地问。他把视线从那对男女身上移开。"哇，要是中尉能看见这场景，肯定能醒过来，你说是吧？"

马洪安静地坐在鲍尔斯太太身边。吉利根从黑人司机一旁的座位转过头，看着马洪静止不动的身躯。

他们以切分节奏扭动身体，管乐和弦乐重复着水一般温暖而令人激动的旋律。她朝他靠过去。

"喜欢吗，唐纳德？"

他动了动身子，抬起手摸向眼镜。

"小心点，中尉，"吉利根赶紧说，"别把它弄掉下来。会摔坏的。"马洪顺从地将手放下。"音乐很棒，是不？"

"很棒，乔。"他说。

吉利根再次望着那一对跳舞的人。"不是一般地棒。你看他们。"

"……噢，噢，我的逍遥骑士去了哪里……"

他突然转向鲍尔斯太太。"你看出来那是谁吗？"

鲍尔斯太太看见盖瑞医生，头顶少了装满水的玻璃杯，她看见一把羽毛扇，摇摆得如同傍晚时的柳树，一条光洁赤裸的手臂搭在黑色礼服上。她看见两个脑袋合在一起，脸贴着脸，面无表情，像是在举行一场仪式，手和脚同时缓慢移动。"是桑德斯家的姑娘。"吉利根说。

她注视着姑娘优雅的舞姿，内敛而收放自如，吉利根继续说道："我想走近点，跟坐在那儿的小子一起。我要看个仔细。"

他们欢迎他的加入，跟他寒暄，他们受邀参加舞会，却不太清楚应该扮演怎样的角色，也不知道主人邀请他们出于何种目的；总之，这些土生土长的乡村男孩似乎闯入与淳朴家园风格迥异的繁华都市，一时手足无措。他们觉得自己是乡下的粗人：发现传统的品行一夜之间变得过时，这实在让人费解。

吉利根叫得出大多数人的名字，他也坐在栏杆上。他接过一根递来的香烟，像鸟儿栖息在鸟群，听他们大声聊天，心有不甘地奚落求到女伴的竞争对手，品评过去争相投入他们怀抱，现在却对他们视而不见的姑娘——这就是战争的后遗症，人们厌倦了战争。困惑，失落，这些可怜的家伙呀。战争曾是人们说不尽的谈资，战场的洗礼也将他们从少年成长为男人；但如今人们似乎已经找到其他饮料解渴，而他们还不习惯。

"看那些小毛孩，咱们才出去几天，就长大啦。"有人跟他发牢骚，"姑娘们不爱跳舞。那她们能做些啥？咱们又没法逼她们跳。可不只是动动身体那么简单。还能学点什么。而且——而且——"他想不到合适的字眼，索性放弃，"还有趣。我就从法国女人那儿学到不少……唉，姑娘们不爱跳舞，你觉得呢？她们都没怎么变。"

"不，她们不爱跳，"吉利根说，"你看那两个。"

"嗯，她们不爱跳。这都是些好姑娘：她们是要当妈的人，当然不爱跳舞。"

"也有爱跳的。"吉利根说。盖瑞医生从一旁经过，舞步轻盈，潇洒，高雅脱俗，显然乐在其中。他的舞伴是个年轻姑娘，穿着一条短裙：在旁人眼中，她选择跟盖瑞医生跳舞是顺理成章的事——没有人知道为什么。她毫不掩饰自由舒畅的身体，年轻，挣脱束缚，扁平得像个男孩，跟男孩的身体一样，享受着自由和运动带来的快感，自由和运动像是一股水流，抚慰她的肌肤，抚弄她的丝裙。她的目光越过盖瑞医生的肩膀（他的肩膀带着男子气概，因为穿了一件单调的黑色礼服），他追赶错过的节拍，故意错过音乐节拍。盖瑞医生的舞伴一边跟上他的舞步，一边打量身边跳舞的人，并不把其他姑娘放在眼里。（要是天堂有公理的话，我下次就把他弄到手。）

"与你共舞，"盖瑞医生说，"就像念起一个叫史文朋的诗人的诗。"

盖瑞医生其实更喜欢弥尔顿：他肚子里早就想好了台词，跟演戏一样。

"史文朋？"她微微一笑，看着别人，没有错过节拍，没有弄皱香粉。她的脸很光滑，一看就精心打扮过，假得如一朵兰花。"他也写诗吗？"（他想的是埃拉·威尔科克斯还是艾琳·卡索？他跳得真好：跟塞西莉配得不错。）"我认为吉卜林也挺棒，你觉得呢？"（塞西莉的裙子真好笑。）

吉利根望着舞池里的一对对男女，说："什么？"

那人重复道："他在法国的一个基地待过。肯定是他。大概两三年吧。是个好人。"他加上一句："虽然跳舞时的样子跟他们差不多。"

灯光，动作，声响：没有一样静止凝固。浮夸的冲动、激情和遗忘。屋外的春光，像一个年轻的姑娘，失去幸福，无法悲伤。

"……将它扔到墙上。噢，噢，噢，噢……""……永远不会忘记他的表情，他说：'杰克，我得了梅毒。要不是她……'""甩掉它，打碎它，打碎它……""在巴黎的第一晚……另一晚……""……别让它倒下……""……带着枪……二十美元的金叶别在我的……""我的逍遥，逍遥骑士在哪里……"

"嗯。"吉利根说。他想知道自己要找的马登在哪儿，而这位并没有告诉他期待的答案。（又看见她了。她的羽毛扇子像傍晚时的柳树，她搭在黑色礼服上的手臂又细又光滑。主神朱庇特会说，她的腿洁白无瑕，可吉利根不是朱庇特，他会说，看在基督的分上，真希望唐纳德·马洪当她的舞伴，或退而求其次，马洪能睁开眼睛看见她。）

音乐停止。跳舞的人站直，等待旋律再次响起。健谈的女主人来了，所到之处，人们像躲避瘟疫似的散开，为她让出一条通道。吉利根被围困淹没在起伏的声浪中，正巧遇上她。他看见一对对男女走过门廊，踏上草坪。她们的身子如此娇弱，还有她们小巧的背和臀部，他想着，嘴里不停地说"是的，夫人"或"不是的，夫人"。最后他找个借口逃开，留下她自个儿滔滔不绝，在秋千上，他看到马登和一个陌生人。

"这位是道格先生，"马登说，跟他打招呼，"马洪怎么样？"

吉利根和他握手。"他在外面，现在，跟鲍尔斯太太一起。"

"他来了？马洪跟英国人一起打仗，"他向同伴解释道，"是空军。"

他流露出一丝兴趣。"皇家空军？"

"是吧，"吉利根说，"我们把他带来听了会儿音乐。"

"带他？"

"他头部负了伤。不太记得事儿了，"马登告诉道格，"你说鲍尔斯太太跟他一起？"他问吉利根。

"是呀，她也来了。要不出去跟她说说话？"马登看看他的同伴。道格取下软木制成的假腿。"我就不去啦，"他说，"我在这儿等你。"

马登站起身。"走吧，"吉利根说，"她见到你们会很高兴。她不是个坏女人，不信你问马登。"

"算了，我就在这儿等，谢谢。但你要回来哟。"马登看出他的心思。"她在跳舞呢。我会在她跳完之前回来。"

他们留下他，给他点上一根烟。黑人短号手已暂时将乐手们解散，门廊顿时空荡荡的，除了坐在栏杆上的人。女主人的热情再一次被点燃，她扑向他们，继续打开话匣子。

吉利根和马登穿过草坪，将灯火抛在身后。"鲍尔斯太太，你还记得马登先生吗？"吉利根郑重地向她引荐。他身材并不高大，却带着一种威严和镇定，是运筹帷幄的指挥官才有的气质。马登看见她苍白的脸浮现在黑暗的车厢里，她有黑亮的眼睛，她的嘴唇像一道弯弯的伤疤。在她身旁，马洪坐着一动不动，超然入定，等待乐音响起，没人知道他是否能听见。

"晚上好，夫人。"马登说，握住她缓慢伸出的手，想到那个突然出现在晨光下的身影，尖叫着"你害死我们啦"，然后近距离朝另一个人脸上开了一枪，殷红，惨叫，生命的火焰在一个悲戚的黎明戛然而止。

11

琼斯，经过激烈的竞争，跟她跳了两次舞，一次是六步舞，一次是九步舞。和其他姑娘比起来，她跳舞时的动作不大，力度也不强。但也许这正是她大受欢迎的原因。跟技巧娴熟的姑娘跳舞，感觉就像搂着一个机敏的男孩。不管怎样，男人都想和她跳舞，顺便摸摸她。

琼斯，第二次遭遇挫败，黄眼睛滴溜乱转：想到战术；他瞅准机会，突然插到一个头发梳得像粘在头皮、身穿宴会礼服的男人前面。那人仰起脸，扁平的脸上露出茫然焦躁的神情，此时，琼斯巧妙地将她与穷追不舍的人群隔开，躲进栏杆拐角。后面的人只能看到他的背。

他知道自己的领先优势很快就会被人夺走，急忙说：

"你朋友今晚来这儿了。"

她拿羽毛扇轻轻划过他的脖颈。他想让自己的膝盖挨到她的膝盖，但她机敏地闪到一侧，只是拐角空间狭窄，挡不住他的围追堵截。有人也想争先，在他身后推推搡搡，她恼怒地说："你要跳舞吗，琼斯先生？这儿舞池的地板不错。我们可以试一试。"

"你的朋友唐纳德要跳舞。去问问他吧。"他告诉她，触碰到她平坦的胸部。她紧张地想逃避开。有人从他身后拼命往前挤，她仰起那张漂亮却又不漂亮的脸。她的头发又柔又顺，恣意地散落，她嘴唇上的口红在灯光下变成紫色。

"这儿？跳舞？"

"带他两个跟班来的。我看见了女的，我猜那个男的也来了。"

"跟班？"

"那个鲍尔斯太太，大概是叫这个名字。"

她把头往后靠，好看清他的脸。"你在撒谎。"

"没有，我没撒谎。他们在这儿。"

她瞪着他。他可以感觉到羽毛扇从她弯曲的手腕上垂下，轻轻贴着他的脸颊，有人在他身后吵吵嚷嚷。"坐在外面，在车厢里。"他补充道。

"跟鲍尔斯太太一起？"

"当心点，妹妹，她会把他夺走的。"

她突然蹿出他的包围圈。"要是你不跳舞的话——"

有人从他身后不知疲倦地重复着"我能插个队吗"，她避开琼斯的胳膊。

"噢，李。琼斯先生不跳舞。"

"我跟你跳这支舞。"穿礼服的人彬彬有礼地咕哝一句，搂住她的腰身。琼斯站在一旁，衣服松垮垮的，用一双黄眼睛看着她将扇子搭在舞伴的外套上，像一片飞溅的水花，她弯着脖子，光洁的手臂热情地越过黑色礼服的肩部，她闪躲的腿脚泛着银光，期待舞伴的靠近，像一个破碎的梦。

"有火柴吗？"琼斯停下脚步，问一个独自坐在秋千上的人。他点燃嘴上的烟斗，挪动肥胖的身体懒洋洋、气呼呼地加入坐在台阶附近栏杆上的人，像一群鼓噪的鸟。黑人短号手带领他的乐师奏得更加卖力，铜管沉寂下去，一曲哀怨的小调如泣如诉，引领节拍，直到铜管叹息着归来并取而代之。琼斯抽着烟斗，双手插在上衣口袋，一只纤细的手臂突然滑向他的粗花呢袖口。

"等着我，李。"琼斯环顾四周，一眼便看到她的扇子和如玻璃般轻薄的连衣裙。"我要去见见车里的人。"

男孩那张像是被熨斗熨平的脸上露出不快，他穿着精致的亚麻布礼服。"我跟你一起去。"

"不，不。你在这儿等我。琼斯先生会带我去；你又不认识他们。你先跳舞，等我回来。你保证？"

"可是——"

她微微摆手，打断他。"不，不。求你啦。你保证？"

他向她保证，然后目送他们走下台阶经过两株木兰树最后钻入黑暗，她的连衣裙变得影影绰绰，紧挨着一件走了形的粗花呢男式套装……过了一阵，他转身走过空荡荡的门廊。这是哪里来的邋遢鬼？他想着，看到两个姑娘正望着他朝他发出邀请。他们怎么随便放人进来跳舞？

他犹豫了一下，喋喋不休的女主人出现，不过他早已习惯应付这样的险情，绕道躲开。阴暗的角落外有个半明半暗的秋千，坐着一个男人。他走过去，还没来得及开口，那人递上一盒火柴。

"谢谢。"他喃喃地说，也不感到诧异，点燃一根香烟。

他走开了，火柴的主人摩挲着这个小小的木头盒子，想看看第三个来借火的人是谁。

12

"别，别，咱们先去找他们。"

她捕捉到他们的行踪，过了片刻，她终于成功地松开手臂。僵持中，一对男女从旁边经过，姑娘将身子靠过来，低声说："我看穿了你。给我滚远点。"

他们继续往前走，她望着这对男女的背影，打量着那个姑娘。小贱人！她穿的是什么奇装异服。脚上的也好笑。好笑啊。可怜的姑娘。

她还没来得及发表个人意见，琼斯又想挽住她。"别，别。"她说，抽出被他捏住的手，拉着他朝小车方向走去。鲍尔斯太太的目光越过马登的头顶，看见他们。

琼斯松开她柔弱的、痛得扭曲的小手，她飞快地冲过潮湿的草地。他拖着肥胖的身体跟在后面，她将手按在车门，她的手掌很窄，显得紧张不安，手上的绿色扇子闪着金光。

"噢，你好吗？我真没想到你会来！要是知道的话，我提前帮你安排好舞伴。我敢肯定你跳得特别好。不过嘛，这儿的男人都看到你了，你应该不缺舞伴了，我知道的。"

（她现在怎么突然想起来看他？监视我：不相信我只是单纯地想
要帮他。）

　　"舞跳得特别好。吉利根先生！"（她现在怎么突然担心起他来？
他在家坐着时，她连上门来看一眼都嫌麻烦。）"当然咯，想见唐纳
德，先得过吉利根先生这一关。吉利根先生这么喜欢你，真叫人高兴。
你觉得呢，鲍尔斯太太？"她伸直手臂，身子往后仰，双手撑在腰肢
和臀部勾勒出的曲面之间。"鲁弗斯。"（是的，她漂亮。而且愚蠢。
但是——但是漂亮。）"你为了另一个女人抛下我！不要说你没有。
我想让他陪我一起跳舞，鲍尔斯太太，可他不愿意。也许你运气更好？"
她弯下腰，膝盖就快把银色连衣裙薄薄的面料撑破。"啊，你什么都
不必说：我们知道鲍尔斯太太很有吸引力，是吧，琼斯先生？"（看
着你的背影，身体的曲线。还有整条腿，当你站成那个姿势。你也知
道这样很美。）

　　她的眼神变得严肃、阴沉。"你告诉我说他们在跳舞。"她责怪琼斯。

　　"他不能跳舞，你知道的，"鲍尔斯太太说，"我们带他来听听
音乐。"

　　"琼斯先生告诉我，说你和他在跳舞。我相信了他：对于唐纳德，
我似乎比其他人知道的要少得多。当然，他生了病，他不——记得他
的老朋友了，再说他已经交了新朋友。"

　　（她是要哭了吗？这才像她的风格。这个傻瓜，小傻瓜。）"你
这么说对他不公平。你要不要上车来陪他坐坐？马登先生，你要——
？"

　　马登已经打开车门。

"不了，不了：如果他只想听听音乐，我的出现只会打扰他。他宁愿跟鲍尔斯太太坐着，我知道的。"

（哈，她要出洋相啦。）"请吧。坐一会儿就好。他今天还没见过你呢，你知道的。"

她犹豫不决，琼斯盯着她分开的曲线毕露的大腿和在视野中一闪而过的丝袜，问吉利根要了根火柴。音乐停了，透过两株一模一样的木兰，门廊像个空荡荡的舞台。黑人司机的脑袋圆圆的，像一枚戴了帽子的加农炮弹：他也许睡着了。她爬进车厢，坐在马洪身旁的深色座位上，显得安静而顺从。鲍尔斯太太突然开口：

"你会跳舞吗，马登先生？"

"嗯，会一点。"他说。她下了车，转过身，望着一脸惊讶的塞西莉。

"我让你跟唐纳德单独坐一会儿，我去跟马登先生跳一两支舞，行吗？"她挽着马登的胳膊，"你不想一起进去吗，乔？"

"算啦，"吉利根回答道，"我抢不过他们。我会私底下跟你切磋舞技的，以后有时间的话，一定叫你刮目相看。"

塞西莉恼怒地看着这个女人夺走自己的观众。但还剩下琼斯和吉利根。琼斯不请自来，费劲地爬上空出来的座位。塞西莉凶狠地瞪了他一眼，背过身去，感觉他把胳膊贴在自己身子一侧。

"唐纳德，亲爱的。"她说，伸手搂住马洪。

从这个角度看不见那道伤疤，于是她把马洪的脸拉过来，让自己的脸颊贴着他的脸颊。感到她的触摸，听到她的声音，他移动身体。"我是塞西莉，唐纳德。"她温柔地说。

"塞西莉。"他鹦鹉学舌般重复道。

"是。像以前一样抱着我，唐纳德，我的爱人。"她紧张地挪挪身体，可琼斯的长胳膊仍然紧紧地贴住她，似乎带有强大的吸力，像章鱼的触手。为了避开他，她使出更大力气抱着马洪，肌肉几乎抽搐起来，他抬起手，摸着她的脸，摸向他的眼镜。"别乱动，中尉。"吉利根赶紧说，他听话地将手放下。

塞西莉蜻蜓点水般吻了下他的脸颊，坐起来，松开他。"噢，音乐来了，我要跳这支舞。"她从车厢里站起来，四处张望。有个人懒洋洋地从一旁走过，抽着烟，衣着讲究。"噢，李，"她欣喜地喊着，"我在这儿。"

她打开车门，跳了出去，身着礼服的人向她走来。琼斯也拖着肥胖臃肿的身躯下了车，站稳后，理理外套，遮住自己又肥又大的屁股，一对黄眼睛盯着里弗斯先生。她也站在原地，转过身，问吉利根："你今晚不去跳舞？"

"不跳这种舞，"他回答道，"不了，女士。在我们那儿，得搞到一张许可证才能跳这样的舞。"

她哈哈哈笑了几声，身子摇得像一棵风中的树。低垂眼皮下的明眸，紫色嘴唇间的皓齿，短促地闪了几下光。

"真是聪明到家啦。琼斯先生也不跳，看来我只好跟李去咯。"

李——里弗斯先生——站在一旁等候，琼斯粗声粗气地说："这支舞是我的。"

"不好意思。我之前答应过李，"她说，"可你插了队，是吧？"她伸手挨到他的袖口，琼斯的一对黄眼睛注视着里弗斯先生，重复道："这支舞是我的。"

里弗斯先生看着他，然后把视线移开。

"噢，请原谅。是你的舞？"

"李！"她喊了一声，再次伸出手。里弗斯先生又一次撞见琼斯愤怒的眼神。

"请原谅，"他喃喃地说，"我去插个队。"他懒洋洋地走开了。

塞西莉望着他离去的背影，无奈地耸了耸肩，然后转向琼斯。她的脖颈，她的手臂，沐浴在淡淡的灯光中，温热而光滑。她抓住琼斯粗花呢质地的衣袖。

"瞧，"吉利根嘀咕一声，望着他们手挽手远去，"一眼就能把她看穿。"

"那还用说。"黑人司机回了一句，又进入梦乡。

13

琼斯拉着她走进阴影。一丛紫薇将他们遮住。

"放我走！"她挣扎着说。

"你怎么啦？你吻过我，不是吗？"

"放我走。"她继续说。

"凭什么？就为了那个该死的死人？他关心过你吗？"他抱着她不放，直到她渐渐失去力气，不再挣扎，虚弱得如一只被捕获的鸟。一片白色的模糊的东西在他眼前晃动，那是她的脸庞，她觉得他松垮而庞大的身躯正站在黑暗中，鼻子闻到一股羊毛和烟草的味道。

"放我走。"她再三哀求，突然他松开手，她逃一般地跑过草地，露水把脚上的鞋浸湿，她欣慰地望着那排像鸟儿一样坐在栏杆上的男人。里弗斯先生那张似乎被熨斗熨平的脸出现在洁净的亚麻布衣领上方，她一把攥住他的胳膊。

"咱们去跳舞，李。"她轻声说，将身子贴紧他，踩上萨克斯管奏出的零散节拍。

14

鲍尔斯太太小胜一场：坐在栏杆上的鸟儿们让她"手忙脚乱"。

"嘿，"他们拿胳臂肘捅着对方，"瞧瞧鲁弗斯把谁给请来了。"热情健谈的女主人和身穿黑色长裙的她并肩站在一起聊天，栏杆上有两人先是交头接耳，随后示意马登过去。

"是鲍尔斯？"等他走近，他们问道。他使了个眼色，叫他们别声张。

"嗯，是他。但别说出来，懂吗？也不要让其他人知道，明白吗？"他瞅了一眼坐在栏杆上的人，"你们知道，说出来没啥好处。"

"放心，不会说的。"他们向他保证。是鲍尔斯！

于是他们邀她跳舞，起初只有一两个人，后来被她端正的、优美的舞步吸引，剩下的人也纷纷加入这场欢乐的竞赛，尾随在她和某个按顺序编号的舞伴身后，一曲结束便蜂拥而至：那些暂时轮不上的人甚至开始寻找自己认识的姑娘做舞伴。

马登在一旁静静观望，他的两个朋友却不知疲倦、跑前跑后；他们见她照顾那些跳得不好的人，适当的时候便停下来休息，他们给她端来一杯杯清淡的潘趣酒；他们友善而体贴，只是动作有些笨拙。

她大受欢迎，自然招来女人们议论纷纷。她的衣着成为被批评的对象，她"胆敢"穿一件街头的寻常衣服来跳舞，"胆敢"来舞场。她跟两个年轻男人住一起，其中还有个陌生人。家里没别的女人……除了一个用人。那女孩身上也发生过些怪事，是好几年前的事儿了。不过，沃德尔太太还是愿意跟她搭话。她则来者不拒。塞西莉·桑德斯借两支舞曲间的空当，挽住她的胳膊，用沙哑的、紧张的、急促的语速跟她闲聊，翻着眼珠，瞪向一个个胆敢靠近的男人，自顾自地口若悬河……黑人短号手再次召集不知疲倦的乐手奏响乐曲，门廊又一次站满紧抱的男男女女。

鲍尔斯太太望见马登，朝他打个手势。"我得走了，"她说，"要是再喝下一杯潘趣酒，我就——"他们挤过跳舞的人群，士兵们尾随在她身后，再三挽留。见她已打定主意要走，只好一一与她握手告别，带着感激与遗憾的心情跟她道过晚安。

"就像回到了从前。"有人小声说，她抬起头，慢慢地、友好地、严肃地看了他们一眼。

"是吗？很快会再碰面的，我相信。再见，再见。"他们目送她远去，直到那条黑色连衣裙挣脱灯光的束缚，与黑暗融为一体。乐音袅袅，铜管渐渐变得听不见，旋律肃静而哀怨，细若游丝，直到铜管重新恢复元气。

"我说，你看穿她了吧？"吉利根故意问从舞场归来的两人。马登打开车门，扶她上车。

"我累了，乔。咱们回去吧。"

黑人司机的脑袋圆得像一枚戴了帽子的加农炮弹，他没有睡觉。马登站在一旁，听着发动机噗噗地响了几声，齿轮哼哼唧唧开始转动，他看着他们的车子稳稳地驶向远方。

鲍尔斯……一个奔走在战壕、招呼士气低落又惊慌失措的士兵们保持镇定的男人。鲍尔斯，一张被步枪喷出的火焰罩住的脸：一只在犹犹豫豫、悲悲戚戚的黎明悄然逝去的白色飞蛾。

15

乔治·法尔和他那个卖饮料的朋友钻过树林，似乎潜入一块朝反方向流动的林海，水流没过头顶。屋舍高大而昏暗，透过枝丫的缝隙，能分辨出被微弱灯光照亮的建筑轮廓。人们在房中熟睡，人们蛰伏安眠，暂时摆脱了肉体的束缚。别的地方的其他人则舞动在春天的夜空下：女孩跟男孩共舞，也有一些男孩早已品味过女孩身体的芬芳，正孤独地、孤独地行走在黑暗的街上……

"走，"他的朋友说，"咱们还有两杯没喝呢。"

他猛地将酒灌下肚，感觉喉咙里先是闷燃起一股火苗，继而升腾起一团火焰畅快地在体内恣意纵横，叫人舒服得很，浑身上下的肌肉都兴奋起来。（她俯卧的、赤裸的身体，像一泓窄窄的水塘，汩汩流淌，如同一处水源分出的两股银色清泉。）盖瑞医生跟她跳舞，把他的胳膊搂在她的腰间，任何人都能抚摸她。（除了你：她甚至不愿跟见过她俯卧的、泛着银光的裸体的你说话……月光洒在她的身上，像岔开的溪流，带着大理石的光泽，柔美修长，纵使黑夜也难掩其洁白无瑕，她热情的怀抱，她颤抖的身体，她难以抗拒的嘴唇——）噢，上帝呀，噢，上帝呀！

"我说，要不咱们回店里去，再调一瓶酒？"

他没有回答，朋友又问了一遍。

"别烦我。"他突然大吼一声。

"该死的，我招你惹你了？"对方气呼呼地说。

他们停在一个拐角处，另一条街顺着行道树延伸到幽暗晦涩的远方，道路尽头似乎蕴藏着一种令人不安的亲近感。（我很抱歉：我是个傻瓜。我很抱歉冲你发脾气，你毫无过错。）他转过身来。

"嗯，我倒是想去。只是今晚不太舒服。明儿早上见吧。"

朋友听出他话中隐含的歉意。"行。明儿见。"

没有穿外套的身影慢慢消失，又过了一阵，连脚步声也听不见了。乔治·法尔带着他的悲伤，成为这座小镇、这块土地和这个世界的主人。隐隐有乐声传来，如扰乱人心神的喧嚷萦绕在春夜的天穹下，越来越远，渐渐变得悦耳：一颗不安分的、渴望的心啊。（噢，上帝呀，噢，上帝呀！）

第六章

1

最终乔治·法尔放弃了想见她的念头。他给她打过电话，失败了一次又一次，但无计可施时，也只能拎起听筒试一试：他已经记不得自己为什么想找到她。最后，他告诉自己，他恨她，他会就此放手；他会想方设法避开她，就如同他当初想方设法跟她见面一样。于是他鬼鬼祟祟地走在街上，像一个罪犯，回避她，偶尔望见她明白无误的身影出现在远方，感觉心脏都停止了跳动。夜里，他躺在床上辗转反侧，想着她，然后起身，披上几件衣服，跑到她家附近，熄了灯的房舍黑漆漆的，他痛苦地注视着她的房间，他知道她就躺在里面，柔软温热的身体正酣然入眠。他又回到家，爬上床，在梦中断断续续与她相见。

当她终于寄信来，他感到如释重负，尽管苦涩与痛楚味道依旧。他从邮局取回那张正方形的白色信纸，他看见她紧张的、像蜘蛛腿一样的潦草字迹密密地爬过信格，他的脑子震得嗡嗡响，变得空白一片。我不去，他告诉自己，但他知道他做不到，将信又细细读了一遍，寻思着自己是否真能再见到她，是否还能跟她说话，抚摸她的身体。

他比约定时间早到，找了个藏在通往阳台的楼梯拐角背后的隐蔽座位。楼梯由实木栏杆围成，从台阶底部望去，杂货店恰似一条长长的隧道，蜿蜒地朝光线照进的入口延伸，这是一条充满碳酸味儿和甜糖浆味儿的隧道：一种能治病的、人工合成的香醇味道。她进了店门，他看见她，站起身，他见她停下来，盯着他，一切都虚幻得宛如梦境，她像一幅剪影出现在门口，阳光逗弄她白色的裙子，给她罩上一圈浅浅的光环，伴着咔嗒咔嗒的高跟鞋声，她走向他。他坐下来，浑身发抖，听着她走上楼梯。他看到她的连衣裙，大气都不敢出，他抬头看着她的脸，等回过神来，她已经像一只归巢的鸟儿倒在他的怀里。

"塞西莉，噢，塞西莉，"他结结巴巴地说，被她亲吻，他将脑袋扭到一边，"你个该死的，差点害死我啦。"

她飞快地把他的脸掰过来，贴在他脸颊上喃喃地说个不停。他紧紧搂住她，两人在座位上坐了许久。最后他低声说："你坐成这样会把裙子弄皱的。"可她只是摇头，抱着他不松手。又过了一阵，她才坐起来。

"这是我的饮料吗？"她问，端起他身旁一个装了甜水的玻璃杯。她把另一个玻璃杯递给他，他握住杯子，直勾勾地望着她。

"咱们结婚吧。"他冷不丁说出一句。

"什么？"她呷了口饮料。

"呃，咱们不结吗？"他吃惊地问。

"咱俩的关系不是定了吗？咱们还结婚干吗？"她瞥了他一眼，盯着他的脸，大笑起来。她偶尔会这样，大大咧咧的，与众人熟悉的那个精致优雅的淑女判若两人，总是让他惊愕得合不拢嘴。不过乔治·法尔和别的男人一样，骨子里都是假正经。他一言不发，目光中带着不赞成。她放下杯子，依偎在他身旁，拿胸口贴着他。"乔治？"

他心肠一软，搂着她的身子，但这一次她没有跟他接吻。她把他推开，而他也带着一个征服者的姿态松开胳膊。

"你不跟我结婚吗？"

"亲爱的，咱们现在不是已经结婚了吗？难道你怀疑我，或者你觉得只有拿到一纸婚书才能证明你的真心？"

"不是这样子的。"他无法告诉她这一切是出于嫉妒，是因为不信任她，"只是——"

"只是什么？"

"只是如果你不嫁给我，你就是不爱我。"

她躲开他，一双眼睛变成深蓝色。"你怎么能这样说？"她别过脸去，身子像是在颤抖，又像是在耸动肩膀，"我早该料到的。唉，我真傻。你只是——只是想找个人消磨时光，对吧？"

"塞西莉——"他想再次揽她入怀。她躲开他，站起来。

"我不怨你。我猜任何一个男人面临跟你一样的情况时都会这么做。这就是男人们想从我身上得到的东西。所以不管是你也好，他们也罢……让我难过的是你没有早一点、快一点告诉我，乔治。我以为你跟他们不一样。"她转过身去。她有窄窄的脊背。多么娇小，多么——她多么无助！我伤害了她，他想着，内心一阵刺痛，他站起身，抱住她，不顾旁人投来异样的眼神。

"别，别！"她低声说，转身过来，她的眼睛像一泓碧水，"别人会看见的！坐下！"

"除非你收回刚刚说的话。"

"坐下，坐下！求你啦，乔治！求求你，求求你！"

"那就收回你说的话。"

她眼睛的颜色暗了下去，他从她脸上读出一丝恐惧，他松开手，坐回座位。

"答应我，永远、永远、永远不再那样做。"

他呆呆地向她保证，她坐到他身旁，把自己的小手搁在他的掌心，他抬起头。

"你为什么要像这样对我？"

"像怎样？"他问。

"说我不爱你。你想要什么别的证明？我能给你什么别的证明？你觉得什么才能证明？告诉我，我会努力证明给你看。"她看着他，摆出一副娇弱谦逊的样子。

"很抱歉，请原谅我。"他恭敬地说。

"我已经原谅了你。至于会不会忘记，我就无法保证了。我不怀疑你，乔治。要不然我不会……"她的声音突然变小，用力捏了一下他的手然后松开。她站起身。"我得走了。"

他拉住她的手。对方毫无反应。"我下午能见你吗？"

"噢，不行。我下午来不了。我得做针线活。"

"噢，来嘛，把活儿推掉。别再像以前那样对我，好吗？我差点疯了。我不骗你。"

"亲爱的，我来不了，真的来不了。你难道不明白，跟你想见到我一样，我也非常想见到你呀。要是有机会，我会不来吗？"

"那……我去你那儿。"

"我想你是疯了吧，"她说，注视着他，"你不知道我压根儿就不能见你吗？"

"那我晚上来。"

"嘘！"她低声说，急匆匆地走下梯级。

"我要来。"他固执地重复一句。她仓促地朝店头扫了一眼，心顿时沉到谷底。在楼梯旁一处凹进去的地方摆着一张桌子，旁边坐着一个肥胖的男人，面前玻璃杯里的饮料已经喝了一半。

她莫名地感到恐惧，她看着他圆圆的、埋下的脑袋，血液从冰冷的心脏涌向全身，流得一滴不剩。她把手放在栏杆上，生怕自己会支撑不住倒下。随后，恐惧被愤怒取而代之。他真是上天派来的克星：自从那天在乔大叔家的午餐餐桌上第一次遇上他，每次撞见这个克星，他都对她百般藐视，像一个老练的魔鬼，害得她遍体鳞伤。这次，假如他听见——

乔治早已起身，跟在她后面，但眼见她癫狂的举止，和她那张因为恐惧而变得扭曲的脸，躲在一旁不敢上前。她定了定心神，等脸上的表情恢复自然。她走下楼梯。

"早上好，琼斯先生。"

琼斯抬起头，跟往常一样冷静而不动声色，然后懒洋洋地站起来向她致意。她仔细地打量他，眼神像一只机警的动物般狡黠锐利，但从他的脸上和举止上看不出什么异样。

"早上好，桑德斯小姐。"

"原来你也有大清早就喝杯可口可乐的习惯呀。你为什么不上楼来陪我一起喝呢？"

"那我得责骂自己，居然错过了这样一个好机会。你瞧，我不知道你是一个人。"他那一对黄色眼珠茫然无神,就像是摆在橱窗的玻璃罐子里的黄色液体,她的心一沉。

"我没看到也没听到你来,要不然我肯定会叫你的。"

他对此不置可否。"谢谢你。是我太不走运。"

她突然说:"我在想你能不能帮我个小忙?我今天早上有一大堆事儿要打理。你能陪我,帮我把这些事儿一件件记清楚——行吗?"她撒娇地说。

琼斯的一双眼睛深不可测,慢慢变成黄色。"我很乐意效劳。"

"那你先把饮料喝了吧。"

乔治·法尔英俊的脸庞流露出痛苦和嫉妒,他居高临下地望着他们。她虽然佯装镇定,但从她哀求的语气和惊恐的表情,就连生性迟钝愚笨的乔治都看得出她这样做的缘由。琼斯低头看了一眼,说道:

"饮料就搁那儿吧。我也搞不清为什么总想试试新口味。也许这样做叫人兴奋。"

她哈哈哈笑了三声。"那你可别指望这个镇子能满足你想要的新口味。在亚特兰大——"

"嗯,在这儿找不到的,去亚特兰大都能找到。"

她又奉承地笑了几声,他们一起穿过这条洁净异常的隧道,朝杂货店的入口走去。她的笑声让再寻常不过的话语都带着言外之意:你立刻意识到自己刚刚讲过一句妙语,但具体是什么却忘得一干二净。琼斯鼓着黄色的眼珠痴痴地盯着她的身体,她漂亮的、紧绷的脸孔。与此同时,乔治·法尔怒气冲冲地望着他们的背影,扁平得像一幅剪影。随后,他们的身子又一次变成立体,她柔弱得像个希腊美女,而他则无精打采，身形臃肿，粗花呢外套瞬间便没了踪影。

2

"我说，"小罗伯特·桑德斯问，"你也是个兵吧？"

琼斯陪夫妇俩吃完一顿漫长的午餐，他彬彬有礼，言谈间谦恭殷勤，很快赢得桑德斯太太的好感。至于桑德斯先生，他不敢肯定，但也不在乎。发现这位客人对金钱或农作物或政治方面的话题几乎一无所知，桑德斯先生很快没了兴致，任由他陪着桑德斯太太说长道短。塞西莉是个聪明人：她机智而老练，让他一个人滔滔不绝。只有小罗伯特一心想引诱他讲讲战场的事儿。

"我说，"他第三次问道，满怀崇敬地关注着琼斯的一举一动，"你也当兵过吧？"

"是当过兵，罗伯特。"母亲纠正他的语法。

"嗯，妈。打仗时你也当兵过吧？"

"罗伯特，别来烦琼斯先生。"

"当然啦，老人家，"琼斯回答道，"打过几仗。"

"噢，是吗？"桑德斯太太问。"真有趣。"她无趣地发表了一句评论，然后说道，"我猜你在法国时没遇见过唐纳德·马洪，是吧？"

"没有。我几乎没机会遇见什么人，你知道的。"琼斯心情沉重地回答，他连自由女神像都还没见过——哪怕是从她身后。

"你在部队做什么？"小罗伯特刨根问底。

"我想也是。"桑德斯太太叹着气，她吃饱喝足，按响餐桌上的铃铛，"打了场大仗。咱们走吧？"

琼斯为她拉开椅子，小罗伯特不知疲倦地追问："你在打仗时做什么？你杀过人吗？"

年长的人去了阳台。塞西莉微微侧一下脑袋，示意旁边有一扇门，琼斯走进房门，小罗伯特不依不饶地追在他身后。桑德斯先生的雪茄烟味儿飘过大厅，钻进房间，他们找来椅子坐下，小罗伯特口中仍在念念有词，他冷不丁瞥见琼斯那双深不可测的黄眼睛，像一条蛇，小罗伯特的脊背突然传来一阵寒意。他小心翼翼地看着琼斯，躲到姐姐身旁。

"去玩吧，鲍比。你难道不明白，真正的士兵从来不喜欢谈论自己的事儿吗？"

他没有不高兴。他突然渴望跑到温暖的阳光中。这个房间冷飕飕的。他目不转睛地看着琼斯，轻手轻脚地溜到门边。"嗯，"他说，"我这就走。"

"你对他做了什么？"小罗伯特走后，她问。

"我？没做什么呀。怎么啦？"

"你吓到他了。你没见他看你时的样子吗？"

"没，我没注意到。"他慢慢地给烟斗填进烟丝。

"我想也不是。但你吓唬过不少人，对吧？"

"没你想象的那么多。其实他们不是被我吓唬，而是自个儿胆子太小。"

"是吗？可为什么要吓唬他们呢？"

"有时候，这是从他们身上得到你想要的东西的唯一办法。"

"噢……他们对此有个说法，是吧？叫敲诈，对不？"

"我不知道。这是敲诈吗？"

她佯装漠不关心地耸耸肩。"你干吗问我？"

他的一对黄眼睛盯着她不放，弄得她难以忍受，将头扭到一旁。外面静悄悄的，似乎被施过正午的咒语。树荫遮住屋舍，房间里又阴又凉。家具的棱角在暗处反射着微光，壁炉架上方的相框里，有一张模模糊糊的照片，样子像小罗伯特·桑德斯，只是年龄大得多，有六十五岁：那是她的祖父。

她想念乔治。他该来这儿帮她。可他又能做什么呢？她宽容大度地回忆那些男人，女人想要俘获他们的心，就必须献出自己的身体，（否则他们靠什么活下去呢？）而最有征服力的男人说到底只是个笨拙而粗鲁的孩子。她绝望地观察着琼斯。可惜他太胖啦！像条虫子。

她重复一句："你干吗问我？"

"我不知道。你还从来没有被别人吓唬过，对吧？"

她看着他，没有回答。

"也许那是因为你从来没有做过害怕的事情。"

她坐在一张矮沙发上，双手掌心向上放在身体两侧，继续观察他。他突然站起来，她也突然收起轻慢和恣意，变得小心警惕。但他只是在铁栅屏风上划燃一根火柴，将火苗塞进烟嘴。她看见一张胖脸凹陷几下，金色的火焰在他瞳孔中摇曳。他把火柴梗插入屏风，回到座位上。但她并没有松懈。

"你什么时候结婚？"他突然问。

"结婚？"

"是呀。不是都安排好了吗？"

她感觉血液正慢慢地慢慢地流向自己的咽喉、手腕和掌心：这股血液本该奔涌一阵就停歇的，如今却难以停住飞驰的脚步。琼斯凝望着她发梢间闪烁的光，他懒懒地睁大一双黄眼睛，像一个幽灵，琼斯终于把视线移开。"他等着的，你知道。"

她的血液开始消融，变得冰冷。她能感觉到身上的每一寸皮肤。她说："你凭什么认为他有这个想法？他的病那么重，想不了这些。"

"他？"

"你说唐纳德想跟我结婚。"

"我亲爱的姑娘，我是说……"他能看见她的头发上蒙着一层光晕，看见她身体的轮廓，但看不见她的脸。他站起来。她没有动，听任他坐到自己身旁。沙发被他的重量压得猛然往下一沉，凹进去的椅面亲热地包裹他的腰身。她没有动，一只手掌心向上搁在两人之间，但他并没有打算牵她的手。"你为什么不问我听到了多少？"

"听到？什么时候？"她表现出很感兴趣的样子。

他知道，她正死死盯着他的脸，还努力装出一副镇定而鄙夷的表情。他打算朝她那边挤一挤，这样的话，她就暴露在明处，而他的脸可以躲进阴影……她的发梢有光透过，轻抚着她的脸颊。她的手横在中间，赤裸的小手，掌心向上，慢慢幻化为一只巨掌：像她的身体一样怪异骇人。他的手会被她握紧捏碎。快成了黑褐色，对吧？时针从正午移到下午，金色的阳光被树叶消磨得疲惫不堪，像被女人柔软的手掌蹂躏过。她的手如同一道峭壁上的屏障，让他止步不前。

"你很在意那个吻，不是吗？"她问。他终于握住她的手，而她继续漫不经心地说："真好笑，对于你。"

"对于我，为什么？"

"你让很多姑娘为你疯狂过，是吧？"

"此话怎讲？"

"我也不知道。大概是你待人的方式——和你这个人。"她实在找不出合适的字眼。他的身体内满是女性的阴柔，剩余部分则酷似猫科动物：简言之，他像一个寄居在男人躯壳里带着猫的本性的女人。

"我想你说得对。你在你们女人的圈子里称得上是个行家。"他松开她的手，说了声"不好意思"，再一次点燃烟斗。她的手仍然软绵绵地隔在两人之间：不留意的话，还以为是张手帕。他把燃过的火柴梗插进屏风，说道：

"你为什么觉得我很在意那个吻？"

她头发上的光晕亮得像一枚银币的边缘，沙发椅静静地抱着她，光线静静地流过她修长的四肢。窗外传来风声，吹得树叶窸窸窣窣。正午过去了。

"我是说，你认为当女人亲吻男人，或跟他聊到些什么，就一定有蹊跷。"

"她这样做肯定有蹊跷呀。当然那个可怜虫永远都猜不出这背后的深意，但对她来说意义不一般。"

"那么，如果她根本没这个意思，是男人一厢情愿觉得她有这个意思，你肯定不会责怪这个女人咯，对吧？"

"为啥不？要是人们口中的话总是模棱两可，叫你搞不明白，这世界就他妈会乱作一团。那天明明是你让我吻你，你心里最清楚我这么做的原因。"

"可我真不知道，哪怕我想破了脑袋。你这个人啊——"

"不知道才怪呢，"琼斯打断她的话，"你懂我的意思。"

"咱俩还是不要相互人身攻击为好。"她告诉他，语气中带着淡淡的厌恶。

琼斯抽着烟斗。"是啊，咱俩。也只有你和我彼此瞧得上对方吧？"

她将膝盖交叉。"我这辈子都不会——"

"看在上帝的分上，别说出来。我听太多女人说过这句话。我本以为会有人比我更自负。"

他的相貌还凑合，她想，如果没那么胖的话——再把眼珠染成另外一种颜色。过了一阵，她说：

"要是我既不同意，也不反对，你该怎么办？"

"不好说。你是个手脚利索的人，比我利索多了。我连你吻过和睡过的男人都还没追上，更不消说想明白你的意思。其实你也不知道当初为什么要这样对我。"

"所以你无法想象一边跟人上床，一边跟她们说些毫无意义的事儿咯？"

"嗯。我做事儿总得找个正当理由。"

"比方说？"她的声音带着一点兴趣和嘲讽。

他又想朝她那边挤过去，这样她的脸就会露在明处，而他的脸能藏在阴影中。但他已经不想待在她身旁。他粗声粗气地说："我是想，有了那个吻，总有一天我会得到你的身体。"

"噢，"她温柔地说，"这么说，一切都安排好啦？真不错。我算是明白你为什么会屡屡得手了。靠的是意志力，对吧？直视这头野兽的眼睛，他——我指的是她——就成了你的猎物。这样做肯定节约了你宝贵的时间，也省去很多麻烦，我猜得没错吧？"

琼斯的目光平静而鲁莽，望着她出神，像一头淫邪的山羊。"你觉得我做不到？"他问。

她微微地、紧张地耸了耸肩，柔软的小手再一次变大，像一朵盛开的鲜花：仿佛她整个身体都变成一只手，象征着隐隐的、无形的欲望。她的手似乎融化在他的掌心，冷冷的没有半点温度；她的手沉睡在他的掌心，甚至连她的身体也尚未苏醒，瘫软在薄如蝉翼的衣裙中。她修长的腿不是用来运动的，而是拿来配合一丝不苟的节奏感的：扭动、腾挪；她尤物般的身体，每个男人都梦寐以求。如同一棵白杨，枝叶繁茂，随风飘摇，摆出一个个造型，一个个姿势——"像姑娘换上一件又一件礼服，横竖都不满意，却自得其乐。"她的脸躲在阴影里看不见，至于她的身体，这儿找不到一具实实在在的躯体，只有一条曾经出现在梦中的连衣裙。不是为了孕育生命，不是为了美满姻缘，只是为了迎合眼睛，让心情轻松愉悦。跟阴阳人一样，他想着，摸到她细细的骨节和皮肤下紧绷的筋肉。

"我想，要是我把你抱得太紧，你肯定会像幽灵一样穿过我的身体。"他说，松松地抱着她。

"确实挺辛苦，"她嗓子沙哑地说，"你为什么这么胖？"

"嘘，"他告诉她，"别破坏气氛。"

他抱得不紧，但还是贴着她的身体，她左躲右闪，也没能逃出他的怀抱。她的肌肤不冷也不热，她陷进沙发椅的身子一动不动，她的手脚似乎被碾成粉末。他不想听到她的呼吸声，不想触碰这个围困在自己两条手臂里的活人。面前不是一件牙雕作品，是一具躯体，僵直的躯体；也不是一只能吃东西能消化的动物——这是脱离了肉欲的内心渴望。"安静，"他对自己也对她说，"别破坏气氛。"

血液中吹响的号角，生命里演奏的交响，逐渐停歇。白昼的金沙簌簌地跑过沙漏的窄颈，流入黑夜的球形罐体，等待沙砾流尽，就将沙漏倒置，如此循环往复。琼斯觉得自己的一生也像黑色沙砾般慢慢流走。"嘘，"他说，"别破坏气氛。"

她血液中的哨兵卧倒歇息，但他们躺在城墙附近，手里紧握武器，等待警报响起，随时准备即将来的厮杀。他们相拥坐在隐约闪烁着暮光的房间，琼斯像肥胖的米兰多拉，一个守贞而性欲旺盛的柏拉图式学者，一个身穿灰色粗花呢套装、满怀宗教热情的浪荡子，喃喃地说着言不由衷的话，像是拿湿乎乎的黏土捏成的永不枯朽的欲望，或是纸壳糊成的处男。塞西莉·桑德斯担心的却是他听见了什么，听到了多少，她惶恐而坚毅。这是个怎样的人呀？她警觉地想，希望乔治能赶来救援，帮她摆脱眼前的尴尬和危机，但他该怎么做呢，她也不清楚，也许她只是想看看他的缺席是否对她来说意义重大。

窗外，树叶在风中摇摆，发出无声的呼喊。正午已过。在苍白的天空下，树木和青草，山丘和峡谷，还有不知什么地方存在的大海，都为他哀叹惋惜。

不，不，他想，伴着苏醒的绝望，别破坏气氛。但她开始扭动身体，长发拂过他的脸庞。头发。每个人，任何人，都长着头发。（快抓到它，抓到它。）但那不过是头发而已，还有怀中的一具躯体，柔弱，精巧，是一个女人的身躯：能响应他肉体的呼唤，欲擒故纵，试探着抚摸他、逗弄他、逃避他，却能响应他肉体的呼唤。难以捉摸，掌控局面。他松开胳膊。

"你这个小傻瓜，你不是已经得到我了吗？"

她没有变换姿势。沙发椅像一双大手抱住她的身体。她模糊的脸庞浮出光线，像被拇指摩挲擦亮的硬币边沿，她的长腿躲进被压皱的连衣裙，她的小手松弛无力地躺在身旁。但他像是没看见。

"告诉我你听见了什么。"她说。

他站起身。"再见，"他说，"谢谢你家的午餐，或正餐，或其他啥的。"

"正餐，"她告诉他，"我们是普通人家。"她也站起来，故意把屁股靠在椅子扶手上。他瞪着黄眼睛扫视她全身上下，目光像一股带着热气的尿液，他说："去你的。"她坐回原处，斜靠在沙发一角，他也坐到她身边，见他没有动静，她将身子贴过去。

"告诉我你听见了什么。"

他抱着她，沉默而阴郁。她微微动了动，朝他嘟起嘴巴。

"你喜欢什么样的求婚？"他问。

"什么样？"

"嗯。你喜欢哪种方式？过去几天里，有人向你求过两三次婚了吧？"

"你要向我求婚吗？"

"是我卑微的念想而已。不好意思，我这人生性愚钝，所以才向你打听。"

"这么说，要是用别的法子追不到女人，你就干脆把她们娶回家？"

"见鬼，你以为男人想得到的只是你的身体吗？"她沉默不语，他继续说，"我不会告诉你——"她紧绷的身体，她的沉默，这背后隐藏着秘密，"我听见了什么。"

"你觉得我会在乎吗？你刚才亲口说过，女人嘴上说的是一件事，心里想的是另一件事。所以我不必担心你听见了什么。你自己这么说的。"她挺直身体，但仍坐在原处，"不是吗？"

"别这样，"他声色俱厉地说，"为什么你如此美貌，如此诱人，却又如此该死地迟钝？"

"你什么意思？我不太习惯——"

"算了，我决定放弃。跟你解释不清楚。反正你也听不懂。我知道，我现在像个傻瓜，所以如果你说出来，我会杀了你的。"

"谁知道呢？我说不定喜欢别人这样叫我。"她的语调柔和沙哑。光线穿过她的头发，她动动嘴唇，欲言又止，她的身体模糊得像破碎的泥。"阿提丝。"他说。

"你叫我什么？"

他告诉她："'一瞬间，好似千万年，我立在你危崖般的胸部，犹豫着要不要往下跳'，随后跳了一次一次又一次。你听过猎鹰是怎么做爱的吗？它们在高空相拥，然后彼此抱紧，喙衔着喙，垂直向大地俯冲——这真是常人难以承受的极乐。而我们只会用各种可笑的姿势，搞得大汗淋漓。最后雄鹰松开利爪，呼啸着腾空而起，骄傲地、孤独地飞到天边，而男人只能爬起身，戴上他的礼帽，走出房门。"

她一句也没听进去，只知道他在叽叽咕咕。"告诉我你听见了什么。"她重复道。他像一团冰冷的火焰。他把身子移开，但她像流水一样漫延而至。"告诉我你听见了什么。"

"有什么差别吗，我听到的？我才懒得关心你那些腻味得跟果冻豆一样的男人呢。你还是去找喜欢的乔治和唐纳德吧，乐意的话，叫他们都当你的情郎。我不要你的身体。如果你能用你漂亮的笨脑袋想一想，如果你能让我清静，我也永远不来烦你。"

"可你向我求过婚啦。你想我怎样？"

"你不懂，跟你说了你也不懂。"

"好吧，要是我真的嫁给你，我怎么知道该如何与你相处？我会觉得你疯了。"

"这就是我一直想告诉你的，"琼斯忍住怒火，"你不需要为我做什么。让我来完成。我会表现得跟你的唐纳德和乔治一样，说真的。"

她像一个灯泡，电流已被掐断。"我觉得你疯了。"她说。

"我是疯了。"他突然起身，"再见。我需要见你母亲吗，还是你代我向她转达我对这顿丰盛午餐的谢意？"

她坐着没动，说："你过来。"

大厅里，他能听见桑德斯太太的摇椅嘎吱作响，透过前门，他看到树林、草坪和街道。她又说了声"你过来"。他再次跨进房间时，她的身体变成一片模糊的白色，一圈如被拇指摩挲擦亮的硬币边沿的光晕围住她的脑袋。他说：

"要是我进来的话，你知道意味着什么。"

"可我不能嫁给你。我订婚了。"

"我说的不是这个。"

"那你想说什么？"

"再见。"他重复一句。他听到从前门传来桑德斯先生和太太的说话声，而他离开的这个房间里也响起一丝动静，比其他任何声音都响亮。他本以为她正从身后追来，但门口并没有人，等他忍不住扭头朝屋里张望，才发现她依然端坐在沙发椅上。他甚至搞不清她是否正眼瞧过他。

"我以为你走了。"她说。

过了一阵，他说："那些男人经常跟你撒谎，对吧？"

"你为什么这样说？"

他看了她好长一段时间。然后，转身朝门口走去。"你过来。"她急忙说。

她一动不动，除了他抱住她时把脸微微侧到一边。"我不会吻你。"他告诉她。

"这可说不准。"从他的怀抱感受不到一丝暖意。

"听着。你是个肤浅的傻瓜，不过至少你会照我的吩咐做。那就是，别来烦我问我听见了什么。明白吗？你也看出来了，是吧？我不会伤害你，我甚至不想跟你再见面。所以别来烦我啦。就算我听见，现在也已经忘得干干净净——我很少像这样善待别人。你听清楚了吗？"

她像一株树苗冷漠而顺从地躺在他的怀中，紧贴他的下巴，她说："告诉我你听见了什么。"

"好吧。"他粗暴地说，伸手攥着她的肩头，托起她软绵绵的身体，另一只手狠狠地把她的脸扳过来。她拼命挣扎，扭动困在他肥胖手掌里的脸。

"不，不。快告诉我。"

他动作粗野地拽着她的脸，她几乎窒息地耳语道："你弄疼我啦！"

"我不管。那种话你对乔治说，别对我说。"

他看见她的眼睛颜色变深，看见红色的手指印留在她的脸颊和下巴上。他把她的脸拖进光线能照射到的地方，带着享受的快感仔细端详。她瞪着他，喊了一声："爸爸来了！住手！"

是桑德斯太太走到门口，琼斯冷静而谨慎，仿佛一个没精打采的幽灵。

"哟，这儿可真凉快，不是吗？就是太黑了。你居然还醒着？"桑德斯太太边说边走进房间，"我在门廊上睡着好几次了。只是门廊那儿光线太强。罗伯特没戴帽子就上学去了：不知道他会被晒成啥样子。"

"说不定校舍也没有修门廊。"琼斯咕哝一声。

"是吗，我记不得了。但我们的学校很现代。修建于——是哪年修的，塞西莉？"

"我不知道，妈妈。"

"哦。反正很新。是去年还是前年，亲爱的？"

"我不知道，妈妈。"

"我叫他戴帽子，因为太阳大，当然，他不听我的。男孩子很难管教。你小时候是不是也很难管教，琼斯先生？"

"不，夫人，"琼斯回答道，他不知道自己母亲的名字，至于父亲倒是有好些个候选人，"我从来不给父母添麻烦。我生性安静，你瞧。

事实上，直到十一岁时，唯一让我控制不住情绪的事儿是有一天我发现就在一年一度的野餐会到来之际，我的主日学校卡片不见了。在我们那个教堂，参加活动和日课都会得到奖励，那时候，我的卡片上已经攒了四十一颗星星。"琼斯在一家天主教会孤儿院长大，不过跟亨利·詹姆斯一样，沉闷的生活环境更催人奋进。

"真可怜。后来你找到了吗？"

"噢，是的。我赶在野餐会之前找到了。我父亲拿它充当一美元赌了匹赛马。我跑到他赌马的地方，跟往常一样，好说歹说劝他回家，就在我走过旋转门的时候，他的一个业务上的伙伴说：'这是谁的卡？'我立刻认出上面的四十一颗星星，领回卡片，顺便还收获了二十二美元。从那以后，我就成了个信仰坚定的基督徒。"

"真有趣，"桑德斯太太说，她根本没认真听故事，"我希望罗伯特也喜欢上主日学校。"

"也许会吧，现在是一点二十二分。"

"什么？"她说。塞西莉站起身，桑德斯太太说："亲爱的，如果琼斯先生要走，也许你可以躺下来休息一下。你看起来很疲倦。你不觉得她看起来很疲倦吗，琼斯先生？"

"嗯，是的。我刚才跟她说过。"

"行啦，妈妈。"塞西莉说。

"谢谢您的午餐。"琼斯朝门口走去，桑德斯太太跟他聊着客套话，奇怪他为什么不试着减减肥。（但她是个厚道人，转念一想，也许他正在尝试吧。）塞西莉跟在他身后。

"一定要再来哟。"她对他说，紧盯着他的脸，"你听见了多少？"

她低语道，带着绝望的腔调，"你必须告诉我。"

身材肥胖的琼斯向桑德斯太太鞠躬道别，再次用幽深的黄色眼睛扫视这个姑娘。她跟他并排站在门口，下午的阳光均匀地洒在她苗条脆弱的骨架上。琼斯说：

"我今晚来。"

她低声说："什么？"他重复一句。

"你听见啦？"她脸色苍白，做出口形念出这几个词，"你听见啦？"

"我说啦。"

血液几乎要冲破她的皮肤，她的眼眸中愁云惨淡。"不，你别来。"她对他说。他平静地看着她，她捻着他衣袖的手太用力，指节变得发白。"求你，"她真诚地说，见他没理睬，又加上一句，"小心我告诉爸爸。"

"欢迎再来，琼斯先生。"桑德斯太太说。琼斯做出个"你不敢"的口形。塞西莉望着他，眼里充满愤怒、绝望和无助的恐惧。"真高兴你能来，"桑德斯太太继续道，"塞西莉，你最好躺一会儿，你看上去脸色不好。塞西莉的身子骨有点弱，琼斯先生。"

"嗯，的确。旁人一眼就看得出。"琼斯表示赞同，礼节性地附和。屏风将他们隔开，塞西莉动着嘴唇，像一块有弹性的动来动去的橡皮，做了个"不要"的口形。

但琼斯没有回答。他走下木楼梯，钻过洋槐树荫，蜜蜂在树丛中忙碌。玫瑰星星点点开在绿色的灌木间，红玫瑰红得像烟花女子的嘴唇，红得跟塞西莉的嘴唇一样，绽开"不要"的花形。

她注视着他肥胖、懒散、罩一件粗花呢外套的背影，慢慢踱出大门上了街，随后转过头，想看看母亲在哪儿，迫不及待地寻找她宽广结实的身躯。她背对太阳光，老妇人一时看不清她的脸，但她的姿势，她松弛中透着紧张不安的身体，都说明有什么地方出了问题，母亲惊慌地看着她。

"塞西莉？"

姑娘扑向她，桑德斯太太伸手抱住自己的女儿。这个老妇人跟往常一样吃得太多，她沉重地呼吸着，紧身胸衣箍得她喘不过气，幸亏再熬几分钟，就能卸下这副累赘了。

"塞西莉？"

"爸爸在哪儿，妈妈？"

"怎么啦？他去城里啦。什么事，孩子？"她问，"你哪儿不舒服？"

塞西莉抱紧母亲。她像一块巨石，一块气喘吁吁的巨石：永不朽坏，无爱无惧。而且无情。

"我要见他，"她回答，"我想见到他。"

母亲说："行啦，行啦。快回你房间去，躺下休息一会儿。"她重重地叹口气。"难怪你脸色不好。是正餐吃了那些新土豆！啥时候我才学得会忍住嘴巴呀！要不是这个，那就是别的原因，对吧？亲爱的，你愿意进屋来帮我解开带子吗？我得躺会儿再换件衣服去科尔曼太太家。"

"嗯，妈妈，当然。"她说，心里想着父亲、乔治或别的什么人能过来帮帮她。

3

乔治·法尔潜伏在街边，正赶上电影散场，由远及近的人影吓得他飞快地爬过一道栅栏。他也不想这样做，只是他实在无法装出一副外出悠闲散步的样子，不得不盲目地、张扬地在街头来回游荡，大大方方地躲在路旁。他紧张得不知道该去哪里打发时间再返回，他紧张得不知道该找个隐蔽之处把自己藏起来。于是他索性大大方方地躲在路旁，等看完电影的人们经过时，潇洒地爬过一道栅栏。

九点三十

人们在门廊上，坐着摇椅，低声聊着天，享受四月的温暖；人们从街边黑乎乎的树下走过，有老有少，有男有女，说着舒心的、不知所云的话，像牲畜群走向谷仓和床。微小的红色眼睛一闪而过，闪烁在人的嘴边，燃烧过的烟草残留香甜辛辣的味儿。弧光灯点亮街角，照着过路的行人，暂时为他们驱散浓重的似乎带着弹性的夜色。汽车从路灯下驶过，他认出自己的朋友：小伙子们，还有绝对不能少的姑娘，正去"干那事儿"的路上——做过头发的，剪成清爽短发的，苗条的年轻的手遮挡在头上，生怕被风吹散了发型……汽车开进黑暗，开进另一团灯光，再次开进黑暗。

十点

露水结在草上，露水结在小朵的尚未采摘的玫瑰花上，让它们更甜，给它们多一种气味。要不然它们根本没有气味，除了青春和生机的味道，就像是年轻的姑娘，她们身上最显著的特征就是青春和生机。露水结在草上，草释放出微弱的荧光，似乎是从白昼盗来阳光，等到潮湿的夜里才松开手掌，让阳光重返世界。树蛙叫得尖锐刺耳，昆虫在草丛里嗡嗡作响。树蛙有毒，黑人们告诉过他。如果它们朝你吐一口唾沫，你就会死。他路过时，树蛙突然沉默下来（也许是准备朝他吐唾沫），等他停下脚步，它们又吹响清亮的长笛，喉咙里只憋出一个单调的音符，传遍四方，提醒人们夏天即将来临。春天，像姑娘解开她的腰带……迟来的人三三两两走过。嘴里不知嘟囔着什么。萤火虫还没有来。

十点三十

各家各户摆在门廊上的摇椅变得模糊，人们起身回屋，走进房间，百叶窗悄无声息地放下，灯光渐次熄灭。乔治·法尔偷偷穿过一块荒芜的草坪，走向一棵木兰树。树底下黑得像涂过浓浓的墨汁，相比之下，木兰树周围显得清晰明显，他四处摸索，摸到个水龙头。水流涌出，灌满他的鞋，一只知更鸟突然从黑暗中飞出。他喝了口水，润了润干得冒烟的喉咙，然后返回藏身之处。等他安静下来，树蛙和昆虫又唱起撩人的歌曲，打破小小的沉默。结了露珠的玫瑰开始绽放，香气越来越浓，花瓣慢慢舒展，比刚才的个头几乎大了一倍。

十一点

老法院的时钟，四个钟面和蔼地眺望过镇子，像一个仁慈的、不眠的神明，庄严地敲响十一声悠长而灿烂的钟声。宁静将钟声传到远方，宁静与黑暗笼罩街头，像一位守夜人从窗口抢走零星的光，如同一个小偷将窃来的手帕藏于手掌当中。一辆晚归的车疾驰而过，好姑娘必须赶在十一点前回家。街道、小镇、世界，都为他所有。

他仰面躺着，慢慢感觉到放松的肌肉，惬意地伸展他的后背、大腿和小腿。这里很安静，他可以放心大胆地抽根烟，只要不让火柴擦燃时的火光太招摇。然后他又躺倒，四肢展开，透过衣服感受身子下仁慈的土地。过了一阵，香烟燃完，他拿两根手指将烟蒂弹飞，指尖从膝盖挠到脚踝，挠起痒痒来。不知什么东西爬到他的背上，反正是这种感觉，叫人不舒服。他把背贴在地上蹭来蹭去，瘙痒感缓和了些……现在肯定十一点三十啦。他等了大概五分钟，就犹豫不决地握着怀表，想看清上面的数字。怀表逗得他筋疲力尽：他每时每刻都发誓不去看它。他擦燃又一根火柴，小心地将火苗捧在手心。现在是十一点十四分。见鬼。

他再次躺下，将头枕在十指紧扣的手上。从这个位置看，天空变成一个平面，平得如同深蓝色盒子上镶嵌了铜钉的盖子。然后，就在他抬头仰望之时，天空显得愈加深邃，他似乎躺在海底，凝固的、黑色的海草朝海平面徐徐升起，静止不动，不被任何洋流滋扰；他似乎趴在水面，望着水中蛇发女怪凝固的、黑色的头发，悬挂着静止不动。十一点三十。

他失去了身体。他无法感觉到身体的存在。仿佛有一只无形的眼睛悬浮在深蓝色的空间，一只没有思想的眼睛，毫不惊奇地注视着一个古怪的世界，在那里，嬉戏的星星肆意驰骋，像嘶叫的独角兽跑过蓝色的牧场……过了一会儿，这只眼睛变得空洞，但也没有闭上，再也看不见东西，他醒了过来，感觉自己正遭受折磨，感觉胳膊正被压碎、脱离身体。他梦见自己在尖叫，发现移动胳膊是一种痛苦，但让胳膊待在原地也是一种痛苦，他咬住嘴唇，扭动身体。他全身的血液都在燃烧：疼痛变成一种令人晕厥的狂喜，渐渐消失。终于，他的身上没有了痛感，但他仍然感觉这是长在别人身上的一双胳膊。他甚至掏不出手表，他担心自己爬不过栅栏。

但他做到了，终于熬到午夜，因为路灯都关了，他偷偷摸摸走上空无一人的街头，虽然没人看见，却总感觉自己像个罪犯，尤其是他的冒险之旅才刚刚起航。他继续前行，努力给自己打气壮胆，努力不让自己看起来像个鬼鬼祟祟的黑佬。即便如此，似乎每一幢黑暗宁静的房子都盯着他，用茫然无光的眼睛打量他，让他走过以后，背上还感到一丝刺痒。要是他们真的看见我怎么办？我在做什么呀？没有人敢这么做。过了午夜还走在空荡荡的街头。就这么简单。可脖颈后面的头发还是扎得他刺痒。

他走得战战兢兢，但一直没有停。走到一棵树旁，他发现有动静，是一团更深的黑影。他的第一个念头是转身就跑，然后他痛骂自己是个容易受到惊吓的傻瓜。就算那里有个人，他也有足够的权利跟别人一样半夜走在街上——如果那人躲着不敢出来，他更没啥好怕的。他阔步向前，不再偷偷摸摸，反而觉得自己光明正大。经过那棵树时，那团更深的黑影缓慢移动。不管是谁，肯定不愿意被人看见。很明显，那人更害怕他，于是他大着胆子走过。他回头看了一两次，什么都没看见。

她的房间漆黑一片，不过他记得那块树后的阴影，为了保险起见，他继续往前走。大概过了一个街区，他停住脚步，竖起耳朵仔细听。万籁俱寂，只剩夜晚的宁静。他穿过街道，再次驻足聆听。什么都没有。能听见的只剩树蛙和蟋蟀。他走进人行道旁的草地，像一个影子静静地飘在她家草坪一角。他爬过栅栏，蹲下身子，悄悄地沿着篱笆墙前行，走到她房间的对面，才又一次停下来。房子静悄悄的，没有灯光，像一个沉睡中的庞大的正方体。他快步从篱笆墙下的阴影跑入阳台下的阴影，正对一扇落地窗。他坐在花坛边，背靠着墙。

　　花坛刚松过土，黑暗中弥漫着一股泥土的清香，散在无边无形、或浓或淡的夜色中，让人倍感亲切，不再孤单。黑夜，宁静，笼盖四野，遥无边际：像一块无形的地域，充满新鲜泥土的味道，他口袋里的怀表嘀嗒作响，走得不慌不忙。过了片刻，他感觉软绵绵湿乎乎的泥土透过裤子，贴住他的大腿，他坐在那儿，内心浮出一种满足感，似乎已与大地融为一体，等待身后这栋黑暗的房子响起一声呼唤。没过多久，他果然听见声音，但是从街那边传来的。他安静地坐着。刚才他还吓得够呛，现在却觉得很安全，没必要慌里慌张，不过，在街上时确实需要很警惕。声音由远及近，变成两个模糊的人影，是托比和厨子沿着行车道朝他们的房子走去，彼此还低声聊着什么……很快，黑夜回归朦胧、浩大和空灵的样子。

　　他再次与大地合二为一，黑夜、宁静与他的身体水乳交融……还有她的身体，像一条银色溪流亲切地分开……流向大地和攀在阳台的风信子，摇响无声的铃铛……你的乳房怎么长得如此小巧，但又的确是一对乳房……她呆滞的眼神藏在低垂的眼帘下，皓齿藏在嘴唇里，扬起的手臂像梦境长出一双翅膀……她的身体像这样。

他深吸一口气，屏住呼吸。有个东西慢慢靠近，看不清形状，穿过草坪走向他，在对面停住脚步。他又吸口气，忍住不吐出来。那东西继续移动，径直走向他，他坐着纹丝不动，等这东西几乎挨到他坐的花坛，才突然跳起来，没等对方来得及抬起手，就扑到入侵者身上，二话不说，只管抡起拳头乱捶。那人加入战斗，他们滚在地上，抓扯着，喘息着，没人出声。这么近的距离，又黑得伸手不见五指，打人都找不到准头，但两人还是专注地拳打脚踢，忘记了周围的一切，直到被夹在乔治·法尔胳肢窝下的琼斯突然嘶哑地喊了一声：

"当心！有人来了！"

他们暂时停手，但仍然坐在地上紧拽对方，似乎摆出一种坐式舞蹈的头一个造型。楼下的一扇窗户突然亮起灯光，两人不约而同地起身，逃入门廊投下的阴影，跳进花坛，此时，桑德斯先生正跨出落地窗。他们紧贴砖墙，躺倒在地，恨不得找个缝隙让自己钻进去，头顶传来桑德斯先生踩上地板的脚步声。他们屏住呼吸，像鸵鸟一样闭上眼睛，那人走到阳台边，站在他们正上方，抖落雪茄烟灰，吐了口唾沫……时间漫长得像过了几年，他终于转身离开。

过了一阵，琼斯抬起头，乔治·法尔也挺直蹲伏的身子。灯光熄灭，房子变成一个巨大的正方体，酣睡在林间。他们站起来，偷偷穿过草坪。等两人走远，树蛙和蟋蟀再一次唱响低沉单调的歌声。

"你干什么——"刚走到街上，乔治·法尔就开口问。

"闭嘴，"琼斯打断他，"等再走远点。"

他们肩并肩走着，乔治·法尔强压怒火，跟他隔开一段安全距离。

他停下来，看着对方。

"你究竟跑来干啥？"他质问道。

琼斯脸上沾满泥巴，衣领也破了。乔治·法尔的领带像刽子手行刑用的绞索挂在脖子上，他掏出手帕擦了擦脸。

"你跑来干啥？"琼斯反问他。

"跟你没半点关系，"他生气地说，"我想问的是，你究竟有啥企图，在那房子附近转悠？"

"也许是她叫我来的。你觉得这个理由如何？"

"你骗人，"乔治·法尔说，朝他扑过去。两人又在黑暗中，在沉默不语、枝繁叶茂的榆树下大打出手。琼斯像一头熊，乔治·法尔被他软绵绵的胳膊缠住，抬脚猛踢琼斯的腿。他们摔倒在地，琼斯骑在对手身上，乔治躺在底下，喘着气，感觉肺里的空气都被挤压殆尽，琼斯将全身的重量压向他。

"怎么样？"琼斯问，想着他的小腿，"够了吗？"

作为回答，乔治·法尔扬起头，努力挣扎，但对方将他死死压在身下，有节奏地把他的脑袋撞向坚硬的地面。"来呀，来呀。别表现得跟个小孩一样。咱俩为啥要打架？"

"那就收回你说过的关于她的话。"他喘着气，躺在地上，咒骂着琼斯。琼斯无动于衷地重复道：

"够了吗？你保证？"

乔治·法尔拱起背，扭动身体，想掀翻琼斯这座庞大的肉山，却没能如愿。最后他只好心有不甘地向对方保证，气得快要抹眼泪。琼斯挪动身体，乔治坐起来。

"你最好回家去。"琼斯建议他,站起身。

"来吧,起来。"他拉着乔治的胳膊,拖他起来。

"放手,你这个浑蛋!"

"这不就解决了吗?"琼斯和气地说,松开手。乔治慢慢站起,琼斯继续说道:"行啦,回去吧。这一晚上折腾得够呛。又打架又干别的。"

乔治·法尔喘着气,整理衣衫。琼斯走到他身旁,沉吟片刻,说了声"晚安"。

"晚安。"

他们看着对方,过了一会儿,琼斯重复道:

"我说,晚安。"

"我听到了。"

"什么意思?你现在不走?"

"哼,不。"

"哦,那我走啦。"他转身离开。"再会。"乔治·法尔紧跟在他身后。琼斯走进黑暗,走得很慢,拖着臃肿的身子一步三摇,他说:"你也住这边?难不成你最近搬家了?"

"今晚你住哪儿我就住哪儿。"乔治倔强地说。

"谢谢,非常感谢。但我只有一张床,我可不想跟人挤着睡。所以我没法请你来。还是等下次吧。"

他们慢慢从漆黑的树下走过,像一对亲密的朋友。

老法院的时钟敲响凌晨一点,钟声消失在远方。过了一阵,琼斯停下脚步。"我说,你干吗老跟着我?"

"她没叫你今晚去那儿。"

"你怎么知道？她能叫你，就能叫别人。"

"听着，"乔治·法尔说，"要是你再去烦她，我就杀了你，我发誓。"

"干杯，"琼斯低声说，"恺撒万岁……你为什么不去给她爸爸说？也许他会同意你在草坪上搭个帐篷保护她。好啦，你走你的，让我清静会儿，听见了吗？"乔治固执地不愿走。"你要逼我再揍你一顿吗？"琼斯说。

"来呀。"乔治气势汹汹。琼斯说：

"行啦，反正我们已经浪费了整个晚上。时候不早了，该——"

"我要杀了你！她根本没叫你来。你肯定跟踪了我。我看到你躲在树背后。你别烦她，听见了吗？"

"看在上帝的分上，老兄！你还不明白吗，我现在只想睡觉？咱们回家吧，我的老天爷。"

"你发誓你会回家？"

"嗯，嗯，我发誓。晚安。"

乔治·法尔望着对方松垮垮的背影渐渐远去，很快，背影变成阴影里一块更黑更浓的阴影。他转身朝自家方向走去，心绪平静了些，但仍然交织着愤怒、失望和渴望。那个冒失的白痴坏了我的事，也许以后每次他都会来坏我的事。也许她会改变心意，也许，因为这一次爽约……就连命运之神都羡慕他的福分，这让人难以消受的福分，他痛苦地想着。在宁静的夜空下，在参天大树下，春天懒懒地解开她的腰带……她的身体，像一个窄窄的水塘，清澈甘甜……我想我曾经失去你，又找到你，而现在，他的出现……他停住，突然冒出一个念头，一种直觉。他转过身，急急忙忙往回赶。

他站在草坪一角的一棵树旁，很快，他看见有团东西在移动，慢慢穿过模糊的草地，沿着篱笆前进。他大步走出来，对方见到他，愣了一下，也挺直腰板跟他对视。琼斯抱怨一声："噢，见鬼。"两人静静地并排站着，显得很沮丧。

"怎么说？"乔治·法尔质问他。

琼斯重重地坐在人行道上。"咱们抽会儿烟吧。"他建议道，语气冷冰冰的，似乎身边这位不是活人，而是一具尸体。

乔治·法尔坐在一旁，琼斯擦燃一根火柴，先给他点烟，然后点自己的烟斗。他叹口气，他的脑袋笼罩在看不见的辛辣的烟雾中。乔治·法尔也叹口气，背靠着树休息。星光灿烂，像船队亮起桅灯点点，在暗河上往来穿梭、永不停歇。黑暗，宁静，世界就要冲破黑暗，迎来新的一天……粗糙的树皮，坚硬的地面。他希望自己能像琼斯一样胖，把今晚熬过就行……

……后来，他醒了，天快破晓。只有移动身体时，他才感觉到大地和树的存在。看样子他的大腿已经压得与桌面一样平，后背被顶出大大小小的坑，跟树干上凸起的瘤结严丝合缝，像固定车轮的轮辋。

东方隐隐显出亮光，从她住的宅子和房间背后远远地照过来，像有人轻轻吹响一声号角，而她此时应该还躺在柔软的被窝里睡得正香。很快，眼前出现一个神秘的世界，阴影里那块巨大怪异的阴影消失得无影无踪，琼斯，这个年轻的胖子，身穿宽松的粗花呢外套，白得叫人生厌，正躺在地上打鼾。

乔治·法尔醒了，看见他，看见他身上的泥巴和闪着白光的露珠。

乔治·法尔身上也沾了泥巴，他的领带像刽子手行刑用的绞索挂在脖子上。世界的车轮，缓慢驶过黑暗时辰，告别死亡的中心点，重新获得能量。过了一会儿，琼斯睁开眼睛，呻吟着。他僵硬地站起来，伸个懒腰，吐了口唾沫，打了个呵欠。

"该回去啦。"他说。乔治·法尔觉得嘴里发酸，一动就浑身刺痛，像被小红蚂蚁叮过。他跑过去，两人并排站立，都打着呵欠。

琼斯一瘸一拐地转过肥胖的身子。

"晚安。"他说。

"晚安。"

东方变成黄色，随后是红色，白昼终于来临，惊醒了沉睡中的麻雀。

4

塞西莉·桑德斯一夜未眠。她躺在黑暗的卧房，躺在床上，她也听见静夜里的声响，闻到春天、黑暗和万物生长甜美的香味：大地注视着世界的车轮，可怕的平静，生命的轮回，缓慢驶过黑暗时辰，告别死亡的中心点，越转越快，像一支水彩笔在东方绘出黎明，惊醒了沉睡中的麻雀。

5

"我能见他吗，"她歇斯底里地恳求道，"能吗？噢，能吗？求求你。"

鲍尔斯太太看着她的脸。"怎么啦，孩子！怎么回事？怎么回事，亲爱的？”

"单独见他，单独见。求你啦。能吗？能吗？"

"当然可以。不过——"

"谢谢你，谢谢你。"她像一只小鸟飞过大厅、飞进书房。

"唐纳德，唐纳德！我是塞西莉，亲爱的。是塞西莉。你不认识塞西莉了吗？"

"塞西莉。"他轻声念着名字。她抱住他，亲吻他的嘴唇。

"我要嫁给你，我要，我要。唐纳德，看看我。可你看不见，你看不见我，是吧？但我要嫁给你，就今天，随便什么时候：塞西莉要嫁给你，唐纳德。你看不见我，是吧，唐纳德？我是塞西莉，塞西莉。"

"塞西莉？"他重复着。

"噢，你这张可怜的、可怜的脸，你这张失明的、有疤痕的脸！但我要嫁给你。他们说我不会，说我不能，但我会的，会的，唐纳德，我的爱人！"

鲍尔斯太太跟在她身后，扶她站起来，拉开她的胳膊。"你会伤到他的。"她说。

第七章

1

"乔。"

"你说啥，中尉？"

"我要结婚了，乔。"

"是呀，中尉。找个日子——"他轻叩自己胸口。

"什么意思，乔？"

"我是说，祝你好运。你找到一个好姑娘。"

"塞西莉……乔？"

"嗯。"

"她会习惯我的脸。"

"你说得太对啦。你的脸没事儿。不过小心点，别把它弄掉了。好样的。"另一人垂下胡乱摸索的手。

"我为什么要戴它，乔？不戴它结婚，不行吗？"

"我也实在搞不懂他们为啥非要你戴那个。我去问问玛格丽特。等着，我把它拿走，"他突然摘下眼镜，"真该死，让你戴了这么久。感觉怎么样？好点没？"

"继续，乔。"

2

加利福尼亚，旧金山。

1919 年 4 月 24 日

亲爱的玛格丽特：

我很想念你。要是我能见到你，跟你说说话就好了。我坐在自己的房间里，我想你是我唯一的女人。姑娘们跟你不一样，她们太小，又蠢，不能信任。我希望你是单独属于我的，就像我知道你是我的爱人。那天我吻你，就知道你是我的玛格丽特，是我唯一的女人。你不能信任她们。我告诉过她，他只是跟她玩玩，他不会给她在电影里弄份工作。所以我坐在自己的房间，外面的生活跟以前一样继续，虽然我们之间隔了一千英里，我们都在等待，我们该告诉她，我是这么想的，不知道你是不是也这样想。她会请你出去，我们可以整天在一起，兜风、游泳、跳舞、聊天。如果我能安排好业务，我会尽快去找你。没有你真是难熬，我想你，我很爱你。

朱

3

前晚下过一场雨，今天早晨微风习习。鸟儿在草坪上空划出一道抛物线，从这棵树飞到那棵树，嘲笑迈着悠闲步子、邋里邋遢、身穿一件皱巴巴粗花呢套装的他。靠近阳台拐角有一棵树，叶片朝下一侧呈白色，一层叠一层，长向树冠，像一条旋转的银色帷幕竖立在风中，又像是一眼永不停歇的喷泉：水花如雕刻而成。

他看到那个黑头发的女人，站在花园的玫瑰丛中，噘起嘴，朝花吐出一口烟，弯下腰，嗅着花香。他向她走去，心头酝酿出一丝邪念，幻想着从她背后扯下那条裹住她大腿的深色连衣裙。听见碎石路上的脚步声，她扭头看他一眼，并不惊讶。烟卷悬在半空，烟头冒出缕缕羽毛状的白烟。琼斯说：

"我来陪你一起落泪。"

她看着他，没有说话。她伸出另一只手轻抚红花绿叶，像摩挲一幅立体的镶嵌画，她的手臂似乎吸收了附近一切的能量，连烟头升起的白烟都凝固成一支笔直的铅笔，末端绽放一朵花，化为虚无。

"我是说你运气不好，失去了想嫁的人。"他解释道。她抬起手，抽了口烟。他懒洋洋地走近，他昂贵的外套显然从买来后就没有打理过，软塌塌地盖住他的一双大手，遮住他的两条肥腿。他的眼神无畏、慵懒，清澈得像山羊的眼睛。他给人的印象是聪明绝顶，但内心包藏着邪恶，像一只会直立行走的猫。

"你是哪一类人，琼斯先生？"过了一会儿，她问。

"我是这个世界的小老弟。属于我的牌子上也许画着一条对角线。表面上我是正派人，骨子里却控制不住自己的欲望。"

这是什么意思？她心想。"那你家人呢？"

"一个拿报纸盖好的包袱，趴着，翘着，一个门阶，黑乎乎的地方，冷飕飕的天气。我啥时候才有东西吃？"

"噢。一个弃儿。"她抽了口烟。

"就是那个词儿。可惜呀，我们活在同一个时代：你也许找到过自己想要的东西。而我本不该让你失望。"

"让我失望？"

"你永远搞不懂这些当兵的有多呆头呆脑，对吧？你以为得到了他，结果这个愣小子蠢得跟心智健全的正常人一样，你说是不？"

她熟练地掐掉烟头，将烟蒂弹飞，空中划出一条闪着白光的弧线，她拿鞋底把烟头碾碎。"如果这算是含蓄的恭维——"

"只有傻瓜才讲含蓄的恭维话。智者都直截了当，开门见山——除非对方听不到。"

"依我之见，如果这人讲出如此不靠谱的话，那他——请原谅我的直率——肯定不是个好斗的人。"

"好斗的？"

"嗯，一个斗士。我无法想象你跟他们相遇后会坚持多久——比方说，吉利根先生。"

"照你的意思，你把吉利根先生看成一个——保护者？"

"我可没这么说，只是想听听你还能讲出什么恭维话。你聪明过人，看样子就快学会讨女人欢心的本事了。"

琼斯的一对黄眼珠盯着她的嘴，眼神清高而叵测。"例如？"

"例如，桑德斯小姐，"她狡黠地说，"你似乎被她甩了，对吧？"

"桑德斯小姐，"琼斯重复一声，故作惊讶，佩服她尚未提及男女之事，就扭转了局面，让他处于下风，"我亲爱的女士，你能想象无论是谁都能和她做爱吗？跟阴阳人一样。当然，和一个基本上算是死人的男人做，情况又不同，"他继续说，"他也许根本不关心谁会嫁给他，或者是否需要娶个妻子。"

"是吗？我来这儿那天，就从你的言谈举止中看出你对她有意思。难道是我搞错啦？"

"就算是吧。不过现在你我才是同病相怜的一对儿，不是吗？"

她掐下一株玫瑰，感觉到他贴得很近。但她没有回头，只是说：

"你忘了我跟你说过的话，对吧？"

他没有回答。她扔下手中的玫瑰，将身体挪到一旁。"你不懂如何诱惑女人。我难道还看不出你的企图吗——你和我相互安慰？这太幼稚啦，你哪需要什么安慰。我玩过太多次这类调情的小把戏，与那些可怜的孩子们，虽然我不喜欢他们，却尊重他们。"红色花瓣挂在深色连衣裙的正面，她用一根别针把花瓣固定。"让我来给你一些建议，"她语重心长地说，"下次你想勾引谁，别聊大道理，说她爱听的词儿。女人最喜欢听甜言蜜语。尽管她们知道，都是些毫无意义的空话。"

琼斯移开他那对黄眼珠。他的下一个动作颇为女性化：他一言不发，转身慢悠悠地走开。因为他突然瞥见花园外埃米的身影，正将洗好的衣服搭在晾衣绳上。鲍尔斯太太看着他没精打采的步子，"噢"了一声。她刚才就注意到埃米举起衣物，姿势优美典雅，像是在演一出古希腊的假面剧。

她注视着琼斯走近埃米，听见他的脚步声，埃米手里举到一半的衣物悬在空中，姿势更妩媚动人，她扭过头。这个讨厌的人，鲍尔斯太太想着要不要过去跟她联手对付他。可这样做有什么好处呢？他还会再来。像一条冥府的守门狗出没在埃米左右……她把目光移到一旁，吉利根急匆匆走来，脱口而出：

"那个该死的姑娘。你知道我在想啥吗？我觉得她——"

"哪个姑娘？"

"她叫啥来着，桑德斯。我觉得她被吓着了。看她的样子，似乎陷入了某种困境，急吼吼地想跟中尉把事儿办了，努力挣脱出来。她吓坏了。像一条在地上蹦跶的鱼。"

"你为什么不喜欢她呢，乔？你不想让她嫁给他？"

"呃，倒不是这个意思。我只是烦她每隔二十分钟就改一次主意。"他递给她一支烟，见她没接，他给自己点燃一支。"我想，我是嫉妒他，"他说，"看到中尉快要结婚，双方却都不上心，而我呢，追不到我的姑娘……"

"啥，乔？你结过婚？"

他眼神坚定地看着他。"别这样跟我说话。你明白我的意思。"

"噢，上帝呀。一个小时里就说了两遍。"他的眼神很坚定、很严肃，逼得她赶紧扭头看着别处。

"那是什么？"他问。她取下连衣裙上的玫瑰花瓣，塞进他的衣领。

"乔，那个讨厌鬼跑来干啥？"

"谁？哪个讨厌鬼？"他顺着她的目光看过去，"噢，那个该死的家伙。我总有一天要找个机会揍他一顿。我不喜欢他。"

"我也是。希望能亲眼见你揍他。"

"他一直来烦你吗？"他问。她给了他一个坚定的眼神。

"你觉得他能有这个本事？"

"我就说嘛，"他又看着琼斯和埃米，"那是另外一回事。桑德斯家的姑娘也跟他鬼混。我不喜欢他们这号人。"

"别犯傻了，乔。她只是年轻，喜欢男人们围着她转。"

"如果你这是在夸她，我表示同意。"

他看着她的一绺黑发贴在光滑的脸颊。"要是你对一个男人说要嫁给他，你肯定不会出尔反尔的。"

她的目光越过花园，他继续道："你会吗，玛格丽特？"

"你是个傻瓜，乔。不过你是个可爱的傻瓜。"她迎上他专注的眼神，他又问了声："玛格丽特？"她伸手握着他的胳膊。"别说啦，乔。求你。"

他把双手插进口袋，转身离去。他们默默地走着。

4

春天，像一缕柔软的和风，吹拂牧师的发梢，他昂起头，咚咚地踏过门廊，像一匹年老的战马，本以为会永远告别战场的厮杀，谁知耳畔又听见冲锋的号角。鸟儿御风而驰，飞过草坪，在树与树之间飞出一条条抛物线，房子拐角有一棵树，叶片朝下的一侧呈白色，层层叠叠向空中生长，显出勃勃的生机：这棵树和牧师在狂喜中彼此对望。一个朋友愁眉苦脸地从厨房门方向走来。

"早上好，琼斯先生。"牧师声如洪钟，惊飞了一群趴在藤萝歇脚的麻雀。听到牧师说话声的树更是兴奋得难以自持，银色叶片闪着光，盘旋着直冲天际。

琼斯揉着自己的手，慢慢地回了一声"早上好"，愤怒地挪动肥胖的身子。他爬上台阶，牧师亲切地对他说：

"你是听了这个好消息，专程过来祝贺我们的吧，嗯？好，我的孩子，好，好。是的，一切都安排妥当了。请进，请进。"

埃米一屁股坐在门廊地板上。"乔大叔。"她说，狠狠地瞪了琼斯一眼。琼斯揉着手，也朝她怒视。（你这个千刀万剐的，会遭报应。）

"嗯？什么事，埃米？"

"桑德斯先生打电话来，他问你今天早上能不能跟他见个面。"（我警告过你！要是你敢胡来的话。）

"啊，对了。桑德斯先生来跟我讨论婚礼安排的事儿，琼斯先生。"

"好的，先生。"（看我怎么收拾你。）

"我怎么跟他说呢？"（来呀，你敢的话。你有贼心没贼胆。你这个胖虫子。）

"跟他说，我早就打算亲自去拜访他。嗯，没错。啊，琼斯先生，看来今天你得祝贺两家人啦。"

"是呀，先生。"（你个小婊子。）

"就这么跟他说，埃米。"

"行。"（跟你说过，我会的！跟你说过，别胡来。没提醒过你吗？）

"还有，埃米，琼斯先生会留下来和我们共进午餐。值得庆祝一下，对吧，琼斯先生？"

"那当然。我们都有值得庆祝的事儿。"（这才真是把我给逼疯了：你说要关门，我让你关。你把门一摔砸我手上！你去死吧。）

"好的。他想留就留吧。"（你去死吧。）埃米向他投来利箭般的眼神，砰的一声，摔门离开。

牧师踏着沉重而欢快的脚步，像一个小男孩。"噢，琼斯先生，你跟他一样年轻，却过着处处受限制的生活，被这些可爱的害人精逼得东躲西藏、优柔寡断。女人呀，女人！她们的迷人之处就在于永远不懂你的想法！而我们男人总是言行一致。迟钝啊，迟钝，琼斯先生。也许这就是我们喜欢她们的原因，但有时也叫人受不了。你觉得呢？"

琼斯闷闷不乐地沉默了好一阵，揉着自己的手。"我不知道。但我觉得，你的儿子能娶到这么一个姑娘真是运气好。"

"是吗？"牧师说，来了兴趣，"此话怎讲？"

"这个嘛，（你不是告诉过我，他曾经跟埃米做过苟且之事吗？）这个嘛，他不再记得埃米（该死的：摔门砸我），现在他就要娶另一个姑娘，而他甚至不需要见到她。还能有比这运气更好的吗？"

牧师专注而慈祥地看着他。"你总算还保留了些年轻人的特征，琼斯先生。"

"你这话什么意思？"琼斯问，想听完牧师的高论，再为自己辩解。一辆轿车开到大门口，等桑德斯先生下了车，又开走了。

"有一点特别突出：在一些无关紧要的事情上，表现出不必要的关注甚至吹毛求疵。噢，"他抬起头，"桑德斯先生到了。失陪一下。你可以去花园找找鲍尔斯太太和吉利根先生。"他一边扭头说，一边欢迎到访的客人。

琼斯又气又恨地看他们握手致意。没人理会琼斯，他懒洋洋、气呼呼地从他们身旁走过，想找找自己的烟斗。烟斗居然没在身上，他慢条斯理地骂了一句，拍打裤兜和衣袋。

"我本打算今天去见你。"牧师热情地拉着客人的胳膊,"快请进,快请进。"

桑德斯先生被推着走过门廊。牧师嘴里喃喃地说出一句客套话,带他从扇形窗下走过,穿过昏暗的大厅,来到书房,丝毫没有注意到客人脸上不安的神情。他给客人搬来一把椅子,自己坐在书桌旁的座位上。透过窗口,他能看到一丛浅浅的枝叶,其余部分虽然看不见,但他知道,这棵树枝繁叶茂,银色的叶片正恣意生长,在喜悦中盘旋着冲向天际。

牧师的旋转椅歪斜着,发出嘎吱声响。"噢,对了,你要抽雪茄,我想起来了。火柴就在你胳膊旁边。"

桑德斯先生慢慢地将雪茄转动在指间。最后他下定决心,点燃雪茄。

"瞧,年轻人已经从我们手中抢走了很多东西,嗯?"牧师抽着烟斗说,"当然我期待已久,说句实话,一切都在我意料当中。虽然我并没有强求,考虑到唐纳德的健康状况。不过塞西莉自己很期待——"

"是,是。"桑德斯先生表示赞成,但说得很慢。牧师没有觉察到他的异样。

"你,我知道,一直都坚定支持这门婚事。鲍尔斯太太给我转达过你的意见。"

"是,没错。"

"你知道吗,我觉得这门婚事对他来说,比什么药物都有效。这不是我的想法,"他赶紧向对方解释,"坦白地说,我对此持怀疑态度,是鲍尔斯太太和乔——吉利根先生——最先提出来的，那个从亚特兰大来的外科医生说服了我们。他向我们保证，跟其他人比起来，塞西莉对马洪的作用最大。这是他的原话，要是我没记错的话。而现在，既然她很想结婚，既然你和她母亲都支持……你知道吗，"他拍着客人的肩膀，"你知道吗，要是让我下赌注，我敢跟你赌一把，不出一年，这孩子就会恢复健康变成另外一个人。"

桑德斯先生感觉雪茄燃得忽快忽慢，抽起来不顺畅。

他狠狠地咬掉雪茄烟的底端，烟雾缭绕在他的脑袋旁，像装饰着一圈花环，他突然说："桑德斯太太仍然有点顾虑。"他用手掌把烟雾扇到一旁，看到牧师的大脸突然变得苍白而安静。"倒不是反对，真的，你知道。"他赶紧满怀歉意地加上一句。该死的娘儿们，为什么她自己不来说，反而派我来？

牧师的声音轻得像时钟嘀嗒。"真糟糕。我没想到会是这样。"

"噢，我保证，我们会说服她，你和我。尤其是还有西丝站在我们一边。"他忘了自己曾犹豫不决，忘了他说过不想把女儿嫁给任何人。

"真糟糕。"牧师绝望地重复一句。

"她不会忤逆她的心意的，"桑德斯先生编了个谎话，"她只是觉得这门婚事来得有些突然，怕出岔子，一想到关乎——塞西莉的——塞西莉的青春，你瞧，"他突然灵光一闪，"别担心，反正，我只是把该说的都说出来，两家人对此有个清楚的认识。你不认为应该把事实都讲明白吗？"

"是，是。"牧师毫无心思抽烟斗。他先是把烟斗放到一旁，又顺手推开。他站起身，脚步沉重地踩过旧地毯磨平的部位。

“我很抱歉。”桑德斯先生说。

（这是唐纳德，我的儿子。他要死了。）

“咳，咳。我们正从田鼠丘开始垒起一座高山，”牧师终于悠悠地说出一句，“就像你说的，要是那姑娘想嫁给唐纳德，我相信她母亲不会忤逆她的心意。你觉得呢？我们该去见见她吗？也许她不了解情况，比如——比如他们俩彼此关心。自从唐纳德回家后，她还没来看过他，你知道外面的谣言是怎么传的……”（这是唐纳德，我的儿子。他要死了。）

他身穿一件宽松的黑色便服，像一座大山耸立在客人跟前。桑德斯先生也从椅子上起身，牧师拉住他的胳膊，生怕他逃跑离开。

“嗯，这样最好。我们一起去见她，跟她聊个彻底，然后做个明确的决定。嗯，嗯，”牧师说，趁热打铁，免得对方反悔，“今天下午，怎么样？”

“今天下午。”桑德斯先生表示同意。

“行，那就这么说定了。我猜她不了解情况。你觉得她不太了解情况吧？”（这是唐纳德，我的儿子。他要死了。）

“嗯，嗯。”桑德斯先生点头称是。

琼斯终于找到烟斗，他揉了揉青肿的手，给烟斗填上烟丝，点燃烟斗。

5

她刚才在商店遇到沃辛顿太太，聊了聊李子的价钱。然后沃辛顿太太说声再见，蹒跚着、慢慢地朝她的车走去。黑人司机动作娴熟地扶她上车，关上车门。

还好我的腿脚比她利索，伯尼太太高兴地想，望着对方痛风的脚一瘸一拐。就算她有钱，还有辆车，那又怎么样，她安慰自己，一丝丝恶意让她心情好了许多，关节变得不那么疼痛，迈开腿时也比那个富人家太太更利索。有人向她走近，是那个住在马洪牧师家的怪女人，跟他和另外一个男人回来的，镇上的人都在谈论她，哦，对了，大家都以为她会嫁给她，结果他偏偏喜欢那个到处留情的桑德斯家的姑娘。

"哟，"她故作惊讶地打招呼，抬头打量着这个皮肤白皙、一脸平静的高个子黑发女人，深色连衣裙从袖口到衣领都整洁无瑕，"我听说你家里要办婚事啦。唐纳德高兴极了吧？他对她很好，是吗？"

"嗯。他们订婚好长时间了，你知道的。"

"是呀，他们订过婚。不过人们从没料到她会一直等他，更别说他生了病变成这副样子。她其实机会多的是。"

"事实经常出乎人们的预料。"鲍尔斯太太提醒她。但伯尼太太自顾自地说。

"嗯，她其实机会多的是。不过唐纳德机会也多，对吧？"她故意问道。

"我不知道。你瞧，我认识他的时间不长。"

"噢，是吗？大家都以为你跟他像是老相识了。"

鲍尔斯太太低头看了眼她局促在一件密不透风的黑色紧身衣里的身子，没有说话。

伯尼太太叹了口气。"唉，结婚是件喜事。我儿子永远没这机会。

就算他还在：姑娘们爱他爱得发疯，可惜他年纪轻轻就打仗去了。"
她淫邪好奇的眼神突然变得暗淡。"你听说过我儿子吗？"她问。

"嗯，他们告诉过我，马洪牧师也讲过。他是个好兵，对吧？"

"是啊。这么些人围在他身边，还是害得他死在了战场：谁都不
伸手帮他一把。他们还不如带他找间房子寻欢作乐，让姑娘陪他开开
心。其他人回来后，整天吹嘘打过仗。鬼才相信是托军官和装备的福
才让他们毫发未伤呢！"她的蓝眼睛里噙着泪水，默默地望着安静的
广场。过了一阵，她问："你没有在战争中失去什么亲人吧？"

"没有。"鲍尔斯太太轻声回答。

"我想也是，"对方说，"你看上去就不像，又高，又漂亮。怎
么可能会。他那么年轻，"她解释道，"那么勇敢……"她摸索着自
己的伞。随后她语气轻快地说：

"不管怎么说，马洪家的孩子回来了。是件喜事。而且他就要结
婚娶妻了。"她的样子再次变得好奇和淫邪，"他还好吧？"

"还好？"

"我是说这门婚事。他不能——只是——我的意思是男人骗女人
终归不好，要是他不能——"

"早上好。"鲍尔斯太太问候一声，留她呆立在原地，穿一件密
不透风的紧身黑衣，手握布伞，像一根倔强的、不愿倒下的旗杆。

6

"你个傻瓜，你个白痴，嫁给一个瞎子，一个啥都没有的死人。"

"他不是！他不是！"

"那你叫他啥？凯丽·纳尔逊大妈前几天来过，说是那些白人害死了他。"

"你知道黑佬的话从来信不得。他们只是免得让她担心，所以才告诉她——"

"胡说。凯丽大妈喂养大的孩子多得连我都数不清。要是她说他得了病，他就是得了病。"

"我不在乎。我要嫁给他。"

桑德斯太太叹着气，身下的摇椅嘎嘎响。塞西莉站在她面前，脸涨得通红。"听着，亲爱的。要是你嫁给他，你就完了，你的机会，你的青春，你的美貌，男人们那么喜欢你：跟你般配的人有的是。"

"我不在乎。"她倔强地说。

"想想吧。你可以拥有很多，你能拥有很多：一场在亚特兰大举行的婚礼，你的好友都来当伴娘，婚纱，蜜月旅行……这些你全都不想要吗？你爸爸和我辛辛苦苦养你这么多年。"

"我不在乎。我要嫁给他。"

"可是，为啥呢？你爱他？"

"嗯，嗯！"

"还有那道伤疤？"

塞西莉瞪着母亲，脸色变得苍白。她的眼睛变成深色，微微抬起手。桑德斯太太抓住她的手，拉她靠在自己腿上。塞西莉抵抗一阵，但母亲力气更大，搂住她，将她的头按下贴在自己肩头，轻抚她的头发。"我很抱歉，孩子。我不是有意提那个。但你告诉我，那是什么？"

母亲从不信什么公平竞争。一想到这点，她就生气，但母亲有巧妙的战术化解她的怒气：她知道，她就要哭了。等到那时，问题就圆满解决。"放开我。"她说，挣扎着，痛恨母亲的不公。

"嘘，嘘。好啦，躺在这儿，告诉我是怎么一回事。你这样做总有原因。"

她偃旗息鼓，不再抗争。"没有原因。我只是想嫁给他。放开我。求你了，妈妈。"

"塞西莉，是你父亲叫你这样做的吗？"

她摇摇头，母亲伸手托起她的下巴。"看着我。"她们彼此对视，桑德斯太太又问：

"告诉我你这样做的原因。"

"我不能。"

"你的意思是你不想？"

"我不能告诉你。"她的身子突然从母亲腿上滑落，但桑德斯太太并没有撒手，女儿仍然依偎在自己膝盖前。"我不想。"她尖叫着，挣扎着。母亲紧紧搂着她。"你弄疼我了！"

"告诉我。"

塞西莉终于挣脱她的怀抱，站起来。"我不能告诉你。我就是得嫁给他。"

"得嫁给他？什么意思？"她疑惑地望着女儿，渐渐回想起围绕在马洪身上的传闻，她已经忘记的流言蜚语。"得嫁给他？你的意思是，你——我的女儿——和一个瞎子，一个一无所有的人，一个穷光蛋？"

塞西莉望着母亲，她的脸热得发烫。"你觉得呢？你居然对我说——噢，你不是我的母亲：我不认识你。"她突然像孩子一样哭起来，咧着嘴，任由泪水从脸颊流下来。她转身跑开。"别再跟我说话。"她抽泣着爬上楼梯，砰的一声关上门。

桑德斯太太躺在椅子上沉思，拿指甲盖敲叩她的牙齿，声音单调，嗒嗒作响。过了一会儿，她站起来，走到电话机旁，给在城里的丈夫打电话。

7

画外音

小镇居民：

我不知那个跟他一起回家来的女人会怎么想，如今他选了另外一个女人。换作我是桑德斯家的姑娘，我才不会选一个带着别的女人跑上门来的男人呢，你说是不？还有，那个女人现在该怎么办呢？离开镇子，另外找个男人，我猜。希望她能吸取教训，下次遇上个好男人……那家人有太多滑稽事。居然还有脸传递福音。就算他是主教。如果他不是个好人……

乔治·法尔：

这不是真的，塞西莉，亲爱的，我的爱人。你不能，你不能。你俯卧的身体像一泓狭窄的分开的池水……

小镇居民：

我听说那个马洪家的孩子，受伤那个，还有桑德斯家的姑娘，要结婚了。我老婆一直说他们结不了婚，但我觉得他们肯定会结……

伯尼太太：

男方那边情况不详。他们应该把他照顾得好点。听说他什么都做不了啦……

乔治·法尔：

塞西莉，塞西莉……这是逼我寻死吗？

小镇居民：

有个士兵，跟马洪一块儿回来的。我猜那个女人会选这个兵。但也许她不会。他说不定一直在等机会。

哼，你难道不想，如果你是他的话？

马登军士：

鲍尔斯。鲍尔斯……他的脸像一只飞蛾扑入一团火焰中。鲍尔斯……她真倒霉。

伯尼太太：

杜威，我的孩子……

马登军士：

是的，太太。他很好。我们尽力而为……

塞西莉·桑德斯：

嗯，嗯，唐纳德。我会，我会！我会习惯你那张可怜的脸，唐纳德！乔治，我的爱人，带我走吧，乔治！

马登军士：

是的，是的，他很好……他站在踏台，吓得尖叫。

乔治·法尔：

塞西莉，你怎么能？你怎么能？

小镇居民：

那个姑娘……跟别的男人牵过手。走过镇上，裙子薄得跟没穿一样。幸亏他是个瞎子，对吧？

我猜她希望他这么一直瞎下去……

玛格丽特·鲍尔斯：

不，不，再见，亲爱的、亲爱的迪克，丑陋的、死去的迪克……

乔·吉利根：

他是个垂死的人，可他得到了甚至不想得到的女人，而我不是垂死的人……玛格丽特，我该怎么办？我能说什么？

埃米：

过来，埃米？噢，唐纳德，来我身边。可他就要死了。

塞西莉·桑德斯：

乔治，我的爱人，我可怜的爱人……我们做了什么？

伯尼太太：

杜威，杜威，这么勇敢，这么年轻……

（这是唐纳德，我的儿子。他就要死了。）

8

鲍尔斯太太刚踏上台阶，就撞见桑德斯太太好奇的眼神。这个老妇人态度冷淡得无礼，但鲍尔斯太太没费多大工夫，就让她说出塞西莉房间的位置，敲响房门。

过了一会儿，她又敲了敲门，喊了声"桑德斯小姐"。

无人应答，空气宁静得似乎紧绷起来，随后从门缝中传来塞西莉喑哑的声音：

"走开。"

"求求你，"她说，"我想跟你见一面。"

"不，不。走开。"

"但我必须见你。"见里面没有回应，她加上一句，"我跟你母亲谈过，还有马洪牧师。让我进来，好吗？"

她听见窸窸窣窣的声音，有人下了床，然后又没了动静。蠢女人，她在给脸上扑粉。不过你也会的，她对自己说。她终于打开门。

香粉让泪痕更加清晰可见。鲍尔斯太太进门时，塞西莉背过身去。她看到床上有一个被身子压得凹陷的坑，枕头也皱巴巴的。没人搬来椅子，鲍尔斯太太索性坐在床脚，塞西莉则走到房间另一侧，倚靠在窗台，望着外面，不耐烦地说："你想干吗？"

这个房间跟她的性格真像！客人心想，观察着淡棕色、三块镜面的梳妆台，台面上摆着一堆精致的玻璃瓶子，考究的衣物随意搭在椅子上，摊在地上。五斗柜上摆着一张小小的照片，加了相框。

"我能看看吗？"她问，本能地猜到照片的主角是谁。塞西莉背对着站在窗口，她身穿一件薄薄的、松松的衣服，薄得能透过从窗外照进的阳光，勾勒出衣服下纤瘦的身躯，没有吭声。鲍尔斯太太走到五斗柜旁，看见照片上的唐纳德·马洪光着头，穿一件破旧的解开扣子的外衣，站在一堵瓦楞铁墙旁，捏着颈背把一条顺从的小狗拎起，像拎着一个手提包。

"这才是他真正的模样，对吧？"她评论道。塞西莉毫不客气地说："你找我想干吗？"

"知道吗，这正是你母亲问过我的。她也觉得我在打扰你的生活。"

"哦，难道不是吗？没人叫你来这儿。"塞西莉转过身，将屁股靠在窗沿。

"如果情势所需，我不觉得这是一种打扰。你说呢？"

"情势所需？谁叫你来打扰的？是唐纳德吗，又或者，你想把我吓跑？你不必告诉我是唐纳德叫你来为他开脱的：这些都是谎言。"

"我不是，我也不想。我只想帮助你们俩。"

"噢，你跟我作对。每个人都跟我作对，除了唐纳德。你把他关起来，像个——像个犯人。"她飞快地转过身，把脑袋贴在窗框。

鲍尔斯太太静静地坐着观察她，她的胴体在愚蠢的睡衣下若隐若现——这件衣服叫人倒胃口，让人浮想联翩，除去镶嵌花边的睡衣不说，脚上的长袜也闪烁着寂静的光芒……如果切里尼是位修隐神父的话，脑海中一定会浮现出她的形象，鲍尔斯太太想，希望劝说她看看别人裸体时是什么样子。最后，她从床上起身，走到窗边。塞西莉仍然执拗地没有扭过头，等待眼泪挤出，她按着姑娘的肩膀。"塞西莉。"她轻声说。

塞西莉的一对绿眼睛看上去干涸、冷酷，她小跑几步，穿过房间。她站在门口，手扶着门框。鲍尔斯太太靠在窗口，有些摸不着头脑。她这是神经错乱了吗？她想，打量着姑娘优雅的造型和曼妙的腰身。塞西莉也和她对视，目光中充满傲慢和蔑视。

"别人叫你出去，难道你还要赖着不走吗？"她说，向来语速奇快、沙哑的嗓子变得慢悠悠的，透着一股凉意。

鲍尔斯太太想，噢，见鬼，这样做有用吗？她也走到床边，靠在床沿。塞西莉依然保持刚才的造型，推了下门板，以示提醒。鲍尔斯太太静静地站着，打量她脆弱的身体（不得不承认，她的腿真漂亮，但露给我看干吗？我又不是男人），手掌慢慢地抚过光滑的床栏。突然，姑娘砰的一声关上门，走回窗边。鲍尔斯太太也跟过去。

"塞西莉，为什么我们不能心平气和地谈谈呢？"姑娘没有说话，也不理她，自顾自地用手指捻着窗帘一角。"桑德斯小姐？"

"你为什么老来烦我？"塞西莉火冒三丈，冲她大喊大叫，"我不想跟你聊这件事。来找我干啥？"她的眼睛变成深色：看得出，她愤怒到了极点。"如果你想得到他，就拿去吧。反正横竖都是你的，把他关在那儿，连我都见不上他一面！"

"我并不想得到他。我只是帮他把事情理顺。你难道还不明白，要是我真想得到他，在陪他回家前，就已经跟他结婚了？"

"你肯定试过，没成。所以你没嫁给他。噢，别说你没这想法，"她连珠炮似的发问让对方没有机会开口，"我头一天就看见了。你跟着他。如果你不想，为什么还待在他家？"

"你知道这不是事实。"鲍尔斯太太平静地说。

"那么你告诉我，为什么对他这么感兴趣，要不是你爱他的话？"

（真是无可救药。）她伸手想拉对方的胳膊。塞西莉躲闪到一旁，她退到床边，靠在床沿上。她说：

"你母亲反对你们的婚事，唐纳德的父亲却很期待。你觉得有胜算说服你母亲吗？"（说服你自己？）

"我当然不需要你来指点，"塞西莉扭过头，她的傲气、她的怒火，瞬间烟消云散，取而代之的是淡淡的无助和绝望。就连她的声音，她的仪态，都发生了变化。"你看不出我有多悲惨吗？"她哀怨地说，"我并不想对你发火，我只是不知道该怎么做，我不知道……我遇上了麻烦事：一件可怕的事。所以，求求你！"

鲍尔斯太太看着她的脸，快步走到她身边，伸出手臂搂住姑娘窄窄的肩膀。塞西莉左右躲闪。"求你，求你走吧。"

"告诉我是什么？"

"不，不，我不能。求你——"

她们停下来，侧耳倾听。脚步声由远而近，停在门外：有人敲了声门，她父亲喊着她的名字。

"嗯？"

"马洪牧师在楼下，你能下来吗？"两个女人彼此对望一眼。

"来啦。"鲍尔斯太太应了一声。

塞西莉的眼睛再次变成深色，她低声说："不，不，不！"声音带着颤抖。

"西丝。"父亲重复道。

"快说，好，"鲍尔斯太太低声说，"好，爸爸。我就来。"

"行。"脚步声渐渐远去，鲍尔斯太太拉着塞西莉朝门口走去。姑娘死活不愿动。

"我不能这样下去。"她歇斯底里地说。

"不，你能。没事的。来吧。"

她们走进房间时，桑德斯太太正襟危坐，像一个威严的法官，她说：

"我能问问，这个——这个女人跟这事儿有关吗？"

她丈夫抽着一根雪茄。光线投射到牧师脸上，像罩着一个灰白色面具。塞西莉冲向他。"乔大叔！"她大喊一声。

"塞西莉！"母亲呵斥道，"你怎么回事，穿成这样跑下楼？"

牧师站起身，像一座黑黝黝的大山，搂住她。"乔大叔！"她又喊了声，也抱紧他。

"我说，罗伯特。"桑德斯太太忍不住开口。但牧师打断她。

"塞西莉。"他说，拿手托起她的脸。她动了动下巴，将脸藏进他的外套。

"罗伯特。"桑德斯太太喊。

牧师轻声说："塞西莉，我们刚才一起讨论过了，我们觉得——你母亲和父亲觉得——"

她动了动躲在那件愚蠢而暴露的睡衣下的身子。"爸爸？"她尖叫着，盯着自己的父亲。他没敢看她，只是慢慢坐到椅子上，转动手指间的雪茄。牧师继续说：

"我们觉得你只会——你——他们说唐纳德就要死了，塞西莉。"他终于和盘托出。

轻盈得像一根树苗，她把身子往后一仰，倒在他的臂弯，抬起头，看着他的脸，凝视着他。"噢，乔大叔！您也要背弃诺言吗？"她情绪激动地叫喊着。

9

乔治·法尔已经连续一周喝得酩酊大醉。他的朋友，那个在杂货店做事的伙计，认为他就快疯了。他已经成为当地一个标志性人物，一个传奇：甚至连镇上的酒鬼都开始对他刮目相看，跟他称兄道弟，宣誓效忠他。

在懊恼、欢乐和伤感的间歇，他深陷于摧枯拉朽的绝望中，像被怪兽下了魔咒，像一头被关在笼子里的动物，或一个被慢慢折磨至死的人：这是一种令人乏味的痛苦。为了消愁，他尽量让自己保持醉意。她娇小的身躯赤裸着一分为二……再来一口……我要杀了你，要是你继续纠缠她……我的姑娘，我的姑娘……她娇小的……来一口……噢，天哪，噢，天哪……一分为二……喝吧，我根本不在乎，噢，天哪，噢，天哪，噢，天哪，噢，天哪，噢，天哪……

虽然那些"正派"人在街头遇见他时，都不屑跟他搭话，他还是或多或少得到了熟人和朋友的关心和保护，不论黑人还是白人，这种情况在小镇尤其常见，是"弱势"群体特有的景致。

他醉眼蒙眬，坐在油炸味中，坐在喧闹声中，坐在一张蒙着油布的桌旁。

"三叶——草的——花——，草——的——花——"歌词带着浓重的鼻音唱出，单调的旋律走走停停，一字一顿，像钟表的嘀嗒声，像快要爆炸的定时炸弹。像这样：

三（嘀嗒）叶（嘀嗒）草（嘀嗒）的（嘀嗒）花（嘀嗒）。

他身旁坐了两个新同伴，吵吵嚷嚷，吐口水，手牵着手，被这张带有裂痕的、一直播个不停的留声机唱片感动得痛哭流涕。"三叶草的——花"，甜得发腻的歌词重复一遍又一遍。桌上的酒喝光了，他们就跑进一条污秽的巷子，躲在更污秽的厨房后面，喝乔治·法尔带来的威士忌。然后，他们回到桌旁，继续播放这张唱片，彼此紧握着手，泪水从他们不知有多少天没有洗过的脸上滑落。"三——叶——草——的——花……"

培养恶习真是件枯燥而庄重的事：这世上没有什么比当个混混更辛苦，对身体和道德方面都有太多要求，合格后才能踏上所谓的"堕

第七章 · 277

落之路"。相比之下，做个"好人"就方便得多。

"三叶——草的——花……"

……过了一会儿，他的注意力才飘回现实，不知是谁一直在烦他，烦了好一阵。他迷糊着眼睛，终于认出是系着围裙的饭馆老板，他在这家馆子已经吃了好几个星期。"你他妈干啥？"他问，舌头似乎打着结，对方好不容易跟他解释清楚，有人找他，电话打到了隔壁的杂货店。他站起来，努力站直身子。

"三叶——草的——花……"

不知走了多久，他总算站在电话机旁，手握听筒，眼睛瞅着处方柜上一个发着光、慢慢勾勒出一个个同心圆的地球仪。

"乔治？"有个陌生的声音喊着他的名字，声音中带着痛苦，几乎将他的酒吓醒，"乔治。"

"我是乔治……你好。"

"乔治，我是塞西莉。塞西莉……"

醉意像潮水迅速退去。他能感觉到心脏瞬间停止了跳动，随即掀起滔天巨浪，震耳欲聋，冲上头部的血液让他眼前一黑。

"乔治……你听得见吗？"（噢，乔治，居然醉成这样子！）（塞西莉，噢，塞西莉！）"在！在！"他紧紧攥着话筒，似乎这样才不会让她逃掉，"在，塞西莉？塞西莉！我是乔治……"

"来我这儿，现在。马上。"

"好，好。现在？"

"快来，乔治，亲爱的。快，快……"

"好！"他喊着，"喂，喂！"听筒里没有回音。他等了半天，仍是一片死寂。他的心怦怦直跳，浑身冒汗；血涌到喉头，他尝到一股又热又苦的味道。（塞西莉，噢，塞西莉！）

他横穿过杂货店，一个正在配药的中年店员手里捏着药瓶，惊奇地望着他，乔治·法尔一把扯开身上的衬衫，像疯子一样把脑袋伸到水流喷涌的水龙头下。

（塞西莉，噢，塞西莉！）

10

他看上去衰老、疲惫。他坐在餐桌一端，拨弄着盘子里的食物，似乎身上每一根神经都失去了活力。吉利根的胃口和往常一样，唐纳德跟埃米并排坐着，方便埃米给他喂饭。埃米喜欢扮演母亲的角色，尽管她心里清楚，他永不可能再成为她的爱人；鲍尔斯太太提出跟她换个班，被她断然拒绝。她曾经认识的唐纳德早已死去，面前这个人，只不过是毫无价值的替身，可埃米还是像任何善良的女人一样，尽心尽力照顾他。她甚至习惯了干完这些分内事，才去刨口冷饭。

鲍尔斯太太坐着，注视着他们。埃米的头发看不出是哪种颜色，紧贴在他负过伤的脑袋旁边，她有一只巧手，掌心里似乎长了眼睛，迅捷、轻柔，能猜到他随后的动作，引导他舀起事先为他准备好的饭菜。鲍尔斯太太在想，埃米究竟更喜欢哪一个唐纳德，除了偶尔令她悲伤，她也许快要忘记之前那个唐纳德了吧。她突然顺理成章产生一个想法，这个女人嫁给唐纳德不是挺好吗？

确实挺好。为什么之前没人想到呢？然后她告诉自己，这么一件事儿，从发生到现在，家里人还没静下心来想过，也没别的人帮忙出谋划策。为什么我们想当然地认为他必须娶塞西莉，而不是另外的人？我们都觉得这样的安排最合适，所以仓促行事，闭着眼，张着嘴，像猎犬一样穷追猛打。

但埃米能接受吗？她会不会害怕面对未来的生活，与他相处时越来越感觉不自然，无法像现在一样悉心地照顾他？这会不会令她茫然，无法将过去和现在的两个唐纳德区分开——一个是曾经的爱人，另一个是残疾人？我想问问乔的看法。

她像全知全能的上帝，旁观埃米的一举一动，她手脚麻利，似乎扑到他身上，却始终没有挨到他。行吧，我去问她，她想，呷了口茶。

夜晚来临。树蛙回想起前一晚的雨，继续吟唱出单调而湿润的珠玉之音；被雨滴打趴的草叶和树叶正恢复形状，飒飒作响；大地静静叹息，准备入睡；白天盛开的花，绽放的花瓣，在夜里散发出浓郁的馨香；房子拐角那棵银色叶片的树也将永不停歇、永不回避的喜悦心情收敛了些。长出腿脚的蟾蜍沿着混凝土铺成的人行道蹦跳，肚子一收一鼓，吮吸周围的热气。

突然，牧师从梦中醒来。"啧，啧。我们正从田鼠丘开始垒起一座高山。要是她想嫁给唐纳德，我相信她家里人不会不赞成。他们为什么要反对女儿嫁给他呢？你知道——"

"嘘！"她说。他抬头吃惊地望着她，然后看见她警觉的目光扫过马洪毫无表情的脸，他心领神会。她看到埃米惊讶地瞪大双眼，她站起身。"你讲完了，是吧？"她对牧师说，"我们去趟书房。"

马洪安静地坐着，嚼着饭菜。她无法确定他是否听到了牧师说的话。她从埃米身后走过，俯下身，在她耳边低声说：

"我想跟你谈谈。别对唐纳德提。"

牧师走在她前头，摸到开关，点亮书房的灯。"你必须小心才是，"她告诉他，"你当着他的面说的话，和你对他说的话。"

"嗯，"他抱歉地说，"我刚刚在想事儿，走了神。"

"我看出来了。我觉得没必要把什么事儿都告诉他，除非他问起。"

"确实没这必要。她爱唐纳德：她会不顾家人阻拦嫁给他的。我通常并不赞成这种做法，鼓励一个年轻姑娘违背父母意愿嫁给别人，但现在情况不同……你是不是觉得我出尔反尔，在这件事情上有所偏袒，为了我的儿子？"

"不，不。当然不。"

"那你是否同意我的看法，塞西莉会坚持跟他结婚？"

"嗯，没错。"她还能说什么呢？

吉利根和马洪走了，她回来时，埃米正在收拾餐桌。埃米转过身。

"她不会嫁给他？乔大叔怎么说？"

"她家里人不同意这事儿。就这么简单。她倒是还没拒绝。但我觉得咱们得早做打算，埃米。她的心变得比啥都快，没人知道她接下来会做什么。"

埃米转身走回餐桌旁，低下头，擦拭餐盘。鲍尔斯太太望着她忙碌的双手，听着瓷盘和银餐具轻微碰撞出的叮当声。餐桌正中摆的一束白色玫瑰，花瓣散得七零八落。

"你觉得呢，埃米？"

"我不知道，"埃米绷着脸回答道，"她跟我不是一类人。我对她一无所知。"

鲍尔斯太太朝餐桌走去。"埃米。"她说。对方没有抬头，也没有应声。她轻轻抓住姑娘的肩膀，让她转过身来。"你嫁给他怎么样，埃米？"

埃米猛地绷直身子，紧紧攥住手中的盘子和叉子。"我？我嫁给他？我捡她扔掉的东西？（唐纳德，唐纳德。）至于她，扔下他，而且，她追求过镇上每个男孩，穿着丝绸衣服？"

鲍尔斯太太回到门口，埃米狠狠地擦着餐具。盘子变得模糊，她眨了眨眼睛，有个东西吧嗒一声溅到盘里。不能让她发现我哭了！她对自己说，将头埋得更低，等待鲍尔斯太太再次问她。（唐纳德，唐纳德……）

那时她还小，春季里，去学校念书，穿的是粗糙的衣服和鞋子，而别的姑娘穿丝绸衣服和薄皮革鞋子；她不漂亮，而别的姑娘都漂亮——

步行回家后，还有活计等着她，而别的姑娘不是坐汽车，就是去吃冰激凌，或者跟男孩们聊天、跳舞，他们从来没注意和邀请过她。有时他会站出来陪她，如此安静，如此迅速，令人猝不及防——她不再为没有丝绸衣服而耿耿于怀。

他们一起游泳、钓鱼、在树林里漫步，她甚至忘记自己长得不漂亮。因为他相貌俊美，棕色的皮肤，矫健、宁静……让她也感到美丽。

他说了声"过来，埃米"，她向他走去。她躺在湿漉漉的青草和露珠上，眼前是他的脑袋，整片夜空像戴在头顶的王冠。月光如倾泻在他们身上的流水，但并不潮湿，让人毫无察觉……

嫁给他？行！行！让他病下去吧：她会治好他。就让他当那个忘掉她的唐纳德好了——反正她没有忘掉他：她甚至能替他代劳，记住过去的事。行！行！她无声地喊着，叠好餐具，等待鲍尔斯太太再次问她。她通红的双手消失在视线中，大颗大颗的泪珠砸在她的手腕。行！行！她生怕自己喊得太大声，叫别人听见。不能让她发现我哭了！她再次低声警告自己。但另外一个女人只是站在门口，望着她忙碌的背影。她慢慢收拾好碗碟，找不到理由逗留于此。她扭过头，端着餐具朝储藏室的门走去，脚步缓慢，等待另一个人开口说话。但对方什么也没说，埃米离开房间，她的自尊心不允许别人看到她的眼泪。

11

她经过时，书房里一片昏暗，但借着窗外的夜色，她能看见牧师的头模糊不清的轮廓。她慢慢走上门廊。她静静地把修长的身子靠在一根躲进黑暗中、刚好避开门口投出的灯光的立柱上，聆听静夜中万物的低语，听到看不见的街边传来看不见的行人缓慢的说话声，望着鼓起双眼的汽车匆匆驶过，像一只只躁动的昆虫。一辆车减了速，停在街角，过了一阵，一个黑影顺着苍白的碎石路走来，脚步匆忙而犹豫。影子停住不动，站在路中间微微尖叫一声，然后加速朝台阶方向走去，再次停下，鲍尔斯太太从立柱旁迈出一步。

"噢，"塞西莉·桑德斯喘着气，踏上台阶，双手拎着黑色连衣裙的侧边，"是鲍尔斯太太？"

"嗯。快进来。"

塞西莉紧张地跑上台阶。"是一只青——青蛙，"她呼吸急促地解释说，"我差点踩上——呸！"她浑身颤抖，黑裙子里仿佛点燃一股微弱的黑色火苗。"乔大叔在吗？我能——"她欲言又止。

"他在书房。"鲍尔斯太太说。她这是怎么啦？她想。塞西莉站在原地，门厅的灯光罩住她的全身。她的脸上有淡淡的紧张和绝望，一种无助的鲁莽。她盯着另一个女人藏在阴影里的脸，看了很长时间。然后，她突然说着"谢谢你，谢谢你"，有些歇斯底里，飞快地跑进屋子。鲍尔斯太太目送她远去，注意到她的黑色连衣裙。她要跟人私奔，鲍尔斯太太想，坚信自己的判断。

塞西莉像一只往前飞行的黑色小鸟，飞进没有点灯的书房。"乔大叔？"她说，身子静止不动，两手扶着左右门框。牧师的椅子突然嘎吱响了一声。

"嗯？"他说，姑娘走过房间，像一只穿行在黑暗中的黑蝙蝠，伏倒在他的脚边，抓着他的膝盖。他想拉她起身，但她却把他的腿抱得更紧，将头埋在他的腿间。

"乔大叔，原谅我，原谅我！"

"好，好。我知道你会来找我们。我告诉过他们——"

"不，不。我——我——你一直待我很好，无微不至，可我不能——"她紧紧抱住他。

"塞西莉，怎么了？好啦，好啦，你先别哭。告诉我，发生了什么事？"他有种不祥的预感，托起她的脸，想看清她的面容。但他手中只摸到一团温热的、模糊的、柔软的、不成形的东西。

"说你会原谅我，亲爱的乔大叔。你会吧？你说，你说。要是你不原谅我，我真是没法活了。"他的手滑下去，按在她娇小紧绷的肩头，他说：

"当然，我原谅你。"

"谢谢你。噢，谢谢你。你真好——"她握住他的手，将其贴着自己的嘴唇。

"什么事，塞西莉？"他问，语气平静，试图安慰她。她抬起头。

"我要走了。"

"你不打算嫁给唐纳德啦？"

她低下头，把头放在他膝盖上，用细长的手指抓住他的手，贴在自己脸颊。"我做不到，我做不到。我是一个——我已经不是一个好女人了，亲爱的乔大叔。原谅我，原谅我……"

他抽回手，慢慢拉她站起身，她能感觉到他的手臂、他魁梧慈祥的身躯。"好啦，好啦，"他的大手温柔地拍着她的背，"别哭啦。"

"我得走了。"她说，一个苗条的黑影挣脱他磐石般的阴影。他松开她。她再次紧握一下他的手，然后撒开。"再——见。"她轻声说，如一只小鸟迅速地飞走了，跟她来的时候一样，鞋跟敲得地板嗒嗒作响。

她和站在门廊的鲍尔斯太太擦肩而过，没看她一眼，便跑下台阶。对方注视着她娇小的黑色背影渐渐远去，消失在黑夜中……过了一阵，停在花园拐角的汽车闪着车灯，开走了……

鲍尔斯太太走进书房，按下电灯开关。牧师盯着朝书桌方向走来的她，眼神宁静而失望。

"塞西莉毁了婚约，玛格丽特。婚礼取消了。"

"胡说，"她的语气斩钉截铁，将手按在他的肩膀，"我嫁给他。我一直想这么做。您没看出来吗？"

12

加利福尼亚，旧金山。

1919 年 4 月 25 日

亲爱的玛格丽特：

昨天夜里，我把我们之间的事儿告诉了母亲，当然她认为我们都还太年轻。我给她解释，打仗以来，情况有了变化，战争使我们跟过去的年轻人相比老成持重多了。我看到跟我同龄的年轻人，他们没有去当过兵，特别是没有上天飞行过，飞行本身就是对人的一种教育，我看他们就都像乳臭未干的小孩。现在我找到了我想要的女人，所以我的儿童时代也就此结束了。认识这么多女人后，我在不经意间遇上遥远的你。母亲叫我去上班去赚钱，如果我希望有个女人嫁给我的话，所以我准备明天就出发，地方都找好了。所以等不了多久，我就终于能见到你，经常把你抱在我的怀里。我怎么才能告诉你，我有多么爱你，你跟她们很不一样。对你的爱让我变成一个严肃的人，意识到自己的责任。她们跟你比起来蠢得不得了，只会聊爵士乐，或者去一些地方玩儿，我总是被邀请参加聚会，但我拒绝了，因为我宁愿坐在自己房间里想你，然后把想说的话写在纸上，让她们玩她们愚蠢的游戏好了。我一直很想你，要是不会让你不开心的话，我希望你也能经常想我。但我是不是不应该惹你不开心，我最亲爱的爱人。所以想着我，记得只有我爱你，我只爱你，我会一直爱你。

你永远的

朱利安

13

浸礼会牧师，一个系着白色细麻布领带的年轻人，是请来的最合适人选。他主持完婚礼，便告辞了。他年轻，做事认真，心地善良，为人正直，迫切地想做善事：热情得甚至叫人受不了。而且他也当过兵，打心眼里尊敬马洪牧师，他不相信，就因为马洪牧师是圣公会教徒，死后就要下地狱。

他祝他们好运，然后怀着一丝惶恐心情匆匆逃走。他们目送他匆忙远去的矫健背影消失在视野中。吉利根默默地扶马洪走下台阶，走过草坪，扶他坐在树下最喜欢的椅子上。新婚的马洪太太默默地走在他们身旁。她习惯沉默，但吉利根恰恰相反。然而，他也没跟她说话。她走到他身边，伸出手，摸着他的胳膊：他转过身，她看到一张暗淡、垂死的脸，突然有种强烈的反感，恶心得快要吐出来。（迪克，迪克。你真走运，少了这些个麻烦事！）她把头扭到一旁，眺望花园，教堂的尖塔上，鸽子咕咕叫着打发午后时光，酣然入梦。她咬紧嘴唇。结了婚，她却从未感到如此孤单过。

吉利根做起事来粗中有细，他将马洪安顿在椅子上。马洪说：

"呵，乔，我终于结婚了。"

"嗯，"吉利根说。他漫不经心的表情荡然无存，就连马洪也注意到了。"我说，乔。"

"什么事，中尉？"

马洪沉默不语，他的妻子坐在平时习惯坐的椅子上，身子靠着椅背，仰头望着树的枝叶。最后他说："继续，乔。"

"现在不成，中尉。我没心情。打算去散个步。"他回答道，感觉马洪太太正盯着他。他迎上她的目光，严厉，杀气腾腾。

"乔。"她的语气平静中带着苦涩。

吉利根看到她苍白的脸，她忧郁的黑眼睛，她的嘴唇像一道陈旧的疤痕。他感到羞愧。他阴沉的脸色变得缓和。

"行，中尉，"他说，模仿她平静的语调，带着习惯性的轻松口吻，"说点啥呢？再弄垮几个小帝国，怎么样？"

就是这种感觉，隐隐约约，挥之不去。马洪太太感激地望着他，他的心头重温到沉重的快乐，脸上没有笑容，内心却十分满足，很久很久没有这种感觉了。她似乎已将坚实有力的双手按在他身上。他赶紧把视线从她的脸颊移开，悲喜交加，不再感到痛苦。

"继续，乔。"

第八章

1

加利福尼亚，旧金山。

1919 年 4 月 27 日

我最亲爱的玛格丽特：

写信只是想告诉你，我刚刚找到工作，在银行工作，为你赚钱。让我们在这个世界有配得上你的位置，让我们有自己的小窝。工作就是和别人说说话，跟开飞机一点也不沾边。她们只想出去跟男人跳舞。每过一天，就意味着距离我们永远在一起的日子又少了一天。献上我所有的爱。

你永远的

朱利安

2

九天，或九十天，或九百天，轰动一时的事件有个奇妙的特征，会慢慢逝去，被人遗忘，出于这个原因，人类的创造力迟早会化为乌有。当然也有好处，免得世界变得混乱不堪。你肯定会说，这都是上帝的功劳。但在我看来，这位上帝准是个女人：没有哪个男人会如此功利心。不过话说回来，女人只保留那些可以再次利用或可能再次利用的东西。所以这个说法不攻自破。

过了一段时间，再也没有满怀好奇心的当地人登门拜访；过了一段时间，那些曾经说过"我告诉你吧塞西莉·桑德斯小姐放出话来说她要嫁给牧师家的儿子"和"我告诉你吧她不会嫁给牧师家的儿子"的人都忘了这件事。大家开始思考和谈论其他事，诸如风头正劲的三K党，和那位在政坛举步维艰、家住华盛顿特区的民主党人绅士威尔逊先生。

此外，一切都合情合法了。塞西莉·桑德斯小姐顺利地结了婚——没人知道那一晚他们开着乔治·法尔的车出城去了哪里，第二天，两人在亚特兰大请一位牧师按规矩举行了婚礼（你瞧，我猜得没错）。他俩终于做了最坏的打算。至于那个叫什么来着的太太，那个马洪家的高个子黑头发女人，也嫁给某人，结束了长久以来暧昧不清的局面。

就这样，四月变成五月。天气晴朗，初升的太阳变得越来越有热度，将露水喝尽，绽放的鲜花像准备参加舞会的姑娘，随后被过分热情的阳光晒得打了蔫儿，脑袋低垂，像从舞会归来的姑娘。土地像一个胖女人，想大大咧咧地戴上一顶又一顶令人目眩的礼帽，想把苹果树、梨树和桃树修剪整齐，却没抓住机会；想采摘水仙、长寿花和菖蒲，却没抓住机会——于是花期早的盛开又死去，花期晚的盛开又枯萎凋谢，让位于花期更晚的花。果树花期已过，梨花落英散尽；曾经，梨树宛如高高的烛台，挂满银白色的花，现在变成高高的翡翠烛台，碧绿的叶片在蓝天下舒展自如。云朵形成一支安静的游行队伍，由唱诗班男孩组成，身穿白色法袍，缓缓前行。

树叶长得更大更绿，到最后，蔚蓝、银白和粉色的叶子消失得无影无踪；鸟儿在叶间唱歌、求欢、交配、筑巢，房子拐角那棵树也不例外，变成鸟的天堂，银色的叶片恣意生长，在喜悦中盘旋着冲向天际；蜜蜂嗡嗡地闯过草坪上的三叶草，飞行路线偶尔被割草机和懒洋洋的割草工打断。

他们的生活一如往常。看不出牧师是快乐还是悲伤，顺从还是抱怨。他间或会陷入梦境。他在教堂昏暗的橡木过道主持礼拜仪式，教民们或轻声聊天，或趁念祈祷文的空当打个瞌睡。与此同时，鸽子也例行公事般吟唱起来，咕咕的叫声回荡在塔尖，让酣甜也多了动静，绕过纹丝不动的微云，似乎稍不留意就会烟消云散。有人嫁过两次，葬过一人：吉利根觉得这不是个好兆头，大声讲给众人听；马洪太太觉得这不过是无稽之谈，大声讲给众人听。

沃辛顿太太有时会吩咐司机开车过来。他们驱车去乡间看久违的山茱萸树，一行三人（其实只算两个人，因为马洪早已忘记山茱萸长什么样子）。他们三个坐在树下，其中一人畅快淋漓地朗诵出一串串多音节词，而另外一人坐着纹丝不动，没有睡，也没有醒。他们不知道他能否听见声音，也无法判断他是否知道自己娶了谁。也许他并不在乎。埃米变得沉默寡言，动作麻利而轻柔地照顾他。吉利根依然睡在马洪床脚的行军床上，随时听候他的差遣。

"你们俩才应该是嫁给他的人。"马洪的妻子打趣地说。

3

马洪太太和吉利根仍然像一对老朋友，安静地享受彼此的陪伴。既然他不再奢望娶她，她可以更自在地与他相处。

"也许这才是我们所需要的，乔。不管怎么说，我还没找到比你更喜欢的人。"

他们在花园漫步，沿着一丛丛玫瑰花前行，花丛延伸至两棵橡树的树下。过了橡树，顺着一道墙，白杨整齐排成行，像一根根庙宇的立柱。

"你真容易满足。"吉利根装出阴郁尖酸的语调。他不必告诉她自己有多么爱她。

"可怜的乔，"她说，"来支烟，谢谢。"

"你才可怜呢，"他反驳道，递上一支烟，"我没事。我不结婚。"

"但你不能逃避一辈子。你是个好人：能保护家人；关键时刻挺身而出。"

"你是在跟我讨价还价吗？"他问。

"总会有那么一天的，乔……"

过了片刻，他拉她停住脚步。"你听。"他们停下来，她专注地盯着他。

"什么？"

"又是那只该死的百舌鸟。听见了吗？你猜，它打算唱什么歌？"

"它要唱的歌多着呢。四月走了五月来，春天还没过去一半呢。

你听……"

4

　　埃米成了詹纽阿留斯·琼斯痴迷的对象，这种痴迷已经超越了性的范畴，而与算学相关，像一个典型的偏执狂。他创造种种机会见她，一次次被拒绝；他像强盗守在半路，他哀求，他威胁，他动手动脚，可惜都惨败而归。总之，要是她突然接受他的请求，他准会丢了魂儿，手脚不听使唤；他也许会开心得一命归西。反正他觉得如果不尽快把她追到手，他会疯掉，或变成一个傻瓜。

　　没过多久，数字本身都生出魔力。他已经失败过两次：这一次，他必须成功，否则整个宇宙都会崩塌，将惨叫的他扔进黑暗，连黑暗都被吞噬；或者扔给死神，连死神都不屑一顾。詹纽阿留斯·琼斯生性凶残，如今更像一个来自东方的突厥人。他相信成功终会到来：如果做不到，那肯定是命运在跟他开玩笑。

　　他夜里做梦时梦见她，他把别的女人看成她，他把她们的声音听成她。他经常鬼鬼祟祟在牧师家附近出没，兴奋得不敢进门，因为进了门，就要跟神志正常的人展开一场神志正常的对话。有时，牧师踏着沉重的步伐，陶醉在梦中，撞见躲在偏僻街角藏身之处的他，弄得他脸上发烫。牧师并不感到意外，他却涨红了脸。

　　"哟，琼斯先生，"他会说，像一头被刺棍驱赶的大象，"早上好。"

　　"早上好，先生。"琼斯会回答，眼睛紧盯那栋房子。

　　"你是出来散步？"

"是的，先生。是的，先生。"琼斯会慌忙朝相反方向走开，牧师再次进入梦境，继续迈开步子。

埃米告诉了马洪太太，语气中带着轻蔑和鄙视。

"你为啥不给乔说，要不我给他说？"马洪太太问。

埃米自信地哼了一声。"就那只虫子？我能对付，没关系。我亲自动手。"

"我猜你打架是行家。"

埃米说："那是当然。"

5

四月变成五月。

晴朗的天，潮湿的天，雨像银色柳叶刀切过草坪，雨从这片树叶滴到另一片树叶，鸟儿躲在寂静的湿乎乎的树上唱歌，求欢、交配、筑巢、唱歌；雨声潇潇，如同一个悲伤的少女，为排解悲伤而唱出悲伤的歌。

马洪几乎坐不起来了。他们给他找来一张活动床，让他躺在床上，有时在屋里，有时在门廊，廊前的紫藤花燃着冷冷的淡紫色火焰。吉利根念书给他听，他们已经游历过罗马帝国，如今徜徉在卢梭《忏悔录》冗长的语境中。吉利根喜欢这本书。

好心的邻居登门询问病情；亚特兰大的专科医生一次是应邀赶来，另一次是不请自来，拜访老朋友，称吉利根为"医生"，跟他们聊了一下午，然后告辞。马洪太太和他彼此欣赏。盖瑞医生也来过一两次，把他们挨个数落够了，才叼着他细长的烟卷告辞。马洪太太和他彼此都没有好感。牧师头发更灰白，人也更安静，看不出他是快乐还是悲伤，顺从还是抱怨。

"等到下个月吧。他会变得壮实点。这个月对残疾人来说难熬得很。你觉得呢？"他问儿媳妇。

"嗯，"她说，凝望着眼前绿意盎然的世界，这甜蜜、甜蜜的春天呀，"嗯，嗯。"

6

仅仅是一张明信片。花一分钱买来，贴上邮票，就大功告成。邮局随便你写什么都成。

收到你的信。有空回你。记得代我问候吉利根和马洪中尉。

朱利安·L

7

马洪在门廊上熟睡，另外三人坐在树下的草坪上，看着太阳落山。最后，红色圆盘的边沿像一块奶酪被爬满紫藤的花墙切去一块，素色的花苞在死气沉沉的傍晚显得惨白。很快，星星会出现在白杨树的顶端，神秘、纯净、妙不可言，白杨如一个姑娘，徒劳地心怀喜悦躲在阴暗里。半个月亮像掰断的硬币，苍白地悬在天顶，草坪尽头第一次飞来萤火虫，像冷火中吹出的点点火花。一个黑人妇女唱着宗教歌曲从附近走过，嗓音圆润、平淡而伤感。

他们坐着轻声聊天。草地开始结上一层露水，她的鞋也沾了露水。突然，埃米绕过房子一角跑来，箭步冲上台阶，钻进前门，身影在暮色中晃动。

"这是怎么——"马洪太太刚开口，他们就看到琼斯，像一个肥胖的森林之神萨提尔，在埃米身后跳跃，距离越拉越开。他看见他们，立刻放慢速度，像往常一样懒散地朝他们走来。他的一双黄眼睛冷静而晦暗，她注意到他急促的呼吸。她笑得直不起腰，好不容易才能说出话来。

"晚上好，琼斯先生。"

"我说，"吉利根打趣地问，"你这是在——"

"嘘，乔。"马洪太太对他说。琼斯的眼睛黄得清澈，淫邪得像一头老山羊，眼珠骨碌碌盯着他们。

"晚上好，琼斯先生。"牧师突然注意到他的存在，"又在散步，嗯？"

"跑步。"吉利根纠正他的说法。牧师重复一声："嗯？"目光从琼斯身上转到吉利根身上。

马洪太太指着一把椅子。"请坐，琼斯先生。我猜你肯定累坏了。"

琼斯盯着房子看，然后将视线移开，坐下来。帆布椅面被他压得凹陷，他站起身，搬动椅子，正对梦幻般的牧师家的大宅。他再次坐下。

"我说，"吉利根问他，"你刚刚在干啥？"

琼斯瞥了他一眼。"跑步。"他蹦出一个词，掉头看着这栋昏暗的宅邸。

"跑步？"牧师说。

"我知道：刚才看得一清二楚。我想问，你跑步干吗？"

"也许为了减肥。"马洪太太调侃道。

琼斯拿黄眼睛瞪着她。暮色很快聚拢过来。他变成一团胖胖的、松垮垮的东西，外面罩着一件白色粗花呢套装。"减肥，没错。但不是为了结婚。"

"换作我是你，就不会把话说绝了，"她告诉他，"像这个样子求爱，很快就能减肥成功吧。"

"嗯，"吉利根添上一句，"要是你只能靠这个法子找到老婆的话，除了埃米，你最好还得挑个目标。等你追到她，估计天都黑了。我的意思是，"他说，"如果你打算靠两条腿去追的话。"

"什么意思？"牧师问。

"也许琼斯先生只是打算写一首诗。你知道的，先体验一下。"马洪太太说。琼斯目光炯炯地看着她。"写写阿塔兰忒。"她建议。

"阿塔兰忒？"吉利根问，"为什么——"

"下次试试扔个苹果吧，琼斯先生。"她说。

"或者吃一把盐，琼斯先生。"吉利根用尖细的假声说。随后回到真声。"但阿塔兰忒是——"

"或者吃一颗樱桃，吉利根先生，"琼斯阴阳怪气地说，"但你也知道，我可不是天神。"

"闭嘴，你这家伙。"吉利根粗暴地打断他。

"什么意思？"牧师问。琼斯猛地转过身向他解释道。

"意思是，牧师，吉利根先生认为他的才智令我佩服，而我的行为也令他佩服。"

"跟我没关系，"吉利根表示拒绝，"你我在任何问题上想法都不一样。"

"为什么会不一样呢？"牧师问，"一个人的行为和想法于人于己都重要，这理所当然，不是吗？"

吉利根洗耳恭听。牧师的话越过他的头顶，沉入他的心底。而对琼斯来说，这句话仿佛是一根救命稻草，让他又做回自己。

"那还用说，"琼斯见有人撑腰，底气足了不少，"人类的行为、想法和情感之间都有密切联系。拿破仑认为他的行为重要，斯威夫特认为他的情感重要，萨沃纳罗拉认为他的信仰重要。他们说得都没错。但我们现在讨论的是吉利根先生。"

"我说——"吉利根开了口。

"很聪明呀，琼斯先生，"马洪太太低声说，暮色中，只能看见她三角形的袖口和衣领，"一个士兵、牧师和消化不良的人。"

"我说，"吉利根追问，"究竟是谁快①？我有些听不懂你们在说什么啦。"

"是琼斯先生，按照他自己的说法。你是拿破仑，乔。"

"他？快得连个姑娘都追不上。你看他跟在埃米后面的样子——你该骑辆自行车。"他建议道。

"这就是你的答案，琼斯先生。"牧师告诉他。琼斯厌恶地望着吉利根逐渐暗淡的身影，像一个被农民用干草叉打倒在地的剑客。

---

① 英文中快（swift）和人名斯威夫特（Swift）同形同音。——本书注释未做特别说明者均为译注。

"你要这么想我也没办法。"他粗声粗气地说。

"什么意思？"吉利根问，"我说错话了吗？"

马洪太太把身子靠过来，捏着他的胳膊。"你什么都没说错，乔。你棒极了。"

琼斯怒视着阴沉的暮色。"随便问问，"他突然说，"你丈夫今天好吗？"

"跟往常一样，谢谢。"

"能维持他期待已久的婚姻生活吧？"她没有回答。吉利根打量着他，压抑心头的火气。他继续说："真是糟糕。你本来盼着结婚能让一切有所变化，对吧？奇迹般地康复？"

"闭嘴，你这家伙，"吉利根吼道，"你什么意思？"

"没啥，高洁之士加拉哈德先生，真没别的意思。我只是随便问问……听说男人结了婚，麻烦就接踵而至，不是吗？"

"那你别担心，不会有麻烦来找你。"吉利根告诉他。

"什么？"

"我的意思是，在我认识的人中，没有比你更幸运的了——"

"他为自己的某次失利找了一个好借口，乔。"马洪太太说。他们都循声过去看着他。天空像个倒扣的大碗，弥散的微光没有投下阴影，树枝僵硬得如静海里的珊瑚。"琼斯先生说和桑德斯小姐做爱就像是和阴阳人做爱。"

"阴阳人？什么意思？"

"要我告诉他吗，琼斯先生？或者你来说？"

"随你便。反正你想说，不是吗？"

"阴阳人，意思是你想要得到，却又无法得到的东西，乔。"

琼斯不怀好意地站起身。"如果你不介意的话，我先告辞了，我想，"他说，"晚安。"

"行，"吉利根欣然同意，也站起身来，"我送琼斯先生去大门口。他万一脑子迷糊，走错路去了厨房。埃米可能就是你们刚刚说的阴阳人吧。"

琼斯似乎并不匆忙，却一溜烟跑得没了踪影。吉利根紧追不舍。琼斯觉察到有人尾随，回头偷瞧一眼，吉利根扑向他。

"这对你的灵魂有好处，"吉利根告诉他，"按你的说法，这就是跟传道者一起跑步获得的教益，不是吗？"他喘着气，两人倒在地上。

他们在露水中翻滚，对方拿肘部顺势击中他的下巴。琼斯旋即起身，吉利根舔着自己咬破的舌头，一跃而起，继续追赶，却始终没有追上。"他肯定学过逃命的本事，"吉利根咕哝一声，"跟埃米练习过很多次，我猜。多希望我是埃米，现在——等我逮到他。"

琼斯加快步伐朝房子跑去，冲进梦幻般的花园。吉利根拐过屋角，想在寂静的庭院寻找敌人的身影，但他的敌人无影无踪。玫瑰在渐渐逼近的夜色中绽放，风信子摇晃着苍白的铃铛，等待新的一天来临。暮色苍茫，时间仿佛凝固，百舌鸟的鸣叫给如水的夜色搅起阵阵涟漪。

他停在原地，听着灰白色砾石路面和尚未采摘的玫瑰花丛的动静，看着如缺了一瓣的硬币般的皓月在夜空皎皎生辉。吉利根平复急促的呼吸，侧耳细听，却听不见任何声响。随后他开始仔细搜索夜色中幽香四溢、有萤火虫飞来飞去的花园，不放过每个隐蔽的角落，连每根草都梳过一遍。但琼斯似乎从人间蒸发了，黄昏伸出一双大手带走了他，动作干净利落，就像变戏法的人让一只兔子在帽子里凭空消失。

他站在花园中央劈头盖脸地咒骂琼斯，心想着对方兴许就藏在附近，能听到他的叫骂声。然后吉利根慢吞吞地原路返回，走过两人追逐时穿越的紫罗兰色黄昏。他经过没亮灯的房子，埃米不知去哪间屋干活了。在阳台一角，那棵长满银色叶片、傲立于暮霭中的大树旁，马洪躺在他的活动床上。草坪上，傍晚像一艘大船，扬起暮色的风帆，驶过人间。

树下的躺椅变成几团模糊的物体，马洪太太的样子靠白色的衣领和袖口才依稀可见。他慢慢走近，隐约辨认出沉睡的牧师。白色帆布椅面衬出她黑色连衣裙里的身形。她脸色苍白，头发贴在脸颊上。见他走来，她抬起手。

"他睡着了。"她轻声说，他坐到她旁边。

"让他跑掉了，这该死的。"他失望地说。

"真遗憾。希望下次运气好点。"

"嗯。下次我绝不放过他。"

夜晚就要来临。光，所有的光，从世间溜走，从大地溜走。树叶静默不语。夜晚就要来临，但还没完全来临；白昼就要过去，但还没彻底过去。她的鞋被露水浸透。

"他睡多久了？"她打破沉默，"我们得叫醒他，起来吃晚饭。"

吉利根在椅子上微微动了一下，就在她说话的当口，牧师坐起来，然后站起来。

"等等，唐纳德。"他说，笨拙地迈开双脚。他像一头大象走过草坪，朝阴暗朦胧的房子走去。

"是他在喊吗？"他们坐在不祥的黑暗里，异口同声发问。两人支起身，凝视这栋大宅，又看了看彼此模糊的白色面容。"你听见——"疑问悬在他们之间的暮色中，傍晚的星星奇迹般闪耀在白杨树顶，细长的树干长满叶子，像英武的女英雄阿塔兰忒，手拿金苹果。

"没有，你呢？"他问。

他们什么也没听见。

"他做了梦。"她说。

"嗯，"吉利根说，"他做了梦。"

8

唐纳德·马洪安静地躺着，感受看不见的逝去的春天，感受回忆不起、遗忘不掉的绿色。过了一段时间，虚无再次将他俘获，彻彻底底，永无休止。他似乎身处一片海洋，无法完全通过，也无法完全离开。白昼变成下午，变成黄昏以及逼近的夜晚；夜晚像一艘航船，暮色是船上的风帆，驶过大地，从黑暗驶向黑暗。突然，他发现自己冲出这个居住过一段时间却全无记忆的黑暗世界，再次回到早已过去的那一天，那是人们活过、哭过和死过的一天，所以他记得很清楚，那天只有他独自一人：是时间和空间送给他的礼物。从逆境到星星的旅途①。

我从来不知道自己能带这么多汽油，他想着，一点都不惊讶，冲出一片他不记得的黑暗，找到那一天，他最熟悉的那一天，临近中午。

---

① 原文为拉丁文 Per ardua ad astra。

肯定是上午十点左右，因为太阳正爬过头顶，跑到他身后几度角的方位，因为他能看见自己脑袋投下的影子像往常一样将握住操纵杆的手分成两半，驾驶舱边沿的影子越过他的肋部，遮住他的大腿，与此同时，阳光几乎垂直投下，照在他悠闲地搭在机身边缘的另一只手上。就连交错排列的下机翼，也有一部分被上机翼的阴影遮住。

没错，是十点左右，他想着，有一种熟悉的感觉。很快，他会看看仪表盘，确认一下，可是现在……依照训练中传授的技巧和自己的习惯，他扫视了一眼地平线，抬头看看头顶，又微微倾斜机身飞行，好查看身后。没有敌机。只有一架飞机在左手边遥远的地方：是一架笨重的侦察机，在执行轰炸任务。他又瞥了一眼，发现那架飞机上方还有两架小型侦察机，他知道，在更高的空中说不定还藏着两架飞机。

我得过去看看，他想，本能地知道它们是德国战机，他盘算着能否在对方承担护航任务的小侦察机发现他之前赶到现场。不，我想还是算了，他决定。返航回去吧，油料不多了。他调了调摇摆的罗盘指针。

在他的右手边，遥远的地方，是曾经的伊普尔运河，像一个溃烂已久的伤口上裂开的疮痂；他的身下是其他闪亮的铅色创口，遍布在一具死而不僵的尸体上……他孤独地飞翔在天空，像一只海鸥。

随后，突然，有股冷风吹向他。怎么回事？他想。阳光仿佛被突然吸走。空旷的世界，蓝天，仍然充盈着慵懒的春日暖阳，阳光刚才还晒满他全身，现在却被一只大手擦拭干净。他反应过来，骂自己愚蠢，操纵飞机急剧俯冲，往左滑行。五条白色水汽钻过上下机翼之间，一条比一条离他的身体更近，他感觉头骨底部传来两声清脆的撞击，眼前变黑，似乎有人从什么地方按下按钮关了灯。他训练有素的手敏捷地拉起机头，在黑暗中摸到维克斯机枪，朝三月上午的阳光射出子弹。

景象又在闪烁，像一盏接触不良的电灯，他看见身旁的机身布满孔洞，像突然长出天花，就在他向空中射击时，仪表板上有个表盘伴随一声轻响炸裂开来。他动了动手，看到手套裂开，看到裸露在外的骨头。随后，景象再次消灭，他身子一颤，从空中坠落，直到腰带猛地箍紧他的腹部，他听见有东西啃穿他的额骨，像是老鼠。你会崩掉牙，该死的，他睁开眼睛。

他父亲那张沉重的脸浮现在暮色中，像被谋杀了的恺撒大帝。

他终于又能看见眼前的景象，但步步逼近的虚无相比以往更让人难以挣脱，夜晚像一艘扬起暮色风帆的大船，驶过大地，沉着地驶出一片无垠的海。"就是这么发生的。"他说，凝视着父亲。

第九章

1

性与死亡：世界的前门和后门。它们在我们身上水乳交融！年轻时，帮助我们超越肉体；年老时，帮助我们回归肉体。前者让我们大腹便便，后者打得我们皮开肉绽，成为蛆虫的美餐。除了战争、饥荒、洪水、火灾，还有什么时候更能产生强烈的性冲动？

琼斯潜伏在街对面，终于清楚地看见了海岸线。

（首先，走来一个身穿制服的卫兵，前面是一位袖口绣着三个银色"V"字母的副官和一个童子军喇叭手，童子军领队是一位年轻的浸礼会牧师，两眼炯炯有神，曾经在基督教青年会任过职。）

接下来，宛如一只骄傲的肥猫，琼斯钻进铁门。

（最后一辆汽车慢条斯理地开上街头，闲人们好奇地聚拢过来——小镇应该给唐纳德·马洪竖一座纪念碑，女像柱上立起玛格丽特·马洪－鲍尔斯和乔·吉利根的雕像——小顽童们，有黑人也有白人男孩，包括小罗伯特·桑德斯，围观和羡慕喇叭手好一阵，然后渐渐散去。）

像猫一样，琼斯爬上台阶，走进空荡荡的房子。他的黄色山羊眼睛变得空虚，停下脚步，听了听。随后，他悄悄朝厨房方向摸去。

（送葬队伍慢慢穿过广场。来镇上做买卖的乡民茫然地驻足观望，商人、医生和律师站到门前或窗口；小镇的长者，那一群坐在法院广场打瞌睡的老人，他们练就了一身无欲无求的本事，达到一种境界，此生已无依恋，死亡倒是最好的解脱，他们惊醒、睁开眼，又睡去。队伍走进一条街，从拴在四轮马车上的马和骡子间通过，走进另一条街，两旁是破旧的黑人商铺。卢许站得笔直，朝经过的送葬人敬礼致敬。"谁死了，卢许？""唐纳德·马洪先生。""噢，老天爷！我们都要死的，有一天。条条大路通墓地。"）

埃米坐在厨房桌子旁，脑袋放在结实的胳膊时间，双手紧扣在脑后，抓着头发。她在那儿坐了多久她也不知道但她听见他们笨手笨脚地把他从屋里抬出去她用手捂住耳朵，别听。但尽管她捂着耳朵，似乎还是能听见那些可怕的、踉踉跄跄的、毫无意义的声音：鞋跟轻轻刮擦地板，木头沉闷地撞击木头。一切都结束后，留下一股让人难以忍受的陈旧的花的味道——仿佛花儿也听说了死亡的传言，相继凋零腐烂。这些便是处理死者的腐肉时，必须要完成的恼人步骤。她没有听到马洪太太进门，直到对方按着她的肩膀。（我本来能治好他！要是他们让我嫁给她，而不是她！）埃米抬起浮肿的、模糊的脸，她不能让别人看出她哭过。（我怎么能哭。你比我漂亮，你有黑色的头发和涂了口红的嘴唇。这就是原因。）

"来，埃米。"马洪太太说。

"别管我！走开！"她凶狠地说，"你害死了他：你自己去埋他吧。"

"他希望你给他送行，埃米。"另一个女人说，语气温柔。

"走开，别管我，告诉过你！"她垂下脑袋，额头咣咣地撞着桌面……

厨房里只剩下时钟的嘀嗒声。生。死。生。死。生。死。永不停止。（要是我能哭一场！）她能听见麻雀尘埃般的鼓噪，想象自己能看见阴影在草地上越拉越长。很快就是入夜时分，她想，回忆起很久很久以前的那个夜晚，她最后一次见到唐纳德，她的唐纳德——不是那一个！他说："你过来，埃米。"她朝他走去。她的唐纳德很久很久以前就死了……时钟走着生。死。生。死。她的心冻僵了，像一块冬天里的抹布。

（送葬队伍从铸了祈祷文的拱门下走过。铁铸的"安息"二字一个挨着一个：我们的箴言是人死入墓地，墓地为人人，阳光像一根根手指扎进雪松林，鸽子见怪不惊地用喉音为葬礼伴奏。）

"走开。"有人抚摸她的肩膀，埃米吼了一声，以为自己在做梦。真是一个梦！她想，心头那张冻僵的抹布融化了，难以承受的解脱化成泪水。是琼斯在摸她，但换作别人也一样，她哭着转过身，抱紧他。

（我是复活，我是生命，主说……）

琼斯的黄色目光像琥珀一样包裹住她，注意到她被阳光晒得毛糙的头发，粗壮的大腿，在她的怀中，他像一尊雕像。

（信我者，得永生……）

我的老天，她啥时候才哭完？她哭湿了我的裤子，然后是外套。不过这次她会帮我弄干，要不然我会问她为啥哭。

（……他还活着。凡活着信我的人，必永远不死……）

埃米止住抽泣：她只觉得温暖、倦怠、满足、空虚，任由琼斯托起她的脸，亲吻她，她也无动于衷。"来，埃米。"他说，将手伸到她的腋下，扶她起来。她顺从地站起身，乖乖地靠在他身上，他带着她走过大厅、走上楼梯、走进她的房间。窗外，午后突然下起一场雨，毫无预兆。大雨前，没看见舞动的三角旗，也没听见嘹亮的喇叭声。

（太阳不见了，被手拿账本的债主吓得逃之夭夭，鸽子也安静地闭上嘴巴或飞到别处。浸礼会牧师带来的童子军喇叭手舔了舔嘴唇，吹响丧葬号。）

2

"嘿，鲍勃，"一个熟悉的声音喊道，是一个小伙伴，"去米勒家。他们在那儿打球。"

他看着自己的朋友，没有回应对方的邀请。他的表情很怪，朋友忍不住发问："你为啥样子这么好笑？你是不是病了？"

"我不想打，我不去，怎么着？"他突然发了火。他朝前走，留下那个男孩呆立在原地，张着嘴，瞪着他。过了片刻，他也转身离开，途中停下来一两次，扭头看这个突然变成一个怪人的朋友。然后，他欢呼着跑远，忘了他。

一切看上去都如此陌生！这条街，这些熟悉的树——这是他家吗？那里有他的妈和爸，西丝在那里住过，也是他吃饭睡觉的地方，房舍紧挨着，看起来既安全又牢固，夜晚的黑暗慈祥而温柔，最适合睡觉。他爬上台阶，走进家门，想找到妈妈。可是，不出所料，她又去了——他跑过厅堂，跑向一个哼着安慰的、低吟的歌曲的声音。这是他的亲人，像一座友好的身穿蓝色印花布的大山，她的腿粗得像起伏的山坡，如同一艘苏醒的渡轮，她亲切地从桌子和炉子间走来。

她停止唱这首轻柔的、不带感情的歌，惊呼一声："上帝保佑，亲爱的，怎么啦？"

但他也讲不出原因。他只是搂紧她舒服的、宽松的裙子，心头涌上一股无法控制的悲伤。她拿毛巾擦掉粘在手上的生面团，然后把他抱起，坐在硬靠背椅上，来回摇晃，又让他贴着她气球般大小的乳房，直到他哆哆嗦嗦地止住哭泣。

窗外，午后突然下起一场雨，毫无预兆。大雨前，没看见舞动的三角旗，也没听见嘹亮的喇叭声。

3

没有人觉得雨声刺耳。灰色的雨帘清清静静，像上天的祝福。鸟儿甚至都没停止歌唱，西边的天空已经渐渐变薄，透着湿润的、呼之欲出的金色。

牧师光着头，走得很慢，似乎感觉不到雨水和滴着水的树木，他走在儿媳妇身旁，穿过草坪，朝房子走去。他们一起爬上台阶，走过模糊的、多年没有清洗过的扇形窗。他站在大厅，水珠从他的脸颊流下，顺着衣服滴滴答答淌到地上。她挽着他的胳膊，扶他走进书房，坐到椅子上。他听话地坐着，她从他上衣胸口的兜里掏出手帕，帮他擦去鬓角和脸上的雨水。他坐着，伸手摸他的烟斗。

她看他努力想把烟丝塞进斗钵，却撒得满桌子都是，她轻轻从他手里拿走烟斗。"试试这个。比那个简单多了，"她告诉他，从上衣口袋里抽出一根香烟，插进他嘴里，"你还从来没抽过，是吧？"

"嗯？噢，谢谢你。活到老，学到老，嗯？"

她帮他点燃香烟，又从餐具室拿来一个玻璃杯。她跪在书桌旁，拉开一个个抽屉，最后终于找到一瓶威士忌。他似乎已经忘了她的存在，直到她将杯子放在他的手上。

他抬头看着她，空洞的眼神中满是痛苦和感激。她突然坐在椅子扶手上，将他的头贴在自己的胸口。他一只手端着尚未喝过一口的酒杯，另一只手捏着香烟，烟头在慢慢燃烧，升起一缕笔直的、羽毛状的白雾。过了一会儿，雨停了，屋檐的滴水声反衬出焕然一新的宁静，声声入耳，时空相隔。太阳从西边探出头来，打算在落山之前，最后看一眼这个世界。

"这么说，你不留下来。"他重复她未说出口的决定。

"不。"她说，抱紧他。

4

她还没走下山坡，山冈上已经飞满萤火虫。在山脚黑暗的树林深处，有看不见的水流，埃米慢慢往前走，草又高又湿，让她感觉膝盖以下都泡在水中，裙子也被拽住。

她继续走，很快走进树林，她移动身体，头顶的树也跟着移动，像一艘艘黑色的航船，遮挡了空中璀璨的星河，让水流分隔开然后汇合，没有泛起一丝涟漪。水塘阴暗地躺在暗处：天空和树映在水上，树和天空潜在水下。她坐在湿地，透过树的枝叶，月亮在逐渐变暗的天空越来越明亮。一条狗看着月亮，开始哀号：嘹亮、悠长的声音飘向寂静的山谷。与此同时，这声哀号也徘徊在她心中，像挥之不去的绝望。

树干反射着月亮的光辉，月光在水面搅起缕缕波纹——她几乎能想象出一幅图画，看见他就站在水塘对面，她靠在身旁；她俯身观望，她几乎能看见他们快乐地、敏捷地、赤裸地向前飞奔，身子在月夜里闪着光。

她能感觉到泥土拼命钻进衣服，贴在她的双腿、腹部和手肘上……狗又开始号叫，绝望而悲伤，声音渐渐、渐渐消失……过了一会儿，她慢慢站起身，摸着湿透的衣服，想着漫长的归家路。明天是洗衣日。

5

"糟糕！"马洪太太说，盯着布告栏。吉利根把她的小皮包搁在车站墙根，问：

"晚点了？"

"三十分钟。这该死的运气！"

"哦，发脾气也没用。要回去等吗？"

"不，不用。免得到时候又错过了。拿好我的票，谢谢。"她把钱夹递给他，踮起脚尖，看着自己映在一扇凸窗上的身影，给帽子添加几处点缀。然后，她沿着月台漫步，用羡慕的眼神看着那些在美国任何一个小火车站都能见到的闲人。然而欧洲人居然还以为我们把所有时间都耗在工作上！

做出决定，获得自由：而做到这一点无须痛哭哀号。她感觉轻松多了，几个月来，这是她第一次享受平静的状态。但我不会多想，她审慎地决定。最好就这样自由自在，而别让它进入我的潜意识。人们总是喜欢下意识地争论和比较，继而产生对立。活在你的梦里吧，别实现梦想——否则会有厌腻感。至于悲伤，那更糟糕，我不知道？马洪牧师和他的梦：失去，获得，再次失去。我猜这对每个人来说都是件趣事。还有唐纳德，带着他的伤疤和僵直的手静静地躺在温暖的地下，那里温暖而黑暗，没有人会伤害他，而他也不需要任何人。不再做梦的他！那些曾经做过梦，如今跟他长眠在一起的人并不会介意他的脸是什么样子。从逆境到星星的旅途①……还有琼斯，他的梦是什么？"我希望是噩梦。"她不怀好意地大声说。一个穿着无领衣服、吐出嚼碎烟叶的人好奇地喊了声"夫人"。

吉利根拿着她的票再次出现。

"你是个好人，乔。"她告诉他，接过钱夹。

他对她的表扬并不在意。"走吧，我们去散散步。"

"我的包放这儿呢，你不怕弄丢？"

"噢。"他环顾四周，朝一个潇洒地斜靠在一根固定电话线杆的钢缆上的黑人少年示意，"过来，小子。"

少年喊了声"先生"，没有动。"快起来，小崽子。白人先生叫你呢。"他蹲坐在墙角的同伴说。少年站起身，一枚硬币从吉利根指尖弹出，在空中翻筋斗。

"看好那几个包，等我回来，懂吗？"

---

① 原文为拉丁文Per ardua ad astra。

"遵命，队长。"少年无精打采地走向皮包，安静地守在一旁，立刻便睡着了，像一匹累极了的马。

"该死的，他们照你的吩咐做，却让你感觉很——很——"

"幼稚，对吧？"她说。

"差不多这个意思。就像你是个小孩啥的，他们跑来照顾你，而你根本不知道想要什么。"

"你是个有趣的人，乔。也是好人。得找个配得上你的。"

她坚毅、苍白的侧面轮廓显现在昏暗的门洞里。"给你个机会，可别让我跑了。"

"来，咱们散步去。"她挽着他的胳膊，慢慢沿着铁轨走，意识到旁人正盯着她的脚踝看。两道铁轨窄窄地、弯弯地绕过树林。要是你眼神够好，可以一直看到轨道尽头，想象看不到的远方是什么样子……

"嗯？"吉利根气呼呼地跟在她身旁。

"看这春天，乔。看，还有树林：夏天快到了，乔。"

"嗯，夏天快到了。真有趣，不是吗？我总是有点惊讶地发现，虽然我们的看法不同，世事的变化却一如既往。我猜这是人类旧有的本性，像做批发生意，让我们对一切不再惊讶，更不用担心我们会迎来怎样的人生，是否如愿以偿。"

她拉着他的手臂，走在一根铁轨上。"你觉得我们该成为怎样的人，乔？"

"我不知道该成为——我的意思是你不知道该成为怎样的女人，而我不知道该成为怎样的男人。但我知道，你和我做了件好事，虽然从一开始就没有胜算，我们还是尽力而为帮助那个可怜的人走完了生命的最后一程。"

扁平的叶片像一张张手掌托起点滴阳光，傍晚的树林似乎燃起冰凉的火焰。一座木制的人行桥横在河上，一条小径爬上山冈。"咱们在桥栏杆上坐吧。"她建议，在前面带路。他还没来得及帮忙，她已经背对铁轨，双臂伸直，轻松地爬上栏杆。她拿脚跟勾住下横栏，他也爬上去，坐在她身旁。"抽支烟吧。"

她从手包里摸出一包烟，他要了一支，擦燃火柴。"这事儿，谁的运气最好？"她问。

"中尉吧。"

"不，他不算。当你结了婚，你所面对的是走运或不走运，但当你死了，运气对你来说已经没了意义：你什么都不是。"

"有道理。他再也不用为自己的运气操心了……那……牧师是幸运的。"

"怎么讲？"

"哦，要是之前你走霉运，后来霉运过去了，难道不算幸运吗？"

"我不知道。你说得太玄乎，我听不懂，乔。"

"那姑娘呢？我听说她捞了不少钱，也没啥脑子。她是幸运的。"

"你觉得她会满意吗？"吉利根专注地凝视着她，没有吱声。"想想看，她要是能如此浪漫地当上一个寡妇，还如此年轻，能得到多少乐趣。我敢说她现在正诅咒自己的运气。"

他崇敬地看着她。"我一直幻想能变成一只秃鹰，"他说，"但现在我想变成一个女人。"

"我的天，乔。你为啥这样想？"

"好吧，你果然有未卜先知的本事，说说那个叫琼斯的家伙吧。他是幸运的。"

"为啥？"

"哦，他得到了想要的东西，不是吗？"

"可还是没追到女人。"

"话不能这么说。当然他不可能追到所有想追的女人。就我所知，他失败过两次。但他似乎并不在意失败。从这一点说，他是幸运的。"他们的烟头一齐在空中划出弧线，落入河水，发出嘶嘶声。"我猜，金钱加上其他东西，才是女人们喜欢的。"

"你是说她们愚蠢。"

"不，我没有。愚蠢。我才是因为愚蠢，追不到想要的女人。"

她拉住她的胳膊。"你不蠢，乔。你也不鲁莽。"

"不，我蠢。你能想象吗，我追求自己想要的东西时，从来不会考虑别人的感受？"

"我想象不出，因为你做任何事情时，都会考虑别人的感受。"

他有些生气，语气变得冷冰冰："你坚持你的观点好了。我知道自己不像故事里的男人那样鲁莽。你还记得吧？在街上跟一个女人搭讪，结果被她同路的丈夫挥拳打倒在地。等他站起身，掸去身上的土，有人问：'天哪，我的朋友，你经常这样做吗？'那小子说：'当然，我经常挨打，可你惊讶什么呢？'我猜他已经把挨打的痛忘在脑后了。"他嘲讽地加上一句。

她笑得前仰后合。随后，她说："你为什么不试试呢，乔？"

他静静地看了她一阵。她也毫不躲闪地直视他的眼睛，他滑下栏杆，面向她，伸手搂住她。"你这话什么意思，玛格丽特？"

她没有回答，他把她从桥栏杆抱下。她搂着他的肩膀。"你没别的意思吧。"他轻声说，蜻蜓点水般吻了一下她的嘴唇。他松开手。

"不是这样的，乔。"

"不是这样的？"他傻乎乎地问。为了回答他的问题，她把他的头拉低，慢慢地亲吻他，像一团微微燃烧的火。紧接着，他们意识到彼此之间仍是陌生人。他急切地想填补这道令人不安的空隙。"这就是说，你会——"

"我不能，乔。"她说，确定无疑地站在他的怀里。

"为什么不能，玛格丽特？你从来没告诉过我原因。"

她安静地站着，太阳照得她身上泛出绿光。"要是我不那么喜欢你，我就不会对你说了。不过，乔，你那个姓名，什么吉利根，叫人受不了。我可不能嫁给一个叫吉利根的男人。"

他明显受到了伤害。"我很抱歉。"他无精打采地说。她把脸贴在他的脸颊。山顶上，树干像一根根竖起的格栅，栅栏之外，夕阳的光辉渐渐暗淡。"我可以改名字。"他说。

夜色中传来一声长鸣。"你的车来了。"他说。

她轻轻推开他，看着他的脸。"乔，原谅我。我不是那个意思——"

"没关系，"他打断她，笨拙而温柔地拍了拍她的后背，"走吧，咱们回去。"

火车头像一个黑点出现在弯曲的铁道尽头，喷出羽毛状的白色蒸汽，像一位阴险的骑士蹲在马鞍上，看似没有前进，个头却越变越大。

但火车头的确在移动，咆哮着冲进车站，时机恰到好处。跟庞大的车头相比，司机羸弱瘦小，头戴沾满机油的护目镜，站在驾驶室。列车吱嘎响了一声，停住了，从车门跳下身穿白色马甲的搬运工。

她再次抱紧他，全然不顾路人投来的眼光。"乔，我不是那个意思。可你没看到吗，我已经嫁过两次，该死的，每次都不走运，我实在没有勇气再冒一次险。但如果我能再嫁一次，你难道不知道会是你吗？吻我，乔。"他遵照她的吩咐。"亲爱的，愿上帝保佑你，保佑你有一颗善良的心！要是我嫁给你，乔，你一年后就得死。所有娶我的男人都死了，你懂吗？"

"我愿意冒这个险。"他告诉她。

"可我不愿意。我太年轻，不忍心埋葬三个丈夫。"有人下车，从他们身旁走过，也有人上车。出租司机赶来助兴，高声地招揽顾客，像参与一场声乐比赛。"乔，我走了的话，你真的会伤心吗？"他默默看着她。"乔！"她大喊道，一行人从他们旁边走过。是乔治·法尔先生和太太：他们看到塞西莉那张憔悴的脸，她曼妙、柔弱，呜呜地把头埋在父亲的臂弯里哭泣。站在她身后的是乔治·法尔，脸色忧郁、阴沉。没人理会他。

"我跟你说什么来着？"马洪太太问，拽住吉利根的胳膊。

"你说得没错，"他从绝望中挣脱出来，"他刚刚度了个幸福的蜜月，可怜的家伙。"

那几个人继续往前走，绕过车站，她回头看着吉利根。"乔，跟我来。"

"去找牧师？"他心头又燃起希望。

"不是，像现在这样就好。如果我们厌倦了对方，才好互相送上祝福，然后各走各的路。"他震惊地盯着她。"你这个该死的长老会教徒，乔。你觉得我是个坏女人。"

"不，我没有，夫人。但我不能那样做……"

"为什么？"

"我不知道：反正就是不能。"

"可这有什么区别吗？"

"哦，没有区别，如果我想要的只是你的身体的话。可我想要——我想要——"

"你想要什么，乔？"

"见鬼。快，上车吧。"

"你也一起走，是吗？"

"你知道我不走。听了你刚才说的那些话，我不会再纠缠你。"

他拎起她的皮包。一个搬运工动作娴熟地从他手中抢过包。他把她推上车。她坐在绿色毛绒座位上，他笨拙地摘下头顶的帽子，伸出手。"那么，再见啦。"

她黑白相间的小礼帽下的脸苍白而平静，衣领一尘不染。她没有伸手。

"看着我，乔。我对你说过谎吗？"

"没有。"他承认。

"那你难道不明白，现在我也没有说谎？我的意思是，刚才我说的那些话。你坐下。"

"不，不。我不能这么做。你知道，我不能。"

"嗯。我又不能勾引你。很抱歉。可以的话，我很想让你开心一阵子。但我猜这不太可能，是吧？"她仰起头，他吻着她的脸。

"再见。"

"再见，乔。"

为什么不呢？他想，脚下踩着煤渣，为什么我不领她的情呢？也许火车还没到亚特兰大，我能说服她。他转过身，一跃跳上火车。时间紧迫，他看到她的座位没有人，掩饰不住内心的激动，匆匆跑过通道。但她并不在另一节车厢。

难道我忘了她在哪个车厢？他想。但是，不会呀，这就是他刚才和她道别的地方，因为那个黑人少年还在，呆若木鸡地出现在车窗外。他赶紧又跑回去再看一眼她的座位。没错，她的包都在。他跌跌撞撞穿过人群，跑过每一节车厢。还是没找到她。

她改变主意，下车去找我了吗，他想，觉得自己没出息，光白费力气。火车缓缓开动，他砰的一声推开车厢末端的连廊，跳到地面。顾不上细看车站往来的闲人，他跑向候车室。候车室里空荡荡的，他上下瞥了一眼月台，还是没发现她，于是他绝望地转身，朝开动的火车跑去。

她准在车上！他恼怒地想，咒骂自己。他本该待在车上，等她出现。但是现在车速太快，车门都已经关闭。终于，最后一节车厢滑过身旁，他看见她站在车尾平台。她早就跑去那儿，好再看他一眼，而他居然没想到要去那儿找她。

"玛格丽特！"他喊着，跟在这个傲慢的铁家伙身后，徒劳地沿着铁道奔跑，眼睁睁看它越跑越远。"玛格丽特！"他又喊了一声，伸直手臂想去拉她，月台上的人纷纷为他加油打气。

"再跑快一点点，先生。"有人建议。"十之八九在车上。"另外一人说，看样子是个好赌之人。只可惜没人下注。

他终于停下脚步，愤怒和绝望让他泪流满面，他注视着她的身体，深色长连衣裙、白色衣领和袖口，跟随渐渐远去的火车，变得越来越小，最后只剩一声嘲弄的汽笛和残留的淡淡白烟，像是在笑话他，两条铁轨拐了个弯，出了他的视线和他的生活。

……最后他跳下铁道，爬过一道铁栅栏，钻进树林，泉水流得没精打采，入夜的空气里已经有了夏天的味道，然而夏天尚未到来。

6

灌木丛深处，傍晚慢慢融化成一只画眉鸟唱出的四个音符，声音流畅清澈。就像她嘴唇的形状，他想，心头灼热的痛楚伴随落日失去的余温而逐渐冷却。小溪潺潺低语，像念起咒语，念得桤树幼苗都俯身朝向水面，如同神话中欣赏自己水中倒影的那喀索斯。画眉也许是受了惊吓，飞出一道浅浅的棕色纹路，飞入树林深处，继续唱着歌。蚊子围着他打转，赶都赶不走：他似乎习惯了蚊子的骚扰，听之任之。现在该考虑其他的要紧事儿。

我本该补偿她的。我要补偿她受过的每一次伤害，这样的话，当她回忆起伤害过她的事，她会问：这是真的吗？我本该早点告诉她！只是我不知道如何说出口。我，一向话多的我，居然一时语塞……他盲目地沿着小溪朝前走。没多久，溪流钻过一片紫罗兰色的阴影，钻过柳林，他听到更响的水声。他离开柳林，来到一个古老的磨坊引水槽旁，一个小湖静静地映出宁静天空和对岸幽暗树林的影子。他看见地上有条鱼，鳞片闪着迟钝的光，还有一个翘起屁股的男人。

"丢了东西吗？"他问，注意到男人没在水下的胳膊搅出几道波纹。那人将手抽出水面，抬起膝盖，直起腰，扭头仰望着他。

"烟掉了，"他拖长腔调，慢吞吞地说，"你呢，身上不会没带烟吧？"

"有香烟，如果合你口味的话。"吉利根将烟盒递过来，那人蹲在地上，抽出一支。

"太感谢啦。男人嘛，总喜欢偶尔抽一口，你说是吧？"

"依我看，这世上啥东西男人都喜欢尝一口。"

对方哈哈大笑，没听懂他的意思，但怀疑他指的是男欢女爱。"噢，这事儿可帮不上忙，但我有别的宝贝。"他起身，像猎犬一样弓下腰，从柳树丛取出一个大罐子。他郑重地抱来罐子。"钓鱼时，阿勒斯和我会喝一点，"他说，"咬钩的鱼一条接一条。"

吉利根笨拙地接过罐子。这东西究竟有啥用？"来，我教你。"主人说，从他手中拿回罐子。他用食指钩住罐柄，上臂保持水平，反手托起罐子，然后伸长脖子，将嘴巴凑到罐口。吉利根看他背衬苍白的天空，喉头不停抽动。他放下罐子，用手背擦了擦嘴。"她得这么喝。"他边说边把罐子递给吉利根。

吉利根试了一次，勉强成功，他觉得有冰凉的东西流过下巴，浸湿马甲。但他的喉咙里燃起一团火：火焰蔓延到胃部，炸开美艳的火花。他放下罐子，咳嗽起来。

"我的天，这是啥？"

那人笑得声音嘶哑，拍着大腿。"你从没喝过玉米酒吧？她怎么样？是不是很烈？"

吉利根承认，她是一匹烈马。他感觉全身的神经像灯泡里亮起的灯丝：意识突然间消失。随后传来一股暖流和狂喜。他再次举起罐子，这次喝得比刚才自如多了。

我明天要去亚特兰大，去找她，在她搭火车离开前找到她，他答应自己。我会找到她：她不会再逃掉。那人又喝下一口，吉利根点燃香烟。他体会到自由的感觉，他要成为命运的主宰。我明天要去亚特兰大，找到她，让她嫁给我，他重复道。我为什么会放她走？

可为啥不今晚呢？对，为啥不今晚？我能找到她！我知道我能。哪怕她在纽约。真奇怪，以前我从未这样打算过。他的手脚失去知觉，烟从僵硬的指间滑落，他摇晃着，想把烟从地上拾起，却发现身体已不听使唤。糟糕，我难道醉得如此厉害，他想。但他不得不承认，自己的确醉得不轻。"我说，你那是啥东西？我都快站不起来了。"

那人又得意地大笑起来。"她烈吧？我亲手酿的，不赖吧。你会习惯的。再来一口嘛。"他像是在喝水，喝得津津有味。

"再喝就挂了，我还得赶回镇上去呢。"

"就喝一点儿。我保证你没事。"

要是喝两口就让人感觉这么好，再来一口的话，我肯定会尖叫起来，他想。但他的朋友一再坚持，他只好又喝了一口。"咱们走吧。"他说，还回罐子。

那人抱着"她"绕过小湖。吉利根跌跌撞撞跟在他身后，穿过柏树丛，时不时陷进泥坑。过了一阵，他的身体恢复了一些知觉，他们钻过柳林，一条大路劈开红色的沙土。

"就这儿啦，朋友。顺着路的右边走。差不多一英里。"

"好。非常感谢你。你老兄的酒可真够劲儿。"

"她味道不错，是吧？"对方说。

"嗯，晚安。"吉利根伸出手，对方手肘僵硬，庄重而无力地握住他的手掌，捏了一下。

"保重。"

"我尽量。"吉利根向他保证。那人又高又瘦、饱受过疟疾折磨的身子消失在柳林深处。大路划过沙地，寂静而空虚地在身前延伸，东边的天空映出迷蒙的月光。他踏着尘土，走过密林，黑色的树如同泼洒在亮白画纸上的墨汁。很快，一轮明月升起。他看到月亮的边沿点亮树顶，看到月亮像一个施放柔光的圆盘。北美夜鹰的眼睛像是丢失在林中的硬币，有人走得踉踉跄跄，脚下尘土飞扬。酒劲过去，孤独感再次袭来，没多久，他的心又被绝望笼罩。

过了一会儿，他从一根绘有交叉的骷髅手图案的杆子下走过，穿越铁道，沿着一条黑人木屋间的小路前行，鼻子闻到浓烈的体味。木屋黑乎乎的，但隐约能听见讪讪的笑声和愉快的说话声，不知怎么的，他绝望的心情稍稍得到平复。

月光中，春天和生命的激情洋溢在糊满旧报纸的粉刷过的墙壁上，与激情一同颤动的是一曲灵歌，在白人眼里，这种歌曲跟黑人的衣着一样，是异教徒的习俗，声音很轻，却蕴含强大的力量。

"可爱的马车……载我返乡……"

三个年轻人从他身旁经过，拖着脚跟走在土路上，将他们沉默的影子映在布满灰尘的路面，看得出，他们刚刚干活归来。"你也许有速度，但你不能持久，因为你妈妈会叫你慢下来。"

　　他大踏步地走，月光照亮他的脸。他看到时钟像一个背靠天空、蹲坐在老法院顶部的天神，四个钟面凝望着镇子。他路过更多的木屋，挨家挨户都有甜美圆润的声音从门后传出。一条狗冲着月亮号叫，声音嘹亮而悲伤，有人在轻声地咒骂它。

　　"可爱的马车……载我返乡……是的，耶稣，载我返乡……"

　　银色屋顶的教堂投下阴森的黑色阴影，他穿越草坪和一道道沉睡的爬满常春藤的高墙。花园里，住在木兰树上的那只百舌鸟的啼叫划破宁静，沿着牧师家洒满月光的墙头，从窗台到窗台，有个影影绰绰的东西在爬。是啥，吉利根心想，看它停在埃米的窗前。

　　他敏捷而悄无声息地翻上花坛。这里刚好有一道排水槽，等琼斯听到动静，他就快挨到窗口了。两人阴险地打量着对方，一人抱住窗台，另一人抱住排水槽。

　　"你想干吗？"吉利根问。

　　"再爬上来点，我就告诉你。"琼斯咆哮着，露出一口黄牙。

　　"滚远点，小子。"

　　"该死的，你还真像个老乡绅，追着女人不放。你不是跟那个黑头发女人走了吗？"

　　"是你自个儿下来，还是等我上来把你扔下去？"

　　"我不知道：是我走？还是你走？"

　　吉利根托起身体，抓住窗台边沿。琼斯也挂在窗边，打算踹他的脸，但吉利根松开抱住排水槽的手，一把抓住对方的脚。他们摇晃了半天，像一个巨大的钟摆悬在房子的侧面，后来，琼斯终于拉不住，撒开手，两人跌到郁金香花丛中。琼斯先站起来，踢了吉利根一脚，拔腿就跑。吉利根紧追不舍，很快赶上他。

这一次，战场变成风信子花丛。琼斯像女人一样还击，又是踢，又是抓，又是咬，但吉利根把他拖过来，打翻在地。琼斯刚爬起来，就被打倒。这一次，他趴在地上，抱紧吉利根的膝盖，将对方拽倒。琼斯用双脚死命乱踢，终于挣脱，起身逃走。吉利根坐起来，本打算追赶，但他放弃了这个念头，因为琼斯已经拖着笨拙的身子跑得老远，融进月光中。

琼斯以两倍的速度跑过教堂，冲出大门。见后面没人追来，他放慢了脚步。安静的榆树下，他的呼吸变得不那么急促。树枝一动不动，透过枝叶间的缝隙，能看清点点繁星，他走在一条无人的街道，拿手帕擦去脸上和脖子上的汗水。他走到一个拐角，停下来，将手帕浸在饮马的水槽里，洗了把脸，洗了手。水减轻了被打过的地方的痛感，他的胖身子继续前行，从阴影走进月光，又走入阴影，身后拖着一道忽长忽短、忽大忽小的影子，宁静的夜将他最近遭受的磨难洗刷得干干净净。

从橡树和枫树、榆树和玉兰树背后阴暗的门廊，从点缀白色小花的藤蔓后面，传来安静的说话声和不时响起的甜甜笑声……照着他的形象造男造女。琼斯也正年轻。"然而啊，春天会随玫瑰而逝！芬芳的青春书页会合闭！曾在枝头鸣啭的夜莺啊，何来何去，有谁知！……"希望今晚能找到个姑娘，他叹了口气。

月亮沉静安详。"啊，我心爱的明月，你永不亏消，天上的明月又升起来了：此后她将再升多少次到这花园来找我——但是找不到！"春天就要过去，夏天即将来临，带来死亡。"秋天和死亡的月临近，漫长的夏日没了心情，她躲在树下伤悲，夜夜垂泪，怀一颗求死的心。"在这个春意盎然的月夜，琼斯清了清嗓子，唱起男高音：

"爱人，爱人，爱人。"

他的身影遮住铁桩投下的笔画，但他走过后，笔画依然清晰地映在柔软的草皮上。几簇矮牵牛花和美人蕉的影子横过平整的草坪，越过青铜色的木兰树叶，一栋白房子的廊柱静静肃立，比死亡更简洁而富于美感。

琼斯把胳膊肘杵在大门上，凝视着脚边块状的身影，闻着茉莉花香，听着从某个地方、某个地方传来的百舌鸟的歌唱……琼斯叹着气。这是一声无聊的叹息。

7

牧师书桌上有一封寄给朱利安·洛先生的信，地址为"加利福尼亚，旧金山，某街"，内容是她结了婚以及她丈夫的死讯。信是邮局退回来的，邮戳上写明："已搬走。现住址不详。"

8

吉利根坐在风信子花坛，望着琼斯飞快地跑远。"这么胖还能跑得快，真厉害，"他站起身，"看来埃米今晚得一个人睡啰。"木兰树上的百舌鸟耐心地等待一场恶战结束，继续唱起歌来。

"你到底在唱啥呀？"吉利根朝木兰树挥舞拳头。鸟儿也不理会他。他拍掉沾在衣服上的泥土。我感觉好多了，他自言自语道。当然要是能逮住那个浑蛋就更好啦。他最后看了眼一片狼藉的风信子花坛，出了花园。牧师正站在那棵沉沉睡去的银色叶片的树下，身影高大威严，迎在房子的拐角。

"是你吗，乔？我听见花园里有动静。"

"嗯。我刚才打算狠狠揍一顿那个胖子来着，结果没抓住那头——没抓住他。叫他跑了。"

"打架吗？我亲爱的孩子！"

"也没怎么打，他急着要走。就是稍微比试了一下，牧师。"

"打架无法解决任何问题，乔。我很抱歉你诉诸这种方式。有人受伤吗？"

"没人受伤，真倒霉。"吉利根悲伤地回答，想着自己弄脏的衣服和失败的复仇计划。

"那就好。男孩子就爱打架，是吧，乔？唐纳德小时候也打过架。"

"您说得没错，牧师。我猜他小时候很能打。"

牧师那张布满皱纹的脸突然被一根擦燃的火柴照亮，他手捧火苗，吸着烟斗。他慢慢地走过月光下的草坪，朝大门走去。吉利根紧随其后。"我今晚睡不着，"他解释说，"我们散散步吧？"

他们缓步走过拱形的沐浴在月色中的树林，脚底轻踏着树叶的影子。一轮明月下，一栋栋房子里透出昏黄的灯光。

"好吧，乔，一切都恢复正常了。人们来来去去，只有埃米和我像岿然不动的岩石。你的计划是什么？"

吉利根点燃一根香烟，努力掩饰自己的尴尬。"这个嘛，牧师，说实话，我还没有任何计划。要是您不介意的话，我想我可以留在这儿多陪您些日子。"

"欢迎你，亲爱的孩子。"牧师热情地说。然后他停下脚步，专注地看着对方。"上帝保佑你，乔。是不是因为我的缘故，你才决定留下来？"

吉利根心虚地将头扭到一边。"这个嘛，牧师——"

"没关系。我不强求。你已经尽了全力。这里不是适合年轻人待的地方，乔。"

牧师光秃秃的额头和布满斑点的鼻子在月光下形成相互交叉的平面。他的双眼像幽深的洞穴。吉利根突然体会到一种古老的忧伤，自人类之始，无论黑人、黄种人还是白人，他不由自主地把心事向牧师倾诉。

"啧，啧，"牧师说，"这样可不好，乔。"他坐在人行道边，吉利根也挨着他坐下。"命运变幻无常，乔。"

"你说过，是上帝掌管命运，牧师。"

"上帝就是命运，乔。上帝在生活中。我们对未来一无所知。命运会掌管一切。'天国在你心中。'《圣经》是这么说的。"

"身为一位牧师，不信这样的教义是否很奇怪？"

"别忘了，我是个老人，乔。老得不爱跟人争吵，也没什么痛苦。在这世上，我们亲手建造自己的天堂或地狱。可谁知道呢，也许当我们死去时，哪儿都去不了，什么都不必做。那才是天堂呢。"

"又或者，别人为我们建造天堂和地狱。"

牧师把他的大手按在吉利根肩头。"你正遭受失望之痛。但这些都会过去。爱情最可悲的一点，乔，是不但爱情难保长久，就连心碎也很快会被遗忘。爱情是什么？'人类死过一次又一次，虫子将他们啃吃，却不是为爱。'不，不，"吉利根本来想插句嘴，却始终没有机会，"我知道，这叫人难以承受，可一切真理都叫人难以承受。此时此刻，你我不正遭受生离死别的痛苦吗？"

吉利根有些惭愧。我居然拿自己杜撰出来的失望打扰他！牧师再次开口。"我想，你在这儿待一阵子也好，等你规划好未来。就这么说定了，是吧？再散会儿步如何？你累不累？"

吉利根心不甘情不愿地站起来。过了一会儿，被宁静的行道树围成的隧道状的街道变成一条蜿蜒的公路，他们将小镇抛在身后，走下土坡，爬上山冈。他们登上被月光照耀的山顶，眺望逃离出来的被黑暗吞噬的人间，山谷凸起一条条银色的山脊，萦绕着沉睡的雾霭。他们路过一栋睡在玫瑰花架中的小房子，背后是果园，果树对称地排成行，都开满花。"威拉德种的水果不错。"牧师喃喃地说。

公路再次往坡下延伸，剖开一道淡红色岩壁的山口，穿过一片沐浴在月光下的开阔地，地上栽着几丛树苗，耳畔传来合唱的颤音，远远的，没有歌词。

"他们在举行葬礼，那些黑人。"牧师解释说。他们走在土路上，经过干净整洁、安睡在黑暗中的房舍。偶尔有一群黑人与他们擦肩而过，手里提着灯笼，火苗和月光比起来，显得微弱而无助。"没人知

道他们为什么要提灯笼，"牧师对吉利根说，"也许是为了把他们的
教堂照亮吧。"

歌声越来越近。终于，他们蹲在路旁的树丛中，看到破旧的教堂，
尖塔的造型怪里怪气。教堂里点着一盏煤油灯，柔和的灯光衬得周围
更黑暗，更有热度，也让在月光照耀的土地上辛勤劳作一天的人们，
对性的渴望更加强烈。从教堂涌出黑人低沉的吟唱。什么都听不清，
又什么都听得清，到最后汇成一种狂喜，依照白人的语言，歌颂他们
遥远的上帝，描绘他们心目中天父的样子。

喂养你的羊，我主耶稣。世人对合一的所有渴望，源于此事此地。
喂养你的羊，我主耶稣……牧师和吉利根肩并肩站在满是尘土的路旁。
土路在月下延伸，渐渐化为无形，失去比例。深耕过的红色土壤的田地，
如今变成交替堆砌的黑色和银色土块；树木大多罩着一层银色的光晕，
除了背对月光的树，呈现出青铜般的赤褐色。

喂养你的羊，我主耶稣。声音饱满而柔和。教堂里没有风琴：也
不需要风琴，因为在和谐的低音和中音之上，升起了清亮的女高音，
像一群展开金色翅膀飞翔在天国的鸟儿。他们站在路上，牧师穿宽松
的黑袍，吉利根穿硬毛哔叽面料的新衣，侧耳聆听，眼见这座破旧的
教堂在渴望、激情和悲伤中变得完美无瑕。随后，歌声逐渐在月光照
耀的土地上消散，明天和汗水又会到来，性、死亡和毁灭如约而至。
他们朝镇子方向走去，月色依旧，尘土钻进他们的鞋里。

图书在版编目（CIP）数据

士兵的报酬 / （美）威廉·福克纳著；一熙译. ——
桂林：漓江出版社，2017.6（2023.4 重印）
（诺贝尔文学奖作家文集. 福克纳卷）
ISBN 978-7-5407-8055-5

Ⅰ.①士… Ⅱ.①威… ②一… Ⅲ.①长篇小说－美
国－现代 Ⅳ.①I712.45

中国版本图书馆 CIP 数据核字 (2017) 第 080266 号

SHIBING DE BAOCHOU
士兵的报酬
［美］威廉·福克纳　著
一熙　译

主　编：张　谦

出 版 人：刘迪才
策划编辑：沈东子
责任编辑：辛丽芳
书籍设计：石绍康
责任监印：张　璐

出版发行：漓江出版社有限公司
社址：广西桂林市南环路 22 号　邮编：541002
发行电话：010-85891290　0773-2582200
邮购热线：0773-2582200
网址：www.lijiangbooks.com
印制：北京中科印刷有限公司
［北京市通州区宋庄工业区 1 号楼 101 号　邮编：101118］
开本：880mm×1230mm　1/32
印张：11.25　字数：230 千字
版次：2017 年 6 月第 1 版　印次：2023 年 4 月第 4 次印刷
书号：ISBN 978-7-5407-8055-5
定价：45.00 元